Stefanie Hasse

Book Elements

Die Welt hinter den Buchstaben

IMPRESS

© privat

Stefanie Hasse lebt mit ihrem Mann und zwei Söhnen im Süden Deutschlands. Als Buchbloggerin taucht sie stets in fremde Welten ein und lässt ihrer eigenen Kreativität in ihren Romanen freien Lauf. Ihre zwei fantasybegeisterten Kinder machen ihr immer wieder aufs Neue deutlich, wie viel Magie es doch im Alltag gibt und dass mit einem kleinen Zauber so vieles einfacher geht.

Für alle, die für die Buchwelt kämpfen.
Für alle, die dafür sorgen, dass die Fantasie grenzenlos bleibt.
Für alle, die sich in Büchern verlieren.
Für all die Fictionmates dort draußen.

Prolog

Jeden Tag ging ich an der mehrfach gesicherten Vitrine vorbei, die im wahrsten Sinne des Wortes mein bisheriges Leben beinhaltete. Instinktiv griff ich mir dabei an das nach unten zeigende Dreieck an meiner Halskette. Das Symbol der Luft. Automatisch überkam mich ein Hauch von Melancholie.

Bis vor einem Dreivierteljahr war diese Kette noch magisch gewesen, wie so vieles andere in meinem Leben. Ich hatte einen Job, der auf ganz besondere Weise mit Büchern zu tun hatte: Offiziell war ich in der Stadtbibliothek für die Archivierung alter Bücher zuständig gewesen. In Wahrheit jedoch hatte ich mich mit meinem Team von Elementar-Wächtern Nacht für Nacht auf die Suche nach Vampiren, Werwölfen und allerlei anderen Fantasy-Gestalten gemacht, die aus ihren Büchern herausgelesen worden waren.

Direkt neben den ›Chroniken der Wächter‹ lag in einer weiteren Vitrine ein altes, in rotes Leder gebundenes Buch ohne Titel. Ich hatte es damals ›Otherside‹ genannt, nach der fiktiven Welt, in der die Geschichte des Helden Zac spielte. Mein Magen verkrampfte sich bei dem Verrat, den er an mir begangen hatte. Ich war mir damals so sicher gewesen ernsthaft in ihn verliebt zu sein – in eine Buchfigur! Als ich bemerkt hatte, dass ich einer jahrelang eingefädelten Intrige meiner vermeintlich besten Freundin Ty auf den Leim gegangen war, war es beinahe zu spät gewesen.

Im Laufe der Jahrzehnte hatte sich die Buchwelt verändert. Die Fantasie, die grenzenlos hätte sein sollen, war immer weiter eingeschränkt worden, hatte Grenzen bekommen. Nur aufgrund dieser

Veränderung hatten wir Wächter überhaupt existiert – um einen weiteren Nebeneffekt der nun existierenden Grenzen wieder einzufangen: Buchfiguren, die Leser aus ihren Lieblingsbüchern herausgelesen hatten.

Doch die Buchfiguren waren nicht die einzigen, die diesen Zustand ausgenutzt hatten: Thyra, die Tochter des fünften Elements – genauer gesagt der dunklen Seite des fünften Elements! – hatte sich als meine beste Freundin Ty in mein Leben geschlichen und mich stetig manipuliert.

Ich schüttelte den Kopf und strich über die gläserne Vitrine von ›Otherside‹. Hätten wir es nicht im letzten Moment geschafft die Menschen zum Lesen zu bringen und ihre Fantasie zu öffnen, wären die Realität und die Buchwelt kollidiert – und nur eine der beiden Welten hätte diesen Zusammenprall überlebt.

Nun war es an uns, den ehemaligen Wächtern, dafür zu sorgen, dass die Fantasie grenzenlos blieb. Jeder von uns hatte also einen neuen Job zugewiesen bekommen. Aber auch wenn uns das Lesen so viel Magisches und Übernatürliches bot, fehlte mir mein Element. Mir fehlte das Wesen, in das ich mich noch vor einem Jahr hatte verwandeln können. Als wäre ein Teil meiner Seele für immer verschwunden und nichts als Leere zurückgeblieben.

Ich ließ beide Hände sinken, der Dreiecks-Anhänger baumelte an meinem Dekolletee.

Eine sanfte Brise strich mir über die Haare. Ich seufzte beim Gedanken daran, dass diese nur noch von einem geöffneten Fenster und einem zarten Luftzug stammen konnte.

1. Kapitel

Es war eine schlechte Idee gewesen, für Lin einzuspringen. Eine ganz, ganz schlechte Idee. Ric starrte in die erwartungsvollen Gesichter einer Horde Drei- bis Fünfjähriger, die ihm mehr Angst machten, als sämtliche Vampire, Dämonen und Werwölfe zusammen, die er in all den Jahren als Wächter bekämpft hatte.

Nachdem alle Wächter ihre magischen Fähigkeiten verloren hatten und nicht mehr auf die Jagd nach Seelenlosen gehen mussten, war vom Hohen Rat der Bibliothekare eine langfristige Umorganisation beschlossen worden: Nach wie vor katalogisierten sie Bücher, hielten sich auf dem Laufenden. Aber ihre Hauptarbeit bestand darin die Fantasie zu fördern und weiterhin dafür zu sorgen, dass sie grenzenlos blieb. So dass nicht noch einmal dasselbe geschah wie im vergangenen Jahr.

Ric hatte sich vom ersten Moment an geweigert mit Kindern – oder überhaupt irgendjemandem zusammenzuarbeiten. Die Kleinen heulten schon los, wenn er sie auch nur ansah, obwohl er sein freundlichstes Lächeln aufsetzte.

»Wenn du sie anlächelst wie das Biest Belle, kann das nichts werden«, hatte Lin lachend gesagt. »Du siehst aus, als würdest du sie fressen wollen.«

Wenn die Kinder Ric weiterhin so anstarrten, wäre das eine Überlegung wert. Er kniff die Augen zusammen und die Minis wichen instinktiv ein paar Zentimeter zurück. Irgendwie war das lustig. Er verkniff sich ein »Buh!« und kramte das alte Märchenbuch hervor, das Lin ihm gegeben hatte. Heute stand »Dornröschen« auf dem Plan. Er setzte gerade zum »Es war einmal ...« an, als sich ein kleines, in zu viel rosa gekleidetes Mädchen räusperte.

Knurrend fixierte Ric sie. Seine Augen machten Kindern Angst. Sie waren golden, was sich auch nicht verändert hatte, als das Feuer ihn verlassen hatte. Das Mädchen schrak zurück. Er wollte ihr keine Angst machen, er war ja schließlich kein Kinderschreck, auch wenn Lin oder seine Schwester Natalia das oft behaupteten. Aber Ric konnte einfach nicht abschätzen, wie die Zwerge reagierten – ganz im Gegensatz zu einer wild gewordenen Bella oder einem Typen aus hellem Licht, die er binnen Sekunden zu Staub und Asche verwandelt und so in ihre Bücher zurückgeschickt hatte.

Das rosafarbene Mädchen hielt seinem Blick jedoch stand, was er als Herausforderung sah. »Lin trägt immer den Hut, wenn sie uns vorliest«, sagte sie mindestens fünf Oktaven zu hoch für seine Ohren.

»Was?«

»Den Hut!«, riefen nun alle anderen Zwerge wie eine wild gewordene Horde Monster. Während sie weiterhin »Hut, Hut, Hut«, skandierten, sprang das rosa Mädchen auf und zog aus einem Schrank einen Spitzhut mit rosafarbenem Tüll.

»Niemals!«, sagte Ric kopfschüttelnd.

Das rosa Monster trat nun mit dem rosafarbenen Hut auf ihn zu und ließ sich selbst von dem Grollen, das in seiner Kehle aufstieg und klang wie der Motor seines Diabolos, nicht aufhalten.

Er sprang auf und die Luft knisterte. Wenn er sich nicht hundertprozentig sicher gewesen wäre, dass alle Elementarkräfte verloren waren, hätte er sein Auto darauf verwettet, dass er Kaminfeuer roch. Doch das war unmöglich.

2. Kapitel

»Bitte, Ric«, flehte ich beinahe. »Sei kein Drache.« Ich stand von seinem Bett auf und ging in Richtung Badezimmer, in dem sich mein Freund gerade befand.

Es fühlte sich auch nach all der Zeit noch komisch an ihn so zu nennen. Wir hatten so viel durchgemacht und eigentlich hätte man eine eigene Bezeichnung für ihn erfinden sollen. Denn ganz gleich, wie viele tausend Bücher ich gelesen hatte, keiner dieser Typen konnte mit ihm mithalten. Natürlich behielt ich dieses Geheimnis für mich. Denn an Selbstbewusstsein mangelte es Ric nach wie vor nicht und solche Neigungen sollte man nicht noch unterstützen.

»Nie wieder«, grummelte er stur, als er nur mit Jeans bekleidet aus dem Zimmer trat und sich mit einem Handtuch die Haare trocken rubbelte. Ich versuchte mich nicht zu sehr von seiner nackten Brust ablenken zu lassen, doch zu spät. Mein Blick klebte daran fest wie das Wort Julia an Romeo. Ich musste tatsächlich überlegen, was ich sagen wollte.

Ric warf das Handtuch achtlos auf den Boden und trat auf mich zu. Seine goldenen Augen hielten mich in ihrem Bann. Dort drin sah ich noch immer das Feuer, das er einst materialisieren konnte. Und es brannte für mich. Die Luft zwischen uns knisterte, und als seine Hände mein Gesicht umfassten, übertrug sich dieses Kribbeln auf meinen ganzen Körper. Seine Augen funkelten, sein Gesicht kam immer näher. Mein Herz hämmerte wie verrückt und ich war nicht mehr in der Lage, irgendetwas zu erwidern.

»Ich liebe dich, Lin.«

Dieser miese Drache wusste einfach, wie er mich zum Schweigen bringen konnte. Während mein Inneres noch schnulzige *Ohs* und *Hachs* von sich gab, versuchte ich meine fünf Sinne wieder einzusammeln: Riechen – nichts als Rics sportliches Duschgel. Sehen – gab es noch etwas anderes als Rics goldene Augen? Fühlen – pure Elektrizität, für die Ric gesorgt hatte. Hören – nichts als mein Herz, das voller Erwartung aus meiner Brust zu springen drohte. Schmecken – da war doch noch was!

»Ich liebe dich wirklich.«

Er kam immer näher und auch der letzte meiner Sinne freute sich darauf von ihm vereinnahmt zu werden. Widerstand war zwecklos, daher gab ich meinem verräterischen, ricumnebelten Körper nach und schloss die Augen. Die Zeit schien sich zu dehnen wie in den vielen Kussszenen aus Büchern. Ich spürte seinen Atem auf meinen schon leicht geöffneten Lippen, seine Wärme – die dann ganz plötzlich verschwunden war. Zusammen mit seinen Händen, was eine stechende Kälte an meinen Schläfen hinterließ.

Erschrocken öffnete ich die Augen.

Ric lächelte amüsiert.

Ich hingegen funkelte ihn an und mir lagen schon die wildesten Beschimpfungen auf der Zunge, doch er kam mir zuvor.

»Ich liebe dich wirklich, aber wenn du mich noch einmal zwingst drachentötende rosa Monster zu unterhalten, gibt es Kuss-Entzug.« Während ich innerlich kochte, lächelte er siegessicher.

»Wenn das so ist, dann darf derjenige heute in meinem Bett übernachten, der für mich einspringt.« Ich reckte das Kinn in die Höhe und unterdrückte ein Schmunzeln.

»Das würdest du nicht tun«, knurrte er, packte mich an den Oberarmen und warf mich aufs Bett.

Ich quiekte vor Schreck wie meine alte Elementargestalt, ehe der Laut von seinen Lippen erstickt wurde. Nur mein dünnes Top trennte mich von seinem nackten Oberkörper, als er sich langsam auf mich senkte. Ich spürte seine Brustmuskulatur, seinen Herzschlag direkt über meinem. Das Grollen in seiner Kehle war noch immer eine Mischung aus Drachen und Mann und ich konnte ohne Elementarkraft einfach nicht genug Energie aufbringen mich ihm zu widersetzen. Es war den Versuch nicht wert.

»Niemals«, rief ich lachend. »Ich würde niemals auch nur an einen anderen denken.«

»Das will ich hoffen«, grinste er überlegen und sah mich dabei eindringlich an. Etwas leiser fügte er hinzu: »Das hoffe ich wirklich.« Nun küsste er mich um des Kusses willen und ich spürte, dass der letzte Satz nicht irgendwie so daher gesagt war. Er hatte sich diesen Schutzpanzer aus Überheblichkeit und Arroganz so viele Jahre nach dem Tod seiner Eltern aufgebaut, hatte all die Zeit gedacht, allen, die er liebte, würde etwas Schreckliches zustoßen. Dabei war auch daran meine »beste« Freundin Ty schuld gewesen.

Sein Kuss war nicht länger neckend, sondern voller widersprüchlicher Gefühle. Ich schmeckte den Schmerz über all die Verluste, das Verlangen, das Ric zu übermannen drohte, und genoss die bittersüße Mischung. Seine rechte Hand wanderte seitlich mein T-Shirt entlang bis zum Saum, während er sich mit der linken neben meinem Kopf abstützte. Gänsehaut breitete sich auf meiner Haut aus, als seine Hand unter das Shirt fuhr und seine Fingerspitzen über meine Taille strichen. Hatte ich mich ernsthaft wehren wollen?

Meine Hände wanderten gerade seinen muskulösen Rücken hinab, als es an der Tür klopfte. Ric richtete sich auf.

»Ich hätte ihr nie erlauben sollen, hier einzuziehen«, knurrte er.

Ohne eine Antwort abzuwarten, öffnete Natalia die Tür und trat herein. Jeder Fremde hätte erkennen können, dass die beiden Geschwister waren, sie hätten sogar als zweieiige Zwillinge durchgehen können, trotz des Altersunterschieds. Natalia hatte lange, schwarze Haare und sah aus wie eine typische Italienerin, auch wenn ihre Familie vor mehreren Generationen ausgewandert war. Nur die Augen waren anders: Die Iris, deren Gold ich bei Ric von Anfang an so faszinierend gefunden hatte, war bei ihr ein helles Blau, das beinahe weiß erschien. Natalia war die Begabteste unter allen Elementaren gewesen, die lichte Seite des fünften Elements, das alle anderen Fähigkeiten in sich vereinte.

Nachdem sie damals verschwunden war, hatten Rics Eltern die Suche nach ihr mit dem Tod bezahlt. Ty/Thyra hatte nicht nur die beiden, sondern zuvor auch Natalia getötet. Was Ty glücklicherweise nicht gewusst hatte: Natalia hatte in ihren Elementen weitergelebt, bis Elizabeth – ihr dunkles Gegenstück in der Buchwelt ihren Körper wieder aus der Kryostase geholt hatte. Nach dem Kampf um eben jenen, den Natalia gewonnen hatte, war sie wieder ein Mensch wie jeder andere geworden. Nur mit dem Unterschied, dass sie die vergangenen Jahre als so etwas wie ein Geist verbracht hatte. Nun gab es einiges aufzuholen.

Was sich in der ganzen Zeit jedoch nicht verändert hatte, war ihr mieses Timing. Ich setzte mich auf, zog mein T-Shirt nach unten und strich mir mit den Fingern durch die Haare.

Mit einem Schnauben kommentierte Natalia die Röte auf meinen Wangen. »Habt ihr denn keine anderen Freizeitbeschäftigungen? Ihr verhaltet euch wie zwei schlechte Jugendbuchcharaktere!«

»Nur weil du nichts Besseres zu tun hast, als uns zu stalken, müssen wir nicht damit aufhören.« Ric zog mich fest an sich und gab mir demonstrativ einen langen Kuss, der meinen Kopf erneut umnebelte. »Du verdirbst mir den Sieg.«

»Sieg? Über Lin?« Nat schüttelte den Kopf.

»Es war kein Sieg ... Ich wollte ...« Da kam mir eine Idee. »Würdest du heute meinen Dienst übernehmen? Ich muss unbedingt zu meinen Eltern.« Nun sah ich Natalia flehend an.

»Ich bin heute zur Führung eingetragen«, antwortete sie kopfschüttelnd. »Tut mir leid.«

»Die würde Ric sicher gerne übernehmen.« Mit fragend erhobenen Augenbrauen sah ich meinen Freund an.

Der ließ sich nach hinten fallen und fuhr sich seufzend mit beiden Händen übers Gesicht. »Von mir aus.«

Gewonnen!, jubelte meine innere Stimme.

»Wollen wir zusammen fahren?«, schlug Nat ihrem Bruder vor. »Sonst ist ja nie Platz in deinem winzigen Auto.«

Oh, oh. Noch bevor Ric etwas dazu sagte, stellte sich mein Kopf den Feuergeruch vor, den er in einem solchen Moment immer verbreitet hatte. Es glich für ihn einer Beleidigung seiner Person, wenn man etwas Negatives über den Diabolo sagte. Der Duft nach Lagerfeuer wurde stärker. Erinnerungen konnten auf wirklich verblüffende Weise lebhaft sein …

»Winzig?« Rics Stimme überschlug sich fast. »Du bezeichnest einen Diabolo GT mit Sechslitermaschine, V12-Motor und 575 PS als ›winzig‹?« Er schnappte nach Luft. »Er war zu der Zeit der schnellste Seriensportwagen der Welt!«

Die Ungläubigkeit in seinem Gesicht wäre ein Foto wert gewesen. Ich konnte mir ein Lachen nicht verkneifen.

»Was nutzen dir über 500 PS, wenn du nicht einmal deine Schwester mit zur Arbeit nehmen kannst? Hm?« Ihr Kinn war herausfordernd nach oben gereckt. Was war ich froh, dass ich keine Geschwister hatte.

»Es reicht schon, dass du überhaupt im selben Haus wohnen darfst wie der Diabolo«, schnaubte Ric – wer etwas gegen seinen Wagen sagte, hatte es sich mit seinem Besitzer sofort verscherzt – und murmelte leise etwas von »unwürdig«.

Trotz all der Sticheleien liebte er seine Schwester, das wusste ich. Er hatte so viele Jahre damit verbracht nach ihr zu suchen, weil er nie daran geglaubt hatte, dass sie tot war. Doch seit Natalia bei ihm eingezogen war, hatte sie alles durcheinandergebracht. Nicht zuletzt platzte sie stets dazwischen, sobald Ric und ich etwas Privatsphäre bevorzugten. Ihr Timing war einfach schrecklich und je öfter sie uns bei jugendbuchuntauglichen Aktivitäten unterbrach, desto mehr ärgerte Ric sich über sein Angebot, Natalia könne vorübergehend bei ihm wohnen.

Leider dauerte dieses *vorübergehend* nun schon fast ein Jahr. Ich mochte Natalia wirklich gerne, aber irgendwann wollte ich meinen Drachen auch mal wieder für mich allein – nicht nur in meiner Wohnung, in der ich mich seit der Sache mit Ty nur ungern aufhielt. Ich beschloss Ric noch einmal darauf anzusprechen, dass er mit Natalia reden sollte, anstatt sie ständig giftig anzusehen.

Um die Zankerei der beiden vorerst zu unterbrechen, bedankte ich mich überschwänglich bei Natalia und drückte Ric zum Abschied einen schnellen Kuss auf den Mund. Ich wollte nicht länger warten und mich endlich meiner Familie stellen.

***

Es war schon eine Weile her, seit ich das letzte Mal bei meinen Eltern gewesen war. Wenn möglich, beschränkte ich den Kontakt auf Telefonate. Seit ich damals den Elementartest bestanden hatte, war die Beziehung zu meiner Mutter konstant schlechter geworden. Natürlich war ich damals ein Teenager und wohl in dem Alter, das man als rebellische Phase bezeichnete. Wenn man dann jedoch auch noch eine Mutter hatte, die wirklich aus *allem* ein Drama machte, hatte man irgendwann die Nase voll. Ich war damals froh gewesen, endlich eine eigene Wohnung gefunden zu haben. Erst später hatte ich mir zusammengereimt, dass meine Mutter vielleicht gar nichts dafür konnte.

Außerdem war meine neue Aufgabe wirklich zeitintensiv und ich scheute mich irgendwie davor, mich mit den Dramen der Realität auseinanderzusetzen. Den Anruf meiner Mutter hatte ich jedoch nicht verdrängen können. Ich wusste, dass es im letzten Jahr nicht sehr gut zwischen meinen Eltern gelaufen war, um es freundlich auszudrücken. Immer, wenn ich zu Besuch gewesen war, hatte eine Atmosphäre zum Davonlaufen geherrscht. Skeptische Blicke waren an meinem Geburtstag über meinen Kopf hinweg ausgetauscht worden. Ich hatte mich nicht einmischen wollen und nie nachgefragt, aber bemerkt hatte ich es durchaus.

Zögernd ging ich die paar Stufen zum Eingang des Zweifamilienhauses hinauf. Meine Haare, die ich immer offen trug, wenn ich zu meinen Eltern ging – irgendwie hingen sie an diesem Kleine-Mädchen-Look wehten in einer starken Böe, die aus dem Nichts gekommen war. Ich holte ein letztes Mal tief Luft und klingelte.

Von drinnen erklangen Schritte und kurz darauf öffnete meine Mutter mir die Tür. Sofort fielen mir die rotgeschwollenen Augen auf, als hätte sie die letzten Tage nichts anderes getan, als zu weinen.

»Endlich bist du da«, flüsterte sie und zog mich in eine Umarmung und anschließend ins Haus.

Nach einer kurzen Begrüßung folgte ich ihr in die Küche. Dort sah ich mich um. »Wo ist Papa?«

Das war die falsche Frage gewesen, denn meine Mutter begann sofort zu schluchzen. Sie war eine Fictionmate, ein normaler Mensch, der eine besondere Verbindung zu Büchern hatte. Fictionmates, so hieß es, waren diejenigen, die instinktiv von Elementarfamilien angezogen wurden. Ric hatte mir erklärt, dass so gut wie jeder Mensch, der eng mit Elementarfamilien in Verbindung stand, in diese Kategorie fiel.

Die Reaktionen von Fictionmates waren jedoch nie vorhersehbar. Sie versetzten sich in Extremsituationen immer in irgendwelche Buchrollen, um sich selbst zu schützen. Bei meiner Mutter musste es in diesem Moment eine sehr dramatische Figur sein. Ich blickte zur Seite, damit sie mein Augenverdrehen nicht sehen konnte. Sie übertrieb immer so maßlos.

Früher – bevor mir Ric von den Fictionmates erzählt hatte hatte ich immer vermutet, dass sie sich einfach in alles hineinsteigerte, hielt sie einfach für eine Dramaqueen. Seit ich die Hintergründe kannte, fand ich es einfach nur noch nervig. Ein weiterer Grund, nicht so oft bei meinen Eltern vorbeizuschauen, auch wenn das egoistisch war. Unbeholfen ging ich auf meine Mutter zu und umarmte sie.

Sie schluchzte erneut theatralisch, ihre Tränen benetzten mein T-Shirt und die Feuchtigkeit war schnell auf meiner Haut zu spüren.

»Dein Vater …«, setzte sie an und schluchzte ein weiteres Mal, so dass ich die Zähne fest zusammenpressen musste, um nichts Böses zu sagen. »Er ist gegangen.«

»Wohin?«, fragte ich nur dämlich, obwohl ich wohl genau das Richtige vermutete.

»Weg. Als ich heute Morgen aufgestanden bin, war er nicht mehr da.« Sie schlüpfte aus meiner Umarmung, straffte sich und ging zur Kaffeemaschine. Nun war sie offenbar in eine andere Rolle geschlüpft.

»Hat er wieder eine Nachricht hinterlassen?«, erkundigte ich mich vorsichtig. Es war leider nicht das erste Mal, dass wir dieses Gespräch führten. Schon zweimal hatte sie mich aufgrund des Verschwindens meines Vaters angerufen. Nachdem sie mir dann endlich von den Botschaften erzählt hatte, die er hinterlassen hatte, war es einfach gewesen sie zu beruhigen.

Doch sie schüttelte langsam den Kopf und bereitete uns einen Kaffee zu. Wir setzten uns an den kleinen Küchentisch und tranken wortlos.

Irgendwann holte sie tief Luft und erzählte: »Seit letztem Jahr ist alles anders geworden zwischen uns. Von heute auf morgen war das gewisse Etwas verschwunden, das unsere Beziehung ausgemacht hatte, weißt du. Zuerst habe ich es darauf geschoben, dass es Herbst wurde. Da haben ja viele Menschen kleine Depressionen. Aber es wurde im Winter nicht besser, obwohl wir so oft spazieren gingen. Und auch nicht im Frühjahr, meiner liebsten Jahreszeit. Dein Vater hat es als Unsinn abgetan, er hat sich nicht anders verhalten als all die Jahre zuvor und doch fühlte es sich für mich anders an. Von jetzt auf gleich. Und dann ist er spurlos verschwunden, obwohl ich das Gefühl hatte, dass es seit dieser Woche endlich wieder bergauf ging.«

Ich nickte nur langsam, weil ich nicht wusste, was sie von mir erwartete. Doch in meinem Kopf ratterten die Zahnrädchen ohne mein Zutun, blieben an den Worten »von heute auf morgen«, »Herbst« und »das gewisse Etwas fehlt« hängen. Als es dann plötzlich Klick machte, schlug ich erschrocken die Hand vor den Mund.

Bei Aither! Vom Verschwinden der Elementare waren nicht nur wir Wächter betroffen. Mein Vater besaß selbst zwar keine Magie, die Kräfte hatten nicht ausgereicht, um eins der Elemente zu beleben. Aber in seinen Genen waren diese dennoch vorhanden. Schließlich hatte er sie an mich weitergegeben. Daher hatte sich meine Mutter auch immer zu ihm hingezogen gefühlt. Nun, da die Elemente aus unserer Welt verschwunden waren, war all den Fictionmates der Auslöser für ihre Zuneigung abhandengekommen.

Ich hatte die Beziehung meiner Eltern zerstört.

»Ist alles in Ordnung, Kleines?« Sofort schaltete meine Mutter in den Mama-Modus. »Ich wollte dir nur davon erzählen. Ich wollte nicht, dass du dir Sorgen machst. Er kommt sicher bald zurück, wie immer. Vielleicht braucht er nur Zeit für sich.« Sie nahm meine Hand und sah mich hoffnungsvoll an. »Es hat im letzten Jahr einige Hochs und Tiefs gegeben, aber wir haben sie alle gemeistert. Ich liebe ihn, und das weiß dein Vater doch auch.«

Ich nickte träge. Was, wenn die Liebe meiner Eltern wirklich nur auf dieser besonderen Anziehung beruht hatte? Würden sie – und all die anderen gemischten Paare dort draußen sich nun trennen? War es für einige von ihnen schon zu spät?

Kurz dachte ich darüber nach, das Thema meiner Mutter gegenüber anzusprechen. Da ihr emotionaler Zustand jedoch noch nie sehr stabil gewesen war, verwarf ich die Idee. Es hätte zu keinem Ergebnis geführt. Ich musste schnellstmöglich mit Ric reden. Und vielleicht sogar Perry einschalten. Immerhin war er weiterhin unsere Führungskraft, auch wenn er nicht mehr die nächtlichen Jagdeinsätze koordinierte.

»Danke, dass du es mir erzählt hast«, schloss ich das Thema. »Wenn du irgendetwas von ihm hörst, melde dich bitte gleich bei mir, in Ordnung?«

»Natürlich, mein Schatz.« Sie nahm die Hand von meiner und sammelte die Kaffeetassen ein.

»Ich … Ich muss dann jetzt auch zur Arbeit«, log ich und sprang vom Stuhl auf.

»Bis bald, Kleines.« Sie zwang mir noch eine Umarmung auf und drückte mir einen Kuss auf die Stirn. »Ich freue mich immer, wenn du mich besuchst.«

»Ich mich auch, Mama«, log ich ein weiteres Mal. Ich würde in die Hölle kommen.

3. Kapitel

Zähneknirschend hatte Ric Natalias Anweisungen zur Führung durch die Bibliothek über sich ergehen lassen. Wer den Diabolo nicht zu würdigen wusste, hatte ihm rein gar nichts zu sagen. Sie hatte sich doch glatt beim Aussteigen beschwert, dass sie nun ein Dröhnen in den Ohren hatte!

Die Führungen durch die *Bibliotheca Elementara*, das früher am strengsten gehütete Geheimnis der Wächter, fanden regelmäßig einmal die Woche statt. Auch wenn die Sache mit den Elementen Geschichte war, erinnerte hier in diesen Räumen doch sehr viel daran. Überall an den Regalen konnte man die Schnitzereien erkennen. Die vier dreieckigen Symbole befanden sich auch in jedem einzelnen Buch, das in diesen schier unendlichen Hallen stand. Natürlich roch es nach wie vor nach Tinte, Papier und dem Leder der vielen alten Ausgaben, die in meterhohen Regalen die Bibliothek bewohnten. Aber es herrschte nicht mehr diese unheimliche, Ehrfurcht heraufbeschwörende Stille.

Heute war eine Gruppe von Kindern im Grundschulalter da, die Ric an den Bücherreihen vorbeischob und denen er die Sortierung erklärte. Freundlich lächelnd (Nat hatte ihn mehrmals daran erinnert) versuchte er ihre Fragen zu beantworten. Nun standen sie gemeinsam direkt vor der großen hölzernen Tür mit den vier Symbolen. Die Aufregung der Knirpse war greifbar und Ric ließ sie nur zu gerne ein wenig zappeln.

»Hinter dieser Tür, so heißt es, wurden früher die Kinder der Elementare auf ihre Fähigkeiten getestet.« Er flüsterte es beinahe, damit es wirkte, als wäre es ein großes Geheimnis. Die Reaktion kam prompt.

Er genoss die Uuuuhs und Aaaaahs der Kinder. Dieses Alter war ihm doch viel lieber als die Zwerge, die gleich losheulten. Frisch motiviert fuhr er fort: »Seht ihr diese vier Zeichen hier? Sie stehen für Feuer, Wasser, Erde und Luft.« Ric tippte im Uhrzeigersinn auf die Symbole, die ihren Himmelsrichtungen entsprechend angeordnet waren. Das nach unten schauende Dreieck mit dem Querstrich war das Symbol der Erde und befand sich oben, wo auf Karten Norden lag.

»Und soll ich euch was verraten?« Er machte eine dramatische Pause, um die Spannung zu steigern. »Die Zeichen wurden mit Drachenfeuer in das Holz der Tür gebrannt.« Er verzog kurz den Mund, als er an die Stärke seiner ehemaligen Elementargestalt dachte, an die ihn durchströmende Macht, die der Drache mit sich gebracht hatte.

»Gibt es diese Drachen immer noch?«, fragte ein blondhaariges Mädchen mit Zöpfen wie Pippi Langstrumpf.

Ric ballte die Hände zu Fäusten und schloss für einen Moment die Augen. »Nein, die Drachen gibt es nicht mehr.« Es auszusprechen schmerzte. Schnell öffnete er die Tür und führte die Gruppe weiter.

Mitten im Raum, zwischen etlichen weiteren Regalen, befand sich der große steinerne Tisch, auf dem auch heute noch die vier Schalen mit den Elementen standen. Ein kleines Feuer brannte in der ersten, Wasser war in der zweiten. Die dritte war mit Erde gefüllt. Die letzte war leer. Damals, bei Rics Eignungstest, hatte ein kleiner Tornado über dieser letzten Schale geschwebt. Nun musste die Luft, die sowieso allgegenwärtig war, ausreichen. Umso deutlicher konnte man dafür das Dreieck auf dem Boden erkennen. Das Zeichen der Luft, Lins Element. Er hing noch einen Moment seinen Erinnerungen nach, ehe er sich wieder an die Gruppe wandte, die ihn erwartungsvoll anstarrte.

»Wollt ihr vielleicht testen, ob auch ihr Elementarkräfte habt?«, fragte Ric die Standardfrage und natürlich antworteten alle mit einem lauten »Ja«. Die Kinder stellten sich in einer Reihe auf und fuhren mit ihren Händen über die Schalen. Ric stand auf der anderen Seite des Tisches, um dafür Sorge zu tragen, dass die Kinder keinen Unsinn anstellten – oder Feuer fingen. Einer nach dem anderen ging am Tisch entlang und ließ die erhobene Hand über den Schalen entlanggleiten.

Es gab keinerlei Zwischenfälle, bis das Mädchen mit den Zöpfen an der Reihe war. Auch sie trat mit bereits erhobener Hand an den Tisch und Ric sah in die erwartungsvollen und aufgeregten Augen der anderen, ob nicht dieses Mal etwas passieren könne, was ja irgendwie ganz niedlich war. Kinder gaben einfach nicht so schnell die Hoffnung auf. Da konnten sich einige Erwachsene ein Beispiel dran nehmen.

Dann lenkte ihn ein kurzer Schmerzenslaut wieder auf seine Aufgabe. Das Mädchen stand vor der ersten Schale. Hatte sie sich verbrannt? Sofort eilte er zu ihr und sah sich ihre Hand an. Es war nichts zu sehen. Vermutlich hatte sie die Hand nur zu tief über das Feuer gehalten und es war heiß geworden.

»Alles in Ordnung?«, fragte Ric und sie presste die Lippen fest aufeinander und nickte tapfer mit dem Kopf. Aber es war offensichtlich, dass nicht alles in Ordnung war. Sie war kreidebleich und auch die anderen waren unruhig geworden und traten nervös von einem Bein auf das andere.

»Vielleicht sollten wir für heute Schluss machen und weitergehen«, schlug er vor und einige der Kinder, die noch nicht an der Reihe gewesen waren, nickten eifrig und irgendwie erleichtert.

»Dann zeige ich euch jetzt das Buch, in dem die ganze Geschichte von all dem hier«, er beschrieb mit seinen Händen einen großen Bogen, »geschrieben steht. Und es ist nicht irgendein Buch. Das Buch wurde von meiner Freundin handgeschrieben. Es ist das einzige Exemplar dieser Geschichte um einen mutigen Drachen und die anderen Elementare.«

Ric ging voran zur Seite des Raumes. An den hohen Wänden standen wie überall Bücherregale, die bis zum Tonnengewölbe reichten. Vor diesen Regalen hatten die Bibliothekare zwei Vitrinen aufgebaut, besser gesichert als sein Diabolo. Er bewegte sich rückwärts, um die Blicke der Kinder zu halten, die bei der nun folgenden Ansprache immer kamen.

»Hier hinter mir seht ihr ›Die Chroniken der Wächter‹ und das Buch, das für die Verbindung zwischen unserer Welt und der Buchwelt gehalten wird: ›Otherside‹.« Ric machte seine typische Pause, um die *Achs* und *Ohs* zu hören, doch es kam nichts. Er wiederholte seine präsentierende Geste, aber noch immer starrten ihn alle an, als hätte er sich direkt vor ihnen in einen Drachen verwandelt.

Dann zupfte ihn die blonde Pippi Langstrumpf am Shirt. Er beugte sich zu ihr hinab, wie Lin es ihm empfohlen hatte, und sie flüsterte mit gebrochener Stimme: »Da liegt kein Buch.«

Binnen eines Wimpernschlags hatte Ric sich umgedreht und die letzten Meter bis zu den Vitrinen überwunden. Er starrte so lange auf die leere Stelle, dass ›die Chroniken‹ eigentlich schon durch seine bloße Gedankenkraft hätten dort liegen müssen. Doch das taten sie nicht. ›Die Chroniken der Wächter‹ war verschwunden. Das Buch, das erzählte, wie alles endete. Und mit ihm ›Otherside‹, das Buch, mit dem alles begonnen hatte.

4. Kapitel

Ich war froh, als ich die vielen Umarmungen meiner Mutter hinter mich gebracht und das Haus verlassen hatte. Sofort fühlte ich mich, als könne ich freier atmen. Es war erst früher Nachmittag und die Augustsonne brannte heiß auf meine bloßen Schultern. Das Lenkrad meines schwarzen Fiestas glühte regelrecht. Ich liebte mein kleines Auto – auch wenn es nicht allzu viele PS hatte.

Unwillkürlich musste ich an Peters alten Corsa denken. Ric belächelte immer, dass Peter »das alte Ding« nicht endlich loswerden wollte. Aber warum sollte er? Nur weil seine Eltern genug verdienten? Als Angestellte der *Bibliotheca* mussten sie sich über Geld keine Gedanken machen. Genauso wenig wie Ric, der dank der Waisenrente der Bibliothekare eigentlich gar nicht arbeiten musste. Von dem Geld, das er damals nach dem Tod seiner Eltern bekommen hatte, hatte er sich den Diabolo gekauft. Vielleicht hing er deshalb auch so an dem Auto: es war für ihn eine Art Verbindung zu seinen Eltern.

Schon während ich aus der Einfahrt rollte, drängte sich das Gespräch mit meiner Mutter wieder in meine Gedanken. Mir ging nicht aus dem Kopf, was sie gesagt hatte: dass die Anziehungskraft zwischen meinen Eltern so plötzlich nachgelassen hatte. Lag es wirklich daran, dass wir die Buchwelt verschlossen und die Magie der Elemente wieder zwischen den Buchdeckeln eingesperrt hatten? Warum hatte der Rat der Bibliothekare oder irgendjemand anderes noch nichts bemerkt? Es musste doch aufgefallen sein, dass sich Ehegatten, treue Freunde oder andere Bekanntschaften plötzlich abwandten. Ich war gespannt, was Perry dazu sagen würde.

Während ich in die Innenstadt fuhr, ließ ich mir die klimatisierte Luft auf stärkster Stufe ins Gesicht wehen. Wie praktisch war es gewesen, als ich mich noch binnen Sekunden von meinem Element hatte kühlen lassen konnte ... Erst nachdem ich die Kräfte verloren hatte, war mir bewusst geworden, wie oft ich sie tatsächlich in Anspruch genommen hatte.

Da um diese Zeit sämtliche Mitarbeiter-Parkplätze in der Tiefgarage belegt waren, glich die Parkplatzsuche einem Kampf gegen Titanen. Hatte Percy Atlas den Himmel abgenommen? Das war leicht im Vergleich zu dieser Herausforderung. Doch wie es so schön heißt, hat jede Suche ein Ende – nur dass meines gefühlte zwei Weltreisen von der Bibliothek entfernt lag und es ewig dauerte durch die ganzen engen Gassen zu laufen.

Ich war so in Gedanken versunken, dass ich in einen jungen Mann hineinrannte. Als ich aufsah, murmelte ich eine kurze Entschuldigung, aber er schien mich ebenso wenig registriert zu haben. Erst an der nächsten Querstraße blitzte das Bild des Jungen noch einmal in meinem Kopf auf. Er kam mir so bekannt vor. Wie ... Schnell drehte ich mich um. Der Mann bog gerade um die Ecke und ein Autospiegel oder etwas in der Art blendete mich, ehe er aus meinem Blickfeld verschwand.

Ich schüttelte den Kopf. Was ich zu sehen geglaubt hatte, war vermutlich eher meinem Wunschdenken geschuldet. Beziehungsweise gab es vielleicht tatsächlich einige Typen, die kaum Sonne sahen und sich stylten wie Edward ... *Er hat geglitzert*, sagte eine Stimme in meinem Kopf. »Es war ein Autospiegel«, antwortete ich laut, um mich selbst zu überzeugen. »Ein Lichtreflex. Es kann nichts anderes gewesen sein.« Während ich weiterging, wollte mir Edward nicht aus dem Kopf gehen. Wieso musste ich ausgerechnet heute in diesen Typen hineinlaufen, wenn ich mir ohnehin schon genügend

Gedanken machen musste? Ich schnaubte und beschleunigte meine Schritte.

Doch die flüchtigen Bilder von dem jungen Mann und dem Leuchten am Ende der Gasse ließen mich erst los, als ich endlich im Aufzug stand und den Knopf drückte, der nun für jeden Menschen sichtbar war. Direkt daneben hatte man sogar ein Metallschildchen mit der Aufschrift »Bibliotheca Elementara« angebracht. Irgendein Idiot hatte das »Elementara« durchgestrichen – und ganz gleich, wie oft wir das Schild sauber machen mussten, der Idiot kam immer wieder.

Als sich die Fahrstuhltür öffnete, empfing mich Lärm. Mir fiel sofort auf, dass es lauter war als sonst. Die Aufregung schien greifbar. Schnell ging ich den großen Saal entlang und unter der Doppeltreppe durch, um zur *Bibliotheca Elementara* zu gelangen. Irgendetwas musste vorgefallen sein.

Über eine Schar von Kindern hinweg sah ich Ric, der gerade mit Perry und Josh sprach und wild gestikulierte. Josh war ebenfalls ein Feuerelementar gewesen und hatte zeitweise mit uns im Team gearbeitet. Wir alle hatten ihn verdächtigt, mit Thyra und Elizabeth gemeinsame Sache zu machen, doch der Rat hatte seinen Fall genauestens überprüft und ihn von allen Verdächtigungen freigesprochen. Meine Skepsis war geblieben, auch wenn Josh beim großen Showdown an Halloween auf unserer Seite gekämpft hatte.

Schnell schob ich mich durch die Gruppe und versuchte, kaum angekommen, zu hören, über was die drei sprachen.

»Und für so eine Aufgabe nimmt man ausgerechnet ihn?« Ric fuhr sich kopfschüttelnd durch die schwarzen Haare.

»Die Bibliothekare selbst haben mich damit beauftragt.« Josh hob entschuldigend die Hände. »Dass sie nicht an die heutige Führung gedacht haben, konnte ich doch nicht wissen.«

Ric setzte bereits zu einer Antwort an, doch ich stellte mich demonstrativ neben ihn.

»Was ist denn passiert?« Ich registrierte mit einem Lächeln, dass

Ric sich sofort merkbar entspannte. Dann zog er mich mit einem Arm an seine Seite, beugte sich kurz zu mir hinab und drückte mir einen Kuss auf die Stirn. Die Stelle brannte sofort und jagte mir einen Schauer den Rücken hinunter. Warum hatte er noch immer so eine Wirkung auf mich?

Da niemand auf meine Frage antwortete, ergriff Perry das Wort: »Ric hat den Alarm ausgelöst, obwohl ...«

»Aus gutem Grund«, unterbrach Ric zähneknirschend. »Wie soll ich denn reagieren, wenn die ›Chroniken der Wächter‹ und ›Otherside‹ nicht in ihren Vitrinen liegen?«

»Wusstest du nicht, dass der internationale Rat gerade hier im Haus tagt?« Ich sah ihn fragend an.

Typisch Ric. Seit er nicht mehr als Wächter auf Patrouille gehen konnte, war ihm so ziemlich alles egal. Immer wenn der Rat hier war, wollte der die Bücher begutachten. Ich wusste zwar nicht, was sich die Bibliothekare erhofften. Es war ja nicht so, dass sich ›Otherside‹ noch verändern konnte, seit sich die Grenzen nicht mehr überschnitten. Mittlerweile konnte es auch jeder lesen – was vor Samhain nicht möglich gewesen war.

»Ich habe nicht daran gedacht, Tinkerbell.« Mein früherer Kosename ließ mich die Augen zusammenkneifen. Sofort hob er entschuldigend die Hände. »Es war nicht mein Dienst, vielleicht hätte ich mich sonst erinnert.« Er sah mich mit herausfordernd gehobenen Augenbrauen an.

Ja, ja. Schon gut. War klar, dass er mir das jetzt auf die Nase binden musste. Schließlich war ich nicht zu meinem Vergnügen bei meiner Mutter gewesen. Doch da fiel mir etwas ein: »Kann ich später noch mit dir sprechen, Perry?«

»Ist was passiert?« Rics Blick war so eindringlich, dass ich für einen Moment in den goldenen Augen versank. Dann schüttelte ich schnell den Kopf und deutete mit den Augen auf Josh. Ric verstand sofort. Er teilte mein Misstrauen.

»Wir können gerne in mein Büro gehen, nachdem sich hier ja alles geklärt hat, oder Ric?«

Der zuckte nur mit den Schultern.

»Dann kommt.« Wir folgten Perry am Rand der Schülergruppe entlang.

Die armen Kinder mussten nach diesem Chaos sicher total durcheinander sein. Mir fiel ein blondes Mädchen mit Zöpfen auf. Sie fixierte Ric, der vor mir ging und wirkte, als würde sie jeden Moment hinterherrennen wollen.

»Du hast einen Fan«, flüsterte ich ihm von hinten ins Ohr.

»Nur einen?« Er drehte sich kurz zu mir um und schenkte mir ein 100-Watt-Lächeln, das mich automatisch mitlächeln und die Aussage ignorieren ließ. Ich deutete mit einem Kopfnicken auf das Mädchen. Ric runzelte die Stirn, ehe er sich wieder umdrehte und weiterging.

»Sie starrt dich immer noch an.« So langsam wurde sie mir unheimlich. Bei Aither, hatte ich das gerade gedacht? Jetzt gruselte ich mich schon vor einem kleinen blonden Mädchen? Sie war nicht annähernd so gruselig wie so mancher Geist, der früher aus Büchern herausgelesen worden war. Ich schüttelte den Kopf. Erst Edward auf der Straße, dann die seltsame Reaktion auf dieses Mädchen? Ich brauchte wohl dringend Urlaub.

Perry öffnete die Tür zu seinem Büro und wir traten ein.

»Sie ist mir bei der Elementarprüfung aufgefallen«, erzählte Ric schließlich. »Ich habe gerade auf die anderen Kids geachtet, da hat sie kurz aufgeschrien. Vermutlich ist sie zu dicht ans Feuer gekommen.« Wieder legte er die Stirn in Falten. »Sie war aber nicht verbrannt oder so, das ich es hätte melden müssen«, rechtfertigte er sich vor Perry, der sofort aufhorchte. Unfälle mussten akribisch protokolliert werden. Nicht einmal ein Pflaster durfte man aus dem Erste-Hilfe-Koffer nehmen, ohne einen ganzen Zettel auszufüllen. »Das Seltsame ist, dass die anderen danach auch nicht mehr sonderlich erpicht darauf waren sich zu testen.« Ric verzog das Gesicht.

»Haken wir die heutigen Ereignisse ab«, sagte Perry und sah mich an. »Du wolltest mit mir reden?«

Ich nickte und überlegte, wo ich anfangen sollte. »Ich war bei meinen Eltern zu Besuch. Oder besser gesagt, bei meiner Mutter«, begann ich. »Mein Vater ist verschwunden.«

Perry schaute mich erschrocken an. »Verschwunden?«

»Es ist nicht das erste Mal. Meine Mutter ist eine Fictionmate«, antwortete ich, als wäre das Erklärung genug. »Sie neigt schon immer zur Übertreibung. Sie hat jedoch etwas erwähnt, das mir Bauchschmerzen bereitet.« Ich erzählte von dem fehlenden Etwas, von dem meine Mutter erzählt hatte. Danach herrschte für mehrere Minuten Stille.

»Wir haben in der Tat einige familiäre Probleme gemeldet bekommen«, sagte Perry irgendwann und verzog den Mund. »Aber bislang hat das niemand mit dem Fehlen der Elemente in Verbindung gebracht. Ich werde das später in der Ratssitzung vorbringen.« Er fuhr sich übers Gesicht und wandte sich anschließend an Ric. »Mit dir ist alles in Ordnung?«

Ric sah ihn fragend an.

»Du bist nach wie vor nicht sehr gut auf Josh zu sprechen. Vielleicht solltest du die alte Geschichte ruhen lassen.«

Ric schnaubte. »Ich weiß nicht, wie er oder seine Eltern es geschafft haben, ihn da ungestraft rauszuholen, aber ich weiß, dass letztes Jahr nicht alles mit rechten Dingen zugegangen ist.«

Ich nickte eifrig zur Bestärkung.

»Ihm konnte nichts nachgewiesen werden. Und du kannst nicht ewig nachtragend sein. Vor allem nicht, wenn du im Unrecht warst. Josh und seine Eltern sind den Bibliothekaren nie unangenehm aufgefallen. Ganz im Gegensatz zu dir und deiner Familie.«

Sofort funkelte Ric ihn an und meine Haut prickelte, als läge irgendeine Form von Magie in der Luft. Dieses Prickeln hatte ich auch immer gehabt, ehe sich ein Elementar verwandelt hatte. Die geballte Macht eines Elements. Rics Augen flackerten bedrohlich, was Perry jedoch nicht beeindruckte.

Er zuckte mit den Schultern und ließ das Thema auf sich beruhen. »Ich werde dir dann Bescheid geben, was beim Rat herausgekommen ist«, schloss er und damit war das Gespräch beendet. Gemeinsam verließen Ric und ich Perrys Büro.

»Wollen wir noch was trinken gehen?«, fragte ich Ric und schnappte mir seine Hand, als wir die große Empfangshalle durchquerten.

»Wenn es euch nichts ausmacht, würden wir gerne mitkommen«, sagte plötzlich eine Stimme neben uns.

Ich sah mich um und blickte in Corals strahlend blaue Augen. Neben der früheren Wasserelementarierin stand Peter, der wie immer etwas unsicher war.

»Unsere Schicht ist gerade zu Ende«, ergänzte er und wurde rot im Gesicht. Daran hatte sich in der Zwischenzeit also nichts geändert.

»Gerne«, sagte ich nur und spürte, wie Ric sich verkrampfte. Er wurde nicht gerne daran erinnert, wie es noch vor einem Jahr gewesen war. Wie wir als Team nahezu jede Nacht auf Patrouille gegangen waren.

»Ins *Milk & Sugar*?«, fragte Coral und ich nickte.

Wir verließen das Gebäude durch den Notausgang wie zu früheren Zeiten. Ric voran, ganz der Anführer unseres Teams. Ein Hauch Melancholie legte sich über die Gruppe, der im grellen Sonnenlicht jedoch schnell wieder verschwand.

Wir gingen gemeinsam durch die Gassen, bis wir an meinem Lieblingscafé ankamen. Nach Halloween hatte ich mich lange von diesem Ort ferngehalten. Ich war so oft mit Ty hier gewesen, wir hatten ganze Nachmittage mit dem besten Milchschaum der Stadt verbracht. Wie hatte sie mich so täuschen können? »Das *Milk & Sugar* kann doch nichts dafür«, hatte Ric immer wieder gesagt, bis ich endlich eingesehen hatte, dass er Recht hatte – was er natürlich nicht von mir bestätigt bekommen hatte. Seitdem kamen wir wieder öfter hierher und verhielten uns wie ganz normale junge Erwachsene, von denen es im Café nur so wimmelte.

Wir hatten Glück: Ein Vierertisch wurde gerade vor dem schnuckeligen Gebäude frei und wir setzten uns. Sophie, die Kellnerin, kam sofort zu uns und nahm unsere Bestellung auf.

»Was war denn heute in der *Bibliotheca* los?«, fragte Peter neugierig, als wir unsere Bestellung aufgegeben hatten.

Zähneknirschend erzählte Ric von den fehlenden Büchern. Peter verdrehte die Augen und setzte zu einer Antwort an, die Ric jedoch mit einem schneidenden Blick verhinderte. »Ich weiß, dass der Rat tagt.« Er verschränkte die Arme vor der Brust. »Aber in dem Moment habe ich nicht daran gedacht. Als dann noch Josh«, er spuckte den Namen beinahe aus, »sagte, dass er die Bücher herausgenommen hat, hab ich rot gesehen, glaubt mir.«

Das konnte ich mir gut vorstellen. Mein Drache in Höchstform.

»Ausgerechnet Josh?« Coral schüttelte langsam den Kopf. Wenigstens hatten wir vier nach wie vor eine Sache, die uns verband.

»Überwachen ihn deine Eltern immer noch?«, fragte ich Peter. Seine Eltern waren schon früher für die Qualitätssicherung zuständig gewesen und an ihrem Job hatte sich nichts geändert: Sie überprüften Teamfähigkeit, innerbetriebliche Probleme oder Reibungspunkte, wie es so schön hieß.

»Ich glaube nicht mehr, nein. Sie konnten absolut nichts finden, auch wenn ich ihnen mehrmals haarklein alles erzählt habe, was damals vorgefallen ist.«

Sofort dachte ich an unsere Verdachtsmomente zurück. In der Zeit, in der Josh wegen einer Verletzung seiner Teampartnerin Laurie mit uns auf Patrouille gegangen war, hatte er niemals seine Elementarkräfte eingesetzt. Wir hatten vermutet, dass er seine Elementarkette Thyra gegeben hatte – zusammen mit Ketten von anderen Elementaren. Aber bei der Überprüfung hatte er sie plötzlich wieder und unser Verdacht wurde entkräftet. Für seine Verwirrtheit hatte er die Verletzung von Laurie verantwortlich gemacht. Irgendwas lief zwischen ihm und der Wasserelementarierin seines früheren Teams. Auch heute noch sah man sie immer wieder zusammen. Aber offiziell waren sie kein Paar.

»Haben deine Eltern etwas von Streitigkeiten in Fictionmate-Beziehungen gehört?« Wenn jemand so etwas wusste, dann die Qualitätssicherung, vermutete ich.

»Keine Ahnung. Aber ich kann sie gerne fragen.«

Stille legte sich über unseren Tisch und wir alle hingen unseren Gedanken nach. Vermutlich ging es Coral oder Peter auch nicht wirklich besser als Ric und mir. Sie vermissten ihre Elementargestalt sicher ebenso wie wir unsere. Coral war eine wunderbare Vorleserin, aber wenn ich mich daran erinnerte, wie sie Seelenlose mit ihrem Gesang überzeugt hatte, waren selbst die tollen Lesestunden mit ihr nur ein Echo dessen, was sie einmal gewesen war, als sie ihre Sirenenkräfte vollends hatte nutzen können. Peter hingegen war zu einem Büromenschen mutiert, trug ständig Anzüge und wurde zum Teamleiter weitergebildet. Vielleicht würde er danach irgendwann in die Fußstapfen seiner Eltern treten.

Sophie bugsierte ein Tablett zwischen den vielen kleinen Tischen hindurch und stellte schließlich unsere Getränke vor uns ab. Wir löffelten nahezu synchron den Milchschaum ab und es herrschte erneut Stille. Wir hatten uns einfach nicht mehr genug zu sagen, was wirklich traurig war. Immerhin waren wir mehrere Jahre eine geschlossene Einheit gewesen, auch wenn Ric vor allem Peter das Leben manchmal schwer gemacht hatte.

Ich seufzte und Ric legte seine Hand auf meinen Oberschenkel.

»Habt ihr von der Sache in Paris gehört?«, fragte Peter plötzlich.

Wir alle schüttelten den Kopf und sahen ihn fragend an.

»In der *Bibliotheca Elementara* ist bei einer Führung ein Feuer ausgebrochen. Glücklicherweise konnte es schnell genug gelöscht werden, bevor Bücher beschädigt wurden.«

»Wie konnte dort ein Feuer ausbrechen?«, fragte Ric sofort skeptisch.

Peter zuckte mit den Schultern. »Die Sache wird noch untersucht. Die dortige Qualitätssicherung hat jedoch empfohlen, die Feuerlöscher in den Instituten weltweit aufzustocken.«

Coral sah bedrückt auf ihren Cappuccino hinab. Feuerlöscher hatten wir nie gebraucht. Wenn die Feuerelementare ihr Element nicht mehr im Griff hatten, war irgendein Wasserelementar zur Stelle gewesen. Wie es schien, schlug es uns allen auf die Stimmung zusammen mit dem alten Team hier zu sitzen.

Plötzlich deutete Ric mit dem Kopf in Richtung Marktplatz und instinktiv folgten wir alle seinem Blick: Josh eilte über den Platz, kam vermutlich direkt von der Bibliothek.

»Er sieht verdächtig aus«, sagte Ric tonlos und bestätigte meinen Eindruck.

Josh hielt eine Ledertasche vor der Brust und rannte um sein Leben. Naja, vielleicht nicht ganz, aber irgendwie musste man die Langeweile unseres neuen Lebens ja ausfüllen. Vier Augenpaare sahen ihm mit zusammengezogenen Brauen hinterher, bis er in eine der kleineren Gassen eingebogen war.

»Da ist doch was faul«, stimmte nun auch Peter zu. »Vielleicht sollte ich meine Eltern noch einmal darauf stoßen.«

»Was er wohl in den Händen hatte?«, überlegte Coral.

»Und was will er damit in einer Sackgasse?«, fügte Peter stirnrunzelnd hinzu.

»Wollen wir es herausfinden?« Rics Augen leuchteten, seine Augenbrauen zuckten aufgeregt.

Das Feuer seiner Begeisterung steckte uns an und wie von selbst sprangen wir auf, legten binnen Sekunden das Geld für unsere Getränke auf den Tisch und rannten zu der kleinen Gasse. Es tat gut wieder ein kurzfristiges Ziel zu haben und ich fühlte mich plötzlich unendlich befreit. Sogar eine zarte Brise umspielte mich wie zu früheren Zeiten. Ein fantastisches Gefühl, auch wenn es nicht mehr dasselbe war.

5. Kapitel

Für einen kurzen Moment war es wie früher. Ric glaubte sogar, das Feuer zu spüren, das durch seine Adern rauschte. Josh war ihm noch immer suspekt; sein Instinkt sagte ihm, dass mit dem anderen Feuerelementar etwas nicht stimmte.

Er rannte über den Marktplatz, scheuchte ein paar Tauben auf und war kurz davor – dicht gefolgt von den anderen die Sackgasse zu betreten. Hier hatten sie so viele Seelenlose gebunden, er konnte sie gar nicht mehr zählen. Die Gasse war perfekt dafür gewesen. Durch die hohen fenster und türlosen Mauern hatten selbst die stärksten Buchcharaktere nicht entkommen können, ohne sich mit Team A, dessen Anführer er gewesen war, anzulegen. Die perfekte Falle. Und in genau die war Josh jetzt getappt. Wie dämlich konnte man sein? Schließlich war er bei einem ihrer letzten Einsätze dabei gewesen.

Ric bog um die letzte Ecke und musste mehrmals blinzeln, um seine Augen an das Dunkel zu gewöhnen. Er zwinkerte nochmals, damit er glauben konnte, was er sah, als er seinen Blick über die lange, schnurgerade Gasse schweifen ließ. Josh war nirgends zu sehen. Sicherheitshalber gingen sie bis zur Mauer am Ende, durchsuchten auch die kleinen Winkel hinter den herumliegenden Kartons und den Mülltonnen. Bis auf ein paar gebundene Zeitungsstapel und zwei alte Gemälde, die eigentlich noch recht gut aussahen, war nichts zu sehen. Das eine Bild zeigte einen Wald, das andere einen Fahrstuhl. Bei Letzterem war ihm klar, warum man es weggeworfen hatte. Wer hing schon Bilder von Fahrstühlen auf?

»Wo ist er hin?«, sprach Lin neben ihm das aus, was auch Ric im Kopf herumgeisterte. Sie hatten ihn alle in diese Gasse gehen sehen. Wie, bei Hephaistos, konnte er nun verschwunden sein?

»Wir müssen ihn übersehen haben, als wir unser Geld auf den Tisch gelegt haben«, versuchte sich Peter an einer Erklärung.

»Ja klar, Laubkopf«, antwortete Ric. »Dir sind wohl deine Blätter abhandengekommen.« Lin sah ihn sofort böse an und er verzog das Gesicht. Wie konnte man denn eine so dämliche Erklärung abgeben? Als hätte Ric den Ausgang der Gasse auch nur für einen Moment aus den Augen gelassen.

»Wir sollten Perry Bescheid geben«, schlug Lin vor.

»Was kann der schon tun?« Ric ballte die Fäuste. Er spürte, dass etwas Wichtiges passiert war. Etwas, das sie alle wissen mussten. Plötzlich fühlte er sich, als wären sie etwas Großem auf der Spur. Ein wohliger Schauder durchlief seinen Körper.

»Ric!«, rief Lin plötzlich neben ihm und riss ihn aus seinen Gedanken.

Er folgte ihrem erschrockenen Blick zum Ende der Gasse. Dort stieg Rauch auf. Gänsehaut fuhr über Rics Arme. Je länger er hinsah, desto stärker qualmte es. Ric ballte seine Hände zur Faust und erste Flammen züngelten an den Kartonbergen und den Gemälden empor. Er konnte selbst nicht glauben, was er da sah.

»Ich rufe die Feuerwehr«, sagte Peter und zog sein uraltes Handy aus der Tasche, das noch aus der ersten Generation stammen musste.

Ric hingegen wollte nicht glauben, dass einfach so spontan irgendwo Feuer entstanden war. Doch der Rauch wurde immer dichter und bald konnte er nicht einmal mehr bis zum Ende der Gasse sehen.

»Wir müssen hier weg«, sagte Lin und zog ihn mit sich.

Peter meldete den Brand bereits und kurz darauf konnten sie den entfernten Lärm der Sirenen hören. Sie warteten am Ende der

Gasse auf die Einsatzkräfte. Auch die Polizei rückte an und nahm ihre Aussage auf. Danach beschlossen sie Perry Bericht zu erstatten. Er musste wissen, dass Josh etwas verbarg.

***

»Fangt ihr schon wieder damit an?«, seufzte Perry nach dem ausgiebigen Bericht. »Josh hat nur Besorgungen für den Rat erledigt.«

»In einer Sackgasse, aus der er plötzlich verschwindet?« Ric sah Perry herausfordernd an. Sein Team unterstützte ihn kopfnickend.

Perry fuhr sich übers Gesicht. »Ihr müsst euch getäuscht haben. Ich habe ihn vor einer Viertelstunde noch hier gesehen. Er hat die ›Chroniken der Wächter‹ zurück in ihre Vitrine gebracht. Etwas später habe ich die Sirenen gehört.«

Ric brannte innerlich. Wieso hatte man ausgerechnet dem Verräter die Verantwortung für Lins Buch anvertraut?

»Bist du sicher, dass das Buch wieder sicher verwahrt ist?«, fragte Peter mit neutraler Stimme. Auch wenn es Ric ungern zugab, war er für solche Gespräche besser geeignet.

»Natürlich. Ihr könnt gerne nachsehen. Ich war schließlich dabei, als er es in die Vitrine gelegt hat. Der Mechanismus kann nur zusammen mit einer Führungskraft aktiviert werden.«

Warum verschlossen sich alle so offensichtlich davor, Josh als das zu sehen, was er war? Ric konnte darüber nur den Kopf schütteln. Er wollte sich schon selbst davon überzeugen, ob das Buch zurück war, als Perry die Gruppe zurückhielt.

»Da wäre noch etwas«, druckste Perry herum. »Ich musste übrigens eine Beschwerde über euch weiterleiten. Wir haben einen anonymen Hinweis bekommen, dass ihr für das Feuer da draußen verantwortlich seid.« Er deutete mit der Hand in die Richtung, in der ein paar Straßen weiter der Marktplatz lag.

»Wie bitte?«, fragte Peter empört. So viele Emotionen hatte Ric dem Grünspan gar nicht zugetraut. »Meine Eltern werden sicher begeistert sein, wenn sie eine Beschwerde über ihren Sohn auf den Schreibtisch bekommen.« Er schnaubte doch tatsächlich. Ric konnte ein Grinsen nicht unterdrücken.

»Ich wollte euch nur vorwarnen, falls jemand auf euch zukommen sollte.« Perry hob entschuldigend die Hände. »Ihr könnt dann jetzt gehen.«

Wütend stürmte Ric nach draußen und auf den Fahrstuhl zu. Die Tür öffnete sich bereits mit dem typischen Bing, als Lin an seine Seite trat und beruhigend die Hand auf seinen Rücken legte. Ohne es zu beabsichtigen, entspannte er sich ein wenig.

Während der Fahrt nach oben fragte Lin, ob er dasselbe dachte wie sie, und bei Hephaistos, das tat er. Dieser miese Feuerelementar wollte von sich ablenken und hatte Rics Team verdächtig gemacht. Dafür würde er büßen. Ric kochte vor Wut.

Er ballte die Fäuste und die Luft im Fahrstuhl war plötzlich zum Schneiden dick. Es roch eindeutig nach Feuer, das konnte er sich nicht länger einbilden. Ein Blick auf Lin zeigte ihm, dass sie den Geruch ebenfalls wahrnahm. Vermutlich Rauch, der in ihren Klamotten hing. Mit großen Augen sah Lin zu ihm hinauf.

Das war einer dieser Momente, die er in tausenden Jugendbüchern bereits gelesen hatte. Ein winziger Augenblick, der aus der Zeit gerissen schien. Er fühlte sich von seinem Element wie berauscht, auch wenn er die Magie des Feuers nicht direkt spüren oder lenken konnte.

Seine Augen versanken in denen von Lin und die Zeit blieb stehen, als er sich langsam zu ihr hinabbeugte, um sie zu küssen. Es hätte ein perfekter Moment werden können, wie ihn so viele Autoren beschrieben haben. Lin hatte die Augen instinktiv geschlossen und die Lippen leicht geöffnet. Er spürte ihren warmen Atem, der sich mit dem Duft des Feuers vermischte.

Lin jedoch verdarb die Stimmung.

»Der Fahrstuhl bewegt sich nicht«, flüsterte sie.

Er schreckte hoch und stellte fest, dass sie Recht hatte. Schnell lösten sich die Vorstellung eines perfekten Augenblicks und die Erinnerung an sein Element auf, als er den Rauch sah, der durch die geschlossene Fahrstuhltür drang. Die Tür des Fahrstuhls, der sich nicht bewegte.

6. Kapitel

Mein Hirn schaffte es kaum alle Details zu begreifen. Erst war Ric wütend zum Fahrstuhl gerannt, ich war ihm gefolgt; dann hatten wir uns plötzlich fast geküsst, weil er von jetzt auf gleich wieder seine alte Ausstrahlung hatte. Als wäre sein Element wieder zugegen, das ihn stärkte und sein altes Ego zutage förderte – was ich, wie ich zu meiner Schande gestehen musste, äußerst attraktiv fand.

Ich hatte schon dieses Kribbeln im Bauch, diese Vorfreude auf den Kuss. Da roch ich es. In meiner ersten geistigen Umnebelung hatte ich wirklich geglaubt den alten Drachen wieder bei mir zu haben und nah an seinen Lippen gelächelt. Mein Magen hatte einen Hopser gemacht vor Freude. Jenseits des Nebels erkannte ich allerdings, dass das Hopsen von dem anhaltenden Fahrstuhl rührte und der Geruch nach Feuer eine ebensolche erklärbare Ursache hatte. Irgendwo da draußen brannte ein Feuer und der Rauch quoll bis in den Fahrstuhl. Peters Worte geisterten mir durch den Kopf, sein Bericht über den Brand in Paris.

Sofort musste ich husten und konnte nicht mehr damit aufhören. Ric strich mir über den Rücken, aber selbst das konnte mich nicht beruhigen. Mehrmals schlug ich panisch auf den Alarmknopf ein, obwohl Ric das bereits getan hatte. Ich hätte nie geglaubt, dass ich Angst in einem Fahrstuhl bekommen könnte. Jetzt schon. Ein Gewicht legte sich schwer über meine Brust und ich konnte nicht mehr atmen. Nicht, weil dort Rauch war, sondern weil die Wände immer näherzukommen schienen.

Gefühlte Stunden später ertönte eine Stimme. Der Rauch waberte oben unter dem Deckenlicht des Fahrstuhls. »Lin? Ric? Seid ihr dort drin?«

Perry! Aither sei Dank!

»Brennt es dort draußen?«, fragte Ric und ich bekam wieder einen Hustenanfall.

Perry ging nicht auf die Frage ein. »Wir stemmen jetzt die Tür auf. Ich kann euch von hier oben aus schon sehen.«

Waren wir so lange schon in dem Aufzug festgesteckt, dass Perry – der sonst so gemütliche Perry, dessen Elementarfähigkeit einem Tümpel glich im Vergleich zu Corals munterem Bächlein – die Feuertreppe mit den gefühlten zig Millionen Stufen hatte hochlaufen können? Das hatte ich einmal gemacht und ohne mein Element wäre ich auf dem Weg zusammengeklappt. Und das, obwohl ich regelmäßig joggen ging.

Ein Kratzen und Schaben war von außerhalb des Fahrstuhls zu hören. Der bewegliche Raum schwankte beinahe unmerklich und mit einem Mal beschlich mich eine weitere Angst: Die Dinger konnten abstürzen! Ich atmete tief ein – so gut das mit all dem Qualm ging und versuchte, meine Nerven zu beruhigen. Meine Hand krallte sich fest um die von Ric und die andere wanderte instinktiv zu meinem Elementaranhänger. Nervös starrte ich zur Tür.

Es ruckelte erneut und ein schmaler Lichtstreifen drang durch den Rauch.

Perry fluchte: »Was bei Poseidon habt ihr gemacht?« Er presste die Tür mit ich weiß nicht was auseinander und wir konnten sein besorgtes und zugleich verärgertes Gesicht sehen. »Wieso riecht es hier so nach Feuer?«

»Dürfen wir vielleicht erst einmal hier raus?«, fragte Ric alles andere als höflich, während sich bei mir der nächste Hustenanfall ankündigte. Er schnappte mich an der Hüfte und hob mich den Meter hinauf zu Perry. Dieser zog mich zu sich und schob mich zur Seite.

Kurz darauf stemmte sich Ric ebenfalls in die Freiheit.

»Würde mir jetzt endlich einer erklären, was ihr dort drin getrieben habt?«

Ric grinste breit, zuckte mit den Augenbrauen und setzte schon zu einer bissigen Antwort an, doch ich hielt ihn zurück.

»Wir dachten, draußen würde es brennen. Wir haben rein gar nichts gemacht.«

Perry wirkte besorgt. Coral kam in dem Moment ebenfalls die Feuertreppe hoch, den keuchenden Peter im Schlepptau.

»Was ist passiert?«, fragte er, während er um Atem rang.

»Josh ist passiert, wollen wir wetten?«, stieß Ric aus zusammengepressten Kiefern hervor. »Erst das Feuer in der Gasse, dann der Rauch hier drin. Mit dem Typen stimmt etwas nicht.«

»Solange du keine Beweise hast, Ric, solltest du etwas vorsichtiger mit deinen Vorwürfen sein. Aber ich wollte eben sowieso zur Überwachung gehen. Dort können wir gerne nachsehen, ob deine Vorwürfe haltlos oder begründet sind.« Perry sah Ric herausfordernd an.

Gute Idee. Schließlich wollte ich ebenfalls mit eigenen Augen sehen, was die Überwachungskameras aufgezeichnet hatten.

»Warum wolltest du denn zur Überwachung?«, fragte Coral, als wir uns auf den Weg zur Feuertreppe machten. Mich bekamen heute keine zehn Drachen mehr in den Fahrstuhl. Coral und Peter hatten sich ohne zu fragen angeschlossen – wir waren eben doch noch ein Team. Der Gedanke brachte mich zum Lächeln.

»Es geht um den Vorfall während der heutigen Führung«, nuschelte Perry, doch Ric hatte es dennoch mitbekommen und sah ihn scharf an. Perry hielt seinem Blick stand und zuckte mit den Schultern. »Es ist nach wie vor meine Aufgabe solche Dinge zu überprüfen.«

Ohne weitere Worte liefen wir die Treppen hinab und gingen gemeinsam in das Büro der Überwachung. Früher waren hier sämtliche öffentliche Kameras angezapft worden, die den Technikern Hinweise lieferten, wo herausgelesene Seelenlose sich gerade aufhielten. Heute waren sie erweitertes Security-Personal. Es waren auch nur noch wenige der vielen Arbeitsplätze besetzt.

Perry begrüßte den leitenden Techniker der Überwachung (ich glaubte mich zu erinnern, dass er Jimmy hieß) und stellte uns alle vor. »Hast du die Aufnahmen von der Führung?«, fragte er dann.

Jimmy drehte sich geschäftig zu seinen vielen Bildschirmen um und hackte auf die Tastatur ein. Sofort erschien der Prüfungsraum und kurz darauf trat Ric mit einer Schar Kinder ein. Zunächst blieb alles normal. Ein Kind nach dem anderen ging den Tisch mit den Elementarschalen entlang. Ric musterte die umstehenden Kinder und ein Lächeln schlich sich auf sein sonst so ernstes Gesicht. Automatisch hoben sich auch meine Mundwinkel.

Dann passierte es. Es ging viel zu schnell und auch Perry bat Jimmy noch einmal zurückzuspulen. »Und jetzt langsamer.«

In Slow Motion ging das blonde Mädchen mit den Zöpfen, das mir vorhin als Stalkerin aufgefallen war, zum Tisch. Sie hatte ihre Hand wie all die anderen vor sich erhoben. Ihr Gesicht wirkte ernst, als sie auf die erste Schale zuging.

Rics Blick war noch immer auf die anderen gerichtet, da schoss das Feuer aus der Schale empor und die Feuersäule umspielte die Hand des Mädchens. Sie schrie erschrocken auf und zog blitzschnell die Hand zurück. Ric rannte zu ihr und untersuchte die Hand auf Verletzungen. Seine Erleichterung war ihm anzusehen. Das Bild stoppte.

»Was bei Poseidon war das denn?« Der Patron der Wasserelementare hatte heute sicher schon ein Klingeln im Ohr, so oft, wie er erwähnt wurde. Perry fluchte ansonsten nie.

Jimmy sah fassungslos auf den Bildschirm, spulte zurück, sah sich die Feuersäule noch einmal an und stoppte an der Stelle, als das Feuer die Hand des Mädchens vollständig umschloss.

Ich konnte ebenfalls nicht glauben, was ich da wieder und wieder sah. Das Element hatte eine eindeutige Reaktion gezeigt. Eine starke Reaktion, wie sie nur bei wenigen Elementaren hervorgerufen wurde.

»Wer ist dieses Mädchen?«, fragte Perry mehr sich selbst und wandte sich anschließend an Ric. »Bist du die Teilnehmerliste durchgegangen, wie es Vorschrift ist?«

»Natürlich, Chef«, seufzte Ric.

»Meinst du, du kannst ihren Namen zuordnen, wenn wir die Liste gemeinsam durchgehen?«

»Nicht nötig«, warf Jimmy ein, hackte auf die Tastatur und suchte nach dem Beginn der Führung. Ric stand mit der Liste da, las vor und hakte ab. Absolut vorbildlich – bis auf den Gesichtsausdruck, der besagte, dass er bei einem falschen Wort töten würde. Jimmy drehte an einem Rädchen und plötzlich gab es auch Ton zum Bild.

»Oskar Mayer«, sagte der Ric auf dem Bildschirm und ein dürrer kleiner Junge mit Brille rief *»Hier!«*

»Leonie Funke?«

Noch ehe das kleine Stalkermädchen reagierte, atmete Perry lautstark ein.

»Hier!«, piepste es.

»Okay, das genügt. Danke, Jimmy. Jetzt weiß ich, zu wem das Mädchen gehört.«

Wir sahen ihn alle fragend an.

»Die Funkes sind eine alte Elementarfamilie, bei der die letzte Generation jedoch übersprungen wurde.« Er fixierte mich, als wolle er hinzufügen: »Wie bei dir, Lin.« Denn auch mein Vater hatte die Elementarkraft ja nicht selbst besessen, sondern nur an mich vererbt.

»Dann können wir die Kleine herholen lassen?«, fragte Peter sofort. Er schien regelrecht aufgeregt, was bei ihm selten der Fall war. Er war normalerweise die Ruhe in Person.

»Ich denke, ich kann ihren Vater kontaktieren. Andreas Funke hatte seine Tochter damals schon für den Eignungstest vormerken lassen. Ich werde das gleich mal erledigen.« Ohne uns weitere Anweisungen zu geben, eilte er davon.

Fragend sahen wir einander an, bis Ric plötzlich ein falsches Lächeln auf die Lippen glitt.

»Könntest du uns den Fahrstuhl zeigen?«, fragte er Jimmy betont höflich.

»Natürlich.« Jimmy zuckte mit den Schultern, tippte Befehle in die Tastatur und das Bild zeigte den Fahrstuhl in der Bibliothek.

»Nein, oben bitte.«

Kurz darauf wechselte das Bild zur oberen Etage.

»Und jetzt langsam zurückspulen«, wies Ric an und Jimmy folgte seiner Aufforderung.

Wir sahen eine ganze Weile nur die geöffnete Fahrstuhltür und die Kabine, die nur zur Hälfte zu sehen war. Dann rannten wir alle gemeinsam rückwärts durchs Bild, blieben kurz stehen und redeten, ehe Coral und Peter davoneilten und Ric und ich in den Fahrstuhl sprangen. Perry schloss ihn und kniete davor und redete auf ihn ein. Es sah wirklich lustig aus und ich konnte mir ein kurzes Lachen nicht verkneifen. Anschließend rannte Perry rückwärts zur Feuertreppe.

Gleich darauf wurde das Bild schwarz.

7. Kapitel

Jimmy spulte vor und wieder zurück, doch es fehlte ein großer Teil der Aufnahme.

»Wer auch immer das getan hat«, presste Ric zwischen mahlenden Kiefern hervor, »wusste genau, was er tat, verdammt.« Er ballte die Fäuste, während Jimmy spulte und spulte. Bis zu dem Moment, als Perry auftrat, schien die ganze Aufnahme aus Schwärze zu bestehen.

»Tut mir leid, Leute«, sagte Jimmy und hob entschuldigend die Hände. »Wir haben in letzter Zeit öfter technische Probleme. Die kürzen laufend unser Budget.« Er fixierte Peter. »Du könntest deinen Eltern ja mal einen Tipp geben, dass auch die Technik ohne Gelder nicht reibungslos funktioniert.«

Peter nickte höflich, ganz der Setzling, zu dem man ihn erzogen hatte. Das war nicht der erste Wink mit dem Zaunpfahl, den man an ihn richtete, um seinen Eltern eine Botschaft zukommen zu lassen. Ric dachte sich nur, dass es ihn tierisch nerven würde, wenn sich ständig jemand mit seinen Beschwerden über sonst was an ihn wenden würde.

»Wir könnten ja noch einen Kaffee trinken gehen«, schlug Lin vor und zwinkerte Ric zu, während sie seine Hand nahm.

Coral und Peter nickten und gemeinsam verließen sie den Technikraum, um erneut ins *Milk & Sugar* zu gehen. Ric konnte es kaum erwarten, endlich das Gebäude zu verlassen.

»Dieser verdammte Mistkerl! Wie hat er das nur geschafft?« Ric wusste nicht, wohin mit seiner Wut. Er schlug einmal kräftig gegen die bröckelnde Fassade der Bibliothek und stieß weitere Verwünschungen in Joshs Richtung aus, für die sich seine Großmutter geschämt hätte.

»Beruhig dich, bitte«, versuchte Lin ihn zu besänftigen.

Doch das war leichter gesagt als getan. Ric konnte es nicht fassen, dass dieser Typ einfach mit allem ungeschoren davonkam. Er wandte sich an Peter: »Ich hoffe, du redest noch einmal ein ernstes Wörtchen mit deinen Eltern «, grummelte er und tat jetzt genau das, wofür der Erdling ihm kurz zuvor noch leidgetan hatte. Noch ein Grund mehr, sich zu ärgern.

»Wollen wir?«, fragte Coral und sah Ric mit ihren großen dunkelblauen Augen an. Auch wenn sie nicht mehr sein elementares Gegenstück war, beruhigte sich sein Gemüt sofort ein wenig und nickend lief er die Strecke zurück zum Café.

Doch so weit sollten sie nicht kommen.

»Wenn das Mädchen in der *Bibliotheca Elementara* das Feuer kontrollieren konnte, könnten dann auch wieder Seelenlose hier auftauchen?« Lin hatte diese niedliche Falte zwischen den Augenbrauen, die immer auftauchte, sobald sie nachdachte. Ric hatte immer gedacht, das sei so ein Autorenklischee, aber Lin belehrte ihn immer wieder eines Besseren.

Peter antwortete als Erster: »Ich weiß nicht, ob sie das Feuer wirklich kontrollieren konnte. Die *Bibliotheca* ist immer noch so viel mehr als ein bloßer Raum. Vielleicht ist dort etwas Magie zurückgeblieben?«

»Und wieso können dann wir die Elemente dort nicht kontrollieren?«, schnaubte Ric.

»Hast du es denn schon einmal versucht?« Peter sah ihn mit schräg gelegtem Kopf an.

Tatsächlich hatte es Ric nie probiert. Nicht, nachdem er den halben November mit dem Versuch zugebracht hatte, zu Hause auch nur ein kleines Fünkchen zu erzeugen. Was jedes Mal fehlgeschlagen war. Zerknirscht schüttelte er den Kopf.

»Aber die Magie ist aus der Welt verschwunden, warum sollte sie dort noch vorhanden sein?« Die Falte zwischen Lins Augenbrauen wurde tiefer.

»Weil dieser Ort eine zentrale Rolle gespielt hat vielleicht?«, mutmaßte Coral. »Ich habe nie daran geglaubt, dass alle Magie ganz weg ist. Das wäre ... nicht richtig.« Wem sagte sie das!

»Ich glaube, ich habe heute einen Edward gesehen«, flüsterte Lin, als wäre es gefährlich so etwas auszusprechen.

»Bist du dir sicher?«, fragte Peter. »Das müssten wir sofort Perry sagen.«

»Ich bin mir eben nicht sicher. Es gibt wahrscheinlich Tausende Jugendliche, die ihre Haare so tragen.« Ihr Blick fiel auf Ric und der fragte sich, was das zu bedeuten hatte. »Und da war ein Leuchten, das aber genauso gut eine Reflexion eines vorbeifahrenden Autos hätte sein können.«

»Oder ein Vampir, der ins Sonnenlicht tritt.« Corals Augen leuchteten plötzlich noch mehr als sonst.

»Genau.« Lin nickte.

Sie waren mittlerweile fast am Rand des Marktplatzes angekommen, der belebteren Gegend der Stadt. Ric hielt sein Team an. »Warum hast du mir nichts davon erzählt?«, fragte er Lin.

»Weil ich bis vor einer halben Stunde noch geglaubt habe, dass die Elemente aus unserem Leben verschwunden sind«, verteidigte sich Lin.

»Und was fangen wir mit all diesen Informationen an? Meint ihr, Josh kann das Feuer auch wieder kontrollieren?« Peter sah in die Ferne. Er hatte denselben Blick drauf, mit dem er immer die Bäume angestarrt hatte, wenn er mit ihnen verbunden gewesen war.

Ric schnaubte erneut zur Antwort. Das wäre ja die Höhe. Wenn einer sein Element zurückerhalten sollte, dann ja wohl er. Aber wenn er genauer überlegte, hatte er doch den Rauch gerochen, als die rosaroten Zwerge auf ihn eingestürmt waren. Könnte es sein, dass … Er holte tief Luft und konzentrierte sich auf das, was früher so selbstverständlich war. Er zog an jenem Funken, der ihm von Geburt an ihm Blut lag und zerrte mit all seiner mentalen Stärke daran.

Ein erschrockener Aufschrei brachte ihn aus dem Konzept. Grimmig sah er zu Lin, die die Hand vor den Mund hielt, und folgte ihrem Blick. Aus einem der metallenen Mülleimer, die in regelmäßigen Abständen die Straßen der Stadt säumten, quoll dichter Rauch. Ein lange nicht mehr gespürtes Hochgefühl durchfuhr Ric und ein vermutlich dümmliches Grinsen stahl sich auf sein Gesicht. Was Josh konnte, konnte er doch schon lange. Mit einem siegesgewissen Lächeln verschränkte er die Arme vor der Brust.

»Warst du das etwa?«, fragte Peter, als würde er Ric nichts zutrauen. Hallo?

»Da guckst du, Grünschnabel, was?« Sofort spürte er Lins bösen Blick auf sich und fügte hinzu: »Es sitzt tief in uns. Ich musste mich stark konzentrieren, aber es ist nach wie vor da. Ganz weit in uns.«

»Hast du es seit Halloween schon einmal auf die Art versucht?«

Bei Hephaistos! Was dachte der Setzling denn? Dass Ric seine Gabe einfach ohne weitere Versuche aufgegeben hatte? Dass er sich nicht Tage lang zurückgezogen hatte, um mit allem, was er hatte, an diesem kleinen Funken in seinem Blut zu zerren – mit aller Gewalt? Unter Lins mahnendem Blick stieß er nur ein Grummeln aus und unterdrückte den Drang Peter wüste Beschimpfungen entgegenzuschmettern. Seine zu Fäuste geballten Hände zitterten.

»Lass das«, befahl Lin und deutete mit einem Kopfnicken zu dem Mülleimer, aus dem immer mehr Rauch hervorquoll, was eindeutig seiner hitzigen Gefühlslage zuzuschreiben war.

Und plötzlich sah er alles klar!

»Josh ist unschuldig«, brummte er und hätte sich dabei am liebsten auf die Zunge gebissen, um es für sich zu behalten. Er sah in drei fragende Gesichter, als er fortfuhr: »Der Rauch. Er kam von mir.« Er brauchte nicht zu erklären, dass es in der einsamen Gasse, in der sie nach Josh gesucht hatten, die Aufregung war, endlich wieder etwas zu erleben. Lediglich Lin schenkte er einen bedeutsamen Blick, bei dem sie sich hoffentlich denken konnte, warum seine Gefühle im Aufzug mit ihm durchgegangen waren. Ein Grinsen breitete sich auf Lins Gesicht aus und sie bekam rote Wangen, auf die er sie am liebsten sofort geküsst hätte. Dieser Drang, den er bis zum letzten Jahr ständig hatte unterdrücken müssen, ließ ihn nach wie vor nicht los.

»Brauchst du etwas Abkühlung?«, fragte Coral mit einem leichten Lächeln und hielt seinen Blick für einen kurzen Moment in ihrem Bann. Ihre Augenfarbe wechselte von Dunkelblau zu Meerblau und wieder zurück. Noch ehe er antworten konnte, umspielte ihn eine leichte Brise, die ihm über den Nacken kroch und anschließend die Haare zerzauste.

Lins glockenhelles Lachen war ansteckend. Als sie dann noch laut rief: »Sie sind wieder da!«, explodierte etwas in seinem Inneren, das er längst verlorengeglaubt hatte.

»Ihr wisst, was das heißt, oder?« Coral deutete auf den Boden unter sich. Sie stand in einem kleinen Rinnsal, das entgegen aller physikalischen Gesetze aus dem Brunnen des Marktplatzes kroch und die leichte Steigung zu ihr nach oben floss.

Peter antwortete mit einer Stimme, die aus einer tiefen Höhle zu kommen schien, seiner Elementarstimme: »Die Grenzen haben sich erneut geöffnet.«

8. Kapitel

Ich konnte es nicht fassen. Mir war nach Springen und Tanzen. Ich wollte herumhüpfen wie ein Gummiball, als ich die Gegenwart meines Elements nach all der Zeit spürte. Am liebsten hätte ich mich sofort verwandelt, wäre aus meiner Kleidung geschlüpft und durch die Lüfte gesaust, um die ganze Welt zu begrüßen und zu umarmen.

Niemals hatte ich auch nur zu hoffen gewagt, dass ich dieses Gefühl noch einmal würde spüren können. Schnell drückte ich meinem Drachen einen Kuss auf die Wange und sprang von einem aufs andere Bein. Ich war rastlos, ganz wie mein Element, und es war einfach atemberaubend. Nicht einmal der Gedanke daran, warum die Elemente wieder bei uns waren, trübte dieses Hochgefühl.

»Vielleicht sollten wir irgendwo hingehen, wo wir weniger auffallen?«, schlug Peter vor, der gegen einen Ast kämpfte, der vom anderthalb Meter entfernten Zierstrauch auf ihn zuwuchs und versuchte ihn zu umarmen – oder so etwas in der Art.

»Wir sollten zu Perry gehen.« Coral starrte auf ihre Beine, die mittlerweile bis zu den Knöcheln im Wasser standen. Ihr Element sammelte sich wirklich um sie herum. Früher oder später würde das sicher Aufmerksamkeit auf sich ziehen.

»Perry würde uns nur den Spaß verderben«, grummelte Ric und ich stieß ihn leicht mit dem Ellbogen in die Seite. Eigentlich stimmte ich ihm zu, aber da Geheimnisse zu haben im Moment vielleicht nicht gerade die beste Lösung war, schlug ich mich auf Corals Seite.

Da klingelte Peters Handy mit dem scheußlichsten Klingelton, den ich je gehört hatte. Er nahm das Gespräch an und Ric flüsterte mir ins Ohr: »Endlich kann ich dir wieder zeigen, wie heiß ich auf dich bin.«

Sein Atem kitzelte mich, die Wärme des Feuers strich meinen Hals entlang und über den Nacken, als würde Ric selbst mich an der Stelle berühren. Ich seufzte so leise wie möglich und hätte mich am liebsten mit meinem Drachen und meiner von Gänsehaut überzogenen Haut aus dem Staub gemacht.

Doch Peter hatte das Gespräch inzwischen beendet und sah uns so lange an, bis er unsere volle Aufmerksamkeit hatte.

»Jetzt sag schon, oder soll ich dir ein wenig einheizen?« Mit seinem Element war zweifellos auch Rics stichelnde Art präsenter geworden. Was einerseits vielleicht etwas nervig war – vor allem wenn man Peter Bernstein hieß –, doch andererseits hatte ich meinen Drachen zu sehr vermisst, als dass mich derlei Nebensächlichkeiten stören würden. Diese forsche Art hatte einfach schon immer zu Ric gehört und ich musste zugeben, dass sie einer der Punkte war, die ich an ihm mochte. Auch wenn ich das erst im Nachhinein festgestellt hatte. Aber bemerkte man nicht immer, was einem wichtig war, wenn man es verloren hatte?

»Das war Perry. Kann es sein, dass du dein Handy wieder einmal nicht gehört hast?« Er sah mich an und sofort griff ich in meine Tasche. Mehrere Anrufe in Abwesenheit.

»Was will er von Lin?«, kam Ric mir zuvor.

»Es gab da wohl ein Problem in der Sitzung des internationalen Rates.«

»Und dafür brauchen sie mich?« Das klang nicht gut. Gar nicht gut. Sofort fühlte ich mich, als hätte ich etwas angestellt.

»Wir kommen mit«, entschied Coral und holte über Blickkontakt das Einverständnis von Peter ein.

»Und ob!« Ric griff nach meiner Hand und zog mich mit, während er mit großen Schritten zur Bibliothek zurücklief. Unser Teamführer war wieder da. Ich strahlte.

***

In eine Sitzung des Hohen Rates zitiert zu werden fühlte sich an wie vor die Inquisition zu treten. Ich wusste, ich hatte nichts Verbotenes getan und dennoch fühlte ich mich schuldig – weswegen auch immer.

Ich war nur selten in diesem großen Sitzungssaal gewesen. Soviel ich wusste, wurde er nicht oft benutzt. Für die Besprechungen des örtlichen Rates der Bibliothekare reichte der kleine Sitzungssaal vollkommen aus. Der große Saal wurde nur für die selteneren internationalen Treffen hier im Haus entstaubt.

Mein Blick fiel auf die voll besetzten kreisförmig angeordneten Tische in dem ansonsten kahlen Raum. Zur Tür – zu uns hin befand sich eine Öffnung im Kreis und ich hatte freie Sicht auf die im Zentrum eingebrannten Elementarsymbole. Mein Zeichen das nach unten zeigende Dreieck – befand sich im Osten und schien zu flimmern. Aber vielleicht lag das auch an meiner Nervosität. Schnell hob ich den Kopf und sah die Reihe der Bibliothekare entlang.

Felipe, ein ehemaliger Feuerelementar und der ranghöchste Bibliothekar im internationalen Rat, verfolgte jeden unserer Schritte, bis wir – wie bestellt und nicht abgeholt an der freien Stelle des Kreises standen und ihn somit schlossen.

»Wir haben nur Fräulein East hergebeten«, sagte er mit ruhiger Stimme, der aber so viel Autorität innewohnte, dass ich dem Drang widerstehen musste die anderen sofort wegzuschicken. Peter wurde gleich um ein paar Zentimeter kleiner und Coral trat nervös von einem Bein aufs andere.

»Wir unterstützen Lin als Team«, antwortete Ric bestimmt. Ich hätte ihn dafür küssen können.

»Nun denn.« Felipe machte eine wegwerfende Handbewegung.

»Als nächster Protokollpunkt steht die turnusmäßige Überprüfung des Werkes ›Otherside‹ auf dem Programm.« Er machte eine kurze Pause und deutete auf eine kleine Vitrine hinter sich, die der Vitrine im Testraum nicht unähnlich war. Darin lag vermutlich ›Otherside‹. Sehen konnte ich es nicht, weil Felipe mir die Sicht darauf versperrte. »Wir sind dann jedoch auf ein Problem gestoßen, von dem Josh sagt, dass du es lösen könntest.«

Ich verstand absolut nicht, was er von mir erwartete, und sah verwirrt von Felippe zu Josh, der an der anderen Seite des Raumes stand. Das Ratsmitglied hätte genauso gut chinesisch sprechen können. Als ich nicht reagierte, wurde er konkreter:

»Wir können es nicht berühren.«

Mit diesem Satz war plötzlich alles klar. Die Elemente waren wieder da. Und wahrscheinlich auch die Seelenlosen. Alles war so wie im vergangenen Jahr, als niemand außer mir ›Otherside‹ hatte berühren können. Es war durch einen Zauber geschützt gewesen, hatten wir vermutet. Doch schon während der finalen Schlacht an Samhain hatte Peter es lesen und mich auf diese Weise retten können. Denn nur darin stand, wie mich die fünf Elemente wieder zum Leben erwecken konnten, nachdem ich eigentlich schon tot war. Zac hatte diesen Teil der Geschichte hinzugefügt, ehe die Grenzen verschlossen worden waren. Die letzten Zeilen aus ›Otherside‹ hatte ich noch so viele Male gelesen, um all das Geschehene wirklich verarbeiten zu können.

Ben sagte zu Zac *»Sie lebt«*, und Zac antwortete darauf *»Ich weiß.«*

Nachdem ich die ›Chroniken der Wächter‹ abgeschlossen hatte, hatte ich ›Otherside‹ nur noch geschlossen in der Vitrine angeschaut. Seit jenem Moment hatten allein Josh und die Ratsmitglieder Kontakt mit dem Buch gehabt. Eine leichte Brise fuhr mir durch die Haare – eine geflüsterte Beruhigung meines Elements, das meine Vorsicht registrierte.

Felipe und all die anderen älteren Männer und Frauen des Rates musterten mich argwöhnisch. Auch ihnen war die Bewegung meiner Haare in diesem windstillen fensterlosen Raum aufgefallen. Sollten wir ihnen alles erzählen, was wir heute herausgefunden hatten?

Schnell sah ich zu Ric hinüber, der mit einer leichten Kopfbewegung ein Nein signalisierte. Wollte er es wirklich für sich behalten? Als ich seinem Blick jedoch folgte, erkannte ich den Grund: Josh, der uns gegenüber gespannt auf meine Reaktion wartete – wie der gesamte Rat.

»Ihr könnt es nicht berühren?«, war das Erste, das mir einfiel, auch wenn es nicht gerade sehr schlau wirkte.

»Niemand von uns kann mehr das Buch berühren, ohne sich zu verbrennen.« Margret, eine ehemalige Luftelementarierin, mit grauem, streng nach hinten gekämmtem Haar, sah mich an, als wäre ich höchstpersönlich schuld daran. Sie war Felipes Stellvertreterin, die zweithöchste Person im Rat.

Ich spürte, wie sich Ric neben mir anspannte. »Und nun soll ich es versuchen?« Auch wenn ich die Antwort kannte, wollte ich es von ihnen hören.

Felipe nickte und deutete mit einer Geste an, dass ich zur Vitrine gehen solle. Also ging ich hinter den Ratsmitgliedern entlang – auf der entgegengesetzten Seite, auf der Josh stand. Doch er lief mit großen Schritten ebenfalls zu ›Otherside‹ und kam sogar noch vor mir an. Die Blicke des gesamten Rates kribbelten mir wie Nadelstiche im Nacken. Josh sah kurz zu Felipe, der einmal nickte, und schon öffnete Josh die Vitrine mit einer präsentierenden Geste.

Plötzlich registrierte ich eine Art Summen, eine Vibration, die meinen Körper mit Gänsehaut überzog. Aber als ich mich umsah, schien niemand etwas Ähnliches zu bemerken. Und auch Josh, der so dicht neben mir stand, dass ich seine Körperwärme spüren konnte, zeigte keinerlei Reaktion.

Als ich meine Hand nach ›Otherside‹ ausstreckte, konnte ich das

Brummen sogar spüren. Je näher ich dem Buch kam, das wir einst für die Verbindung zweier Welten gehalten hatten, desto lauter wurde es. Doch noch immer reagierte niemand außer mir darauf. Oder sie alle ignorierten es, weil sie es bereits bemerkt hatten, als unser Team noch nicht in diesem Raum war.

Schnell drehte ich mich um, um Rics Reaktion zu sehen. Aber auch er, Peter und Coral standen einfach nur reglos da und warteten, was geschehen würde. Kopfschüttelnd wandte ich mich wieder dem Buch zu und näherte meine Hand ›Otherside‹. Meine Haut selbst schien nun zu vibrieren, kribbelte so stark, dass ich mir nicht sicher war, ob ich das Buch überhaupt aufschlagen konnte. Es glich dem tauben Gefühl, wenn einem ein Körperteil eingeschlafen war und das Blut langsam, aber sicher an die Stelle zurückkehrte.

Doch ich war bereit es zu versuchen und fuhr erst etwas tapsig über den ledernen roten Einband, ehe ich es vorsichtig ungefähr in der Mitte öffnete. Eingehüllt in den Geruch des Leders und der alten Seiten, holten mich Bilder aus den letzten Jahren ein und ich schloss für einen Moment die Augen. Die anderen im Raum befanden sich so weit weg, Welten entfernt. In diesem Moment zählten nur ›Otherside‹ und die Erlebnisse, die uns verbanden.

Jeder hatte ein Buch, mit dem man besondere Momente verband. Es musste nicht einmal das Lieblingsbuch sein, die Zeiten waren für ›Otherside‹ vorbei. Aber Zacs Geschichte stand für einen so langen Abschnitt in meinem Leben. Es hatte mich beinahe während meiner gesamten Ausbildung zur Wächterin begleitet. Müsste ich mein Leben in Büchern erzählen, wäre ›Otherside‹ eines davon.

Ein lautes Keuchen drang an mein Ohr. Josh trat mit schmerzhaft verzerrtem Gesicht ein paar Schritte zurück. Mit einem Blick hinter mich sah ich in die Gesichter der Ratsmitglieder, die alle die Augen weit aufgerissen hatten. Nur Ric, Coral und Peter standen mit verschlossenen Mienen so reglos da wie kurz zuvor, auch wenn ich Ric die Unruhe ansah, ganz gleich, wie sehr er sie zu verbergen versuchte.

»Sie kann es berühren!«, flüsterte Margret Felipe zu und ich hätte am liebsten geantwortet: *»Sie kann euch auch hören!«*, biss mir jedoch im letzten Moment auf die Zunge und schluckte den Kommentar herunter.

»Dann hatte Josh also Recht«, sagte Felipe laut, aber es wirkte eher so, als würde er mit sich selbst sprechen.

Sofort sah ich zu Josh, der nur zufrieden nickte. Warum war er eigentlich zurückgetreten? Er hatte ausgesehen, als wäre ihm übel geworden. Ich beschloss, den Gedanken später mit den anderen zu diskutieren und wandte mich an Felipe: »Soll ich nach irgendetwas Bestimmtem suchen?«

»Wir müssen wissen, ob sich das Ende verändert hat«, kam Margret Felipe zuvor und fixierte mich aus ihren kalten Augen, denen selbst das kleinste bisschen Wärme unseres Elements fehlte.

Ich klappte ›Otherside‹ wieder zu, drehte es um, so dass die lederne Rückseite oben lag. Dann atmete ich ein letztes Mal tief ein und ließ mich von meinem wiedergewonnenen Element durchströmen, ehe ich das Buch öffnete. Ich brauchte nicht einmal wirklich zu lesen. Ein einziger Blick auf die letzte Zeile genügte, um mein Herz schneller und schneller schlagen zu lassen. Der Raum begann sich zu drehen. Ich hatte das Gefühl, keine Luft mehr zu bekommen. Mit einer zittrigen Bewegung, die ich nur mit Hilfe meines Elements zu Stande brachte, schloss ich das Buch.

Alles um mich herum verschwamm. Ich hatte nicht länger die Kraft mich auf den Beinen zu halten. Mein Element unterstützte mich, während ich zu Boden glitt und von der Dunkelheit umschlossen wurde.

9. Kapitel

Ric hatte jede einzelne Bewegung von Lin verfolgt, selbst das Auftreten der kleinen Falte zwischen ihren Augenbrauen, ehe sie ›Otherside‹ von hinten aufgeschlagen und einen Blick auf die Seiten geworfen hatte.

Dann war alles so schnell gegangen. Sie war kreidebleich geworden und hatte das Buch schneller geschlossen, als Ric mit bloßem Auge hatte verfolgen können. Als er ihre flatternden Lider sah, rannte er schon los.

Wie in Zeitlupe fiel Lin zu Boden, niemand unternahm etwas und Ric rannte schneller und schneller. Er schaffte es gerade noch, ihren Kopf aufzufangen, bevor er auf dem Parkett aufschlug. Vorsichtig bettete er Lins Kopf auf seinen Schoß und strich ihr die Haare aus dem Gesicht.

Ein lautes Knurren drang aus seiner Kehle, seine Haut kribbelte, als wolle der Drache jeden Moment daraus hervorbrechen. Die Angst um Lin war so unvorbereitet gekommen – es hatte kein Kampf stattgefunden, nichts, wovor er sie hätte beschützen können. Schnell tastete er nach ihrem Puls und spürte sofort das Flattern unter seinen Fingerspitzen. Das beruhigte ihn ein wenig und das Kribbeln seiner Haut ließ nach. Er versuchte wieder einen klaren Gedanken zu fassen und sofort kam ihm nur ein möglicher Grund für Lins Zusammenbruch in den Sinn.

»Was hast du ihr getan?«, fuhr er Josh an. »Du bist von ihr weggetreten, kurz bevor sie umgekippt ist.«

Josh starrte immer noch auf Lin und schüttelte den Kopf, als hätte er Rics Frage nicht einmal gehört.

»Josh! Was hast du getan?«, rief Ric nun lauter und Josh schien langsam wieder in der Gegenwart anzukommen. Fragend sah er Ric an, der seinen Vorwurf noch einmal wiederholte.

Dann kamen auch die Mitglieder des Hohen Rates in die Gänge. Felipe, der Oberboss, trat als Erstes zu Ric und kniete sich neben ihn und Lin. »Hatte sie so etwas schon einmal?«, fragte er.

Ric glaubte, ehrliche Besorgnis in seinem Gesicht zu entdecken. Ganz im Gegensatz zu Margret, die Ric nie hatte leiden können und die nun ebenfalls aufgestanden war und Ric von oben herab kritisch beäugte. Es schien sich jedoch niemand daran zu stören, dass Ric binnen Millisekunden bei Lin gewesen war, die dank ihres Elements nicht gefallen, sondern zu Boden geschwebt war.

»Ich glaube, es geht ihr gut«, sagte Ric nur knapp. »Sie atmet.«

»Wir haben alles genau beobachtet. Du kannst Josh keinen Vorwurf machen«, begann Felipe. »Er war dabei, als wir versucht haben das Buch zu öffnen, und da gab es einen kleinen Unfall.«

Das beruhigte Ric keineswegs. Vielleicht konnte er sich bei den Bibliothekaren einschleimen, aber bei Ric sicher nicht.

»Bring sie ins Krankenzimmer«, wies Felipe ihn an. »Margret kann euch begleiten.«

»Nicht nötig«, antwortete Ric barsch und zog Lin dichter an sich. Auf Margret, die ihre Elementarkraft früher sogar dazu hatte nutzen können Wunden zu heilen (wozu eigentlich nur Wasserelementarier in der Lage gewesen waren) konnte er verzichten. Heute war sie nicht mehr als eine unfähige Krankenschwester. Oder hatten sie alle ihre Gaben ebenfalls zurück und bisher nur nichts gesagt?

Ric glaubte nicht daran. Wenn all die Menschen hier in diesem Raum wüssten, dass draußen wieder Seelenlose herumstrichen, wäre hier mehr los, davon war auszugehen. Vorsichtig hob er Lin hoch und trug sie auf beiden Armen an den gaffenden Ratsmitgliedern vorbei. Coral und Peter standen immer noch an derselben

Stelle. Zeitgleich kamen sie jedoch in die Gänge und öffneten Ric die Tür.

Erst als sie wortlos die große Halle durchquert hatten und im kleinen Krankenzimmer bei den Büros der Teamleiter angekommen waren, löste sich Rics Anspannung. Er wusste, dass Lin nichts Schlimmes zugestoßen war, er spürte es … irgendwie. Nur deshalb hatte er auf Hilfe verzichtet. Behutsam legte er Lin auf die gepolsterte Liege und sah zu Coral, die gerade die Tür schloss. »Hast du nicht auch so einen Heilzauber drauf wie Margret früher?«, fragte er.

»Ich … Ich weiß nicht. Ich habe die Kraft eben erst zurückbekommen, ich weiß nicht, was … oder wie …« Nun war sie so kreidebleich wie Lin. Super gemacht, Ric.

»Vielleicht kann ich helfen?«, bot sich Peter an und trat neben die Krankenliege. Er hielt seinen Arm von sich gestreckt, mit der Handfläche nach oben.

Im ersten Moment glaubte Ric schon, dass Peter Lin heilen wollte und irgendeinen Hokuspokus draufhatte, den er ihm bislang verheimlicht hatte. Doch dann verwandelte sich sein Arm mitsamt der Hand in einen Ast, aus dessen Ende sogleich eine Pflanze wuchs, die sofort einen intensiven Duft verströmte.

»Minze?«, fragte Coral ungläubig.

»Zu Hause wurde mir immer gesagt, dass Minzöl bei allem hilft.« Schweißperlen standen auf Peters Stirn, der die Pflanze immer dichter wachsen ließ, bis sie kurz davor war, zu blühen.

»Wo hast du das eigentlich gelernt«, fragte Ric neugierig und deutete mit dem Kinn auf Peters hölzerne Hand.

»Das lernen wir alle im Elementarunterricht«, antwortete Peter atemlos.

»Und wieso wusste ich das nicht?«, fragte Ric weiter.

Peter antwortete nicht sofort. Er schloss kurz die Augen und legte die Stirn in Falten. Dann entspannte er sich und sah Ric mit erhobenen Augenbrauen an. »Hätte ich Seelenlose mit einem Strauch Rosen vertreiben sollen?«

»Du kannst ja sogar witzig sein.« Das war Rics voller Ernst. Von Peter war normalerweise eigentlich kaum mehr als Stammeln zu vernehmen und es dauerte manchmal ewig, bis man etwas Brauchbares aus ihm herausbekam. Humor war bisher nie darunter gewesen.

Peter nahm die Aussage gelassen. »Pflückt die Blätter und zerreibt sie zwischen den Fingern«, wies er Ric und Coral an, die der Aufforderung sofort folgten. Binnen weniger Sekunden roch es in dem kleinen Raum wie in der Teeabteilung. »Jetzt haltet ihr das Konzentrat unter die Nase.«

Ric tat wie verlangt. Coral reichte ihm auch ihren Pfefferminzmatsch. Eine ganze Weile tat sich nichts. Lins Brustkorb hob und senkte sich immer noch regelmäßig, aber die Augen blieben geschlossen.

»Dann bleibt wohl nur eins«, sagte Coral, trat nach vorne und hielt ihre Hand mit der Handfläche nach unten über Lins Gesicht. »Tut mir leid, Lin.«

Mit diesen Worten ergoss sich ein wahrer Regenschauer aus Corals Hand und landete auf Lins Gesicht. Binnen Millisekunden setzte sich Lin prustend auf.

Ric warf Peter und Coral einen vorwurfsvollen Blick zu – das hätte sie auch mal früher machen können! –, ehe er Lin zärtlich auf den Rücken klopfte. Er konnte selbst nicht glauben, wie erleichtert er war, dass es ihr wirklich gut ging.

»Was ist passiert?« Lin sah sich fragend im Raum um, ehe ihr erneut die Farbe aus dem Gesicht wich und Ric schon Angst hatte, sie würde wieder umkippen.

»Das sollte ich wohl eher dich fragen«, antwortete Ric ruhig. »Was hast du in dem Buch gesehen?«

Lin schloss die Augen und sagte gar nichts. Die Stille im Raum wurde nur durch das Rascheln von Peters Rückverwandlung unterbrochen.

»Lin?«, hakte Ric nach.

Sie holte tief Luft und öffnete die Augen. Tränen glänzten darin und sofort machte Ric sich wieder Sorgen. Er strich ihr mehrmals sanft über den Rücken und schickte etwas Wärme zur Beruhigung aus, ehe er sie an der Schulter näher zu sich zog.

»›Otherside‹ hat sich erneut verändert«, begann sie mit zitternder Stimme und schüttelte immer wieder den Kopf, als könne sie es selbst nicht glauben. »Und ich weiß jetzt, wo mein Vater ist.«

Weder Peter, noch Coral oder Ric sagten etwas. Keiner von ihnen regte sich, als könnten sie sich damit vor dem Offensichtlichen verstecken. Ric wollte nicht hören, dass so etwas möglich war, und widerstand nur schwer dem Drang sich die Ohren zuzuhalten wie ein Kleinkind.

Und dennoch sprach Lin es aus: »Mein Vater ist in ›Otherside‹. Zac hat ihn zu sich geholt.«

10. Kapitel

Alle drei keuchten nahezu zeitgleich auf. Ich hatte ihnen angesehen, dass sie sich ihren Teil schon zusammengereimt hatten. Aber was wirklich dahintersteckte, hatte sie dennoch überrascht.

»Was genau stand auf der letzten Seite?«, fragte mich Ric.

Ich zitierte die Zeilen, die sich in mein Hirn gebrannt zu haben schienen:

›Willkommen in Otherside‹, sagte Zac zu dem neu angekommenen Mann, der anhand seiner auffälligen Kleidung sofort als Bewohner der Realität oder einer der neuen Gegenden von Otherside zu erkennen war. ›Wie ist dein Name?‹ Interessiert wartete Zac auf die Antwort.
Sein Lakai verpasste dem Mann einen Stoß, der ihn zum Stolpern brachte.
›Nathan East‹, flüsterte der Mann.
›Endlich‹, sagte Zac und befahl dem Lakaien, Nathan East in einem der Gästezimmer unterzubringen. Im Moment stehe er unter seinem besonderen Schutz.
Als die beiden den Raum verlassen hatten, ging Zac zum Fenster hinüber und sagte zu sich selbst: ›Du bist die Nächste, Lin.‹

Erneut traten mir Tränen in die Augen. Zac hatte meinen Vater in ein Buch entführt!

»Wie hat er das geschafft?«, sprach Peter aus, was wir uns alle fragten.

Ich schüttelte nur den Kopf. »Vielleicht steht in ›Otherside‹ noch mehr. Ich habe ja nur einen Blick auf die letzte Seite geworfen.«

»Dann sollten wir zurück zum Rat gehen, damit du auch den Rest lesen kannst.« Peter ging bereits in Richtung Tür, als Coral sich ihm in den Weg stellte.

»Ich glaube nicht, dass das eine gute Idee wäre. Wir müssten ihnen alles erzählen.« Das Wort *alles* betonte sie und machte mit der rechten Hand eine unser Team umfassende Geste.

»Das Wassermädchen hat Recht«, stimmte Ric zu und legte die Stirn in Falten. »Irgendwas passt nicht zusammen.«

»Du hattest schon immer was gegen den Rat«, sagte Peter zerknirscht.

»Aus gutem Grund«, antwortete Ric barsch. »Wenn ich daran denke, wie man die Bibliothekare manipuliert hat.«

Er brauchte nicht mehr zu sagen. Jeder von uns wusste, was er meinte – oder wen. Wir waren überzeugt davon, dass Josh seine Finger mit im Spiel hatte, als es mit unserer Welt steil bergab ging, und nicht nur Thyra für alles verantwortlich gewesen sein konnte. Und dennoch arbeitete Josh weiterhin für die Bibliothekare, assistierte sogar dem internationalen Rat. Also musste dort nach wie vor etwas gewaltig schieflaufen.

»Und jetzt?« Ich fühlte mich so hilflos. Wäre mein Vater an irgendeinem Ort in dieser Welt, würde ich ihn gemeinsam mit meinem Team dort herausholen. Aber wie sollte ich ihn aus einem Buch herausbekommen?

»Du könntest versuchen, ihn herauszulesen«, sagte Peter, als hätte er meine Gedanken gelesen.

»Dazu bräuchten wir aber das Buch. Also ist das eine Sackgasse, Grünling. Außerdem wäre er dann nur ein Schatten seiner selbst.« Sobald Ric mit den äußeren Umständen unzufrieden war, wurde er unfair. Ich sah ihn scharf an und zur Abwechslung registrierte er es sogar. »Tut mir leid, Mann«, presste er hervor.

Peter zuckte mit den Schultern, lächelte aber dennoch wie ein Kind an Weihnachten. Eine Entschuldigung des Drachen war äußerst selten und das wusste er auch. Mit neuer Motivation erklärte er uns seine nächste Idee: »Wenn wir keine Möglichkeit haben, an das Buch zu kommen, müssen wir wohl jemanden in dieser Welt befragen.«

Wir sahen ihn alle gespannt an, was ihn sofort verlegen machte.

»Wir könnten …«, stammelte er und die Luft war erfüllt vom Duft nach Wald und feuchtem Boden.

»Wir gehen auf Patrouille und schnappen uns einen Seelenlosen!« Rics goldene Augen begannen zu strahlen. Er malte sich vermutlich bereits aus, dass es wie früher werden würde.

»Und wie wollen wir die finden?«, fragte Coral und ich nickte zustimmend.

Der vermeintliche Edward, dem ich begegnet war, war am helllichten Tag auf der Straße herumgesprungen – glitzernd! Im letzten Jahr wäre so etwas beinahe undenkbar gewesen, die Seelenlosen waren eher in der dunklen Tageshälfte unterwegs. Und taten sie das überhaupt noch so regelmäßig wie früher? Schließlich hatten sich die Regeln geändert, wenn Zac meinen Vater sogar nach ›Otherside‹ holen konnte.

»Als Erstes sollten wir zusehen, dass wir hier rauskommen, ohne dass es allzu verdächtig ist«, bemerkte Ric. »Immerhin habe ich dich aus einer Sitzung des Hohen Rates herausgetragen.«

»Wir sollten Perry einweihen«, sagte Coral. »Er kann uns sicher beim Rat entschuldigen.«

Ohne weitere Worte stimmten wir ihr mit einem Nicken zu und gingen zu Perrys Büro zwei Türen weiter. Er hatte bereits von meinem Zusammenbruch gehört. Als ich ihm erzählte, dass wir heute Mittag herausgefunden hatten, dass die Elemente zurückgekehrt waren, wurden seine Augen immer größer. Bei dem Zitat aus ›Otherside‹ holte er erschrocken Luft und hielt sie an, bis ich ihm von unserer Bitte erzählte.

»Und du möchtest, dass ich den Rat belüge?«, fragte er völlig entgeistert. »Das kann ich nicht machen, Lin.«

»Du könntest sie aber etwas hinhalten«, antwortete Ric. »Wir werden uns auf die Suche nach einem Seelenlosen machen und vielleicht auch noch mit Peters Eltern sprechen.«

»Werden wir?«, fragte Peter dazwischen. »Warum?«

»Ich würde gerne wissen, ob sie irgendetwas von der Rückkehr der Elemente wissen. Perry scheint ja nicht informiert zu sein.« Ric verzog den Mund, als er zu unserem Teamleiter hinübersah.

Der blickte bei den Worten zerknirscht drein. Er war im Informationsfluss schon so oft übergangen worden. »Ich kann es versuchen, aber versprechen kann ich euch nichts. Wenn der Rat mich direkt darauf anspricht, werde ich ihnen alles erzählen müssen.« Perry hob entschuldigend die Hände. Er war einfach ein Wasserelementar und denen lag das Lügen nicht gerade im Blut.

»Das würde uns schon helfen«, sagte Coral, die die Zwickmühle von Perry wohl nachvollziehen konnte.

»Dann zieht mal los. Aber passt auf euch auf.« Perry sah nicht sehr zuversichtlich aus. Wir waren eines der erfolgreichsten Teams gewesen, allzu viele Sorgen musste er sich wirklich nicht machen. »Bitte«, fügte er noch hinzu, als wir bereits zur Tür hinaustraten.

Ich nickte und folgte Ric zum Fahrstuhl. Die große Halle war zum Glück menschenleer. Doch gerade als sich die Kabinentür schloss, konnte ich Josh aus der *Bibliotheca* treten sehen. Er sah mit zusammengekniffenen Augen zu uns hinüber, bis er aus meinem Gesichtsfeld verschwand und der Aufzug nach oben glitt. Hatte ich nicht eigentlich geschworen, heute nicht mehr mit dem Fahrstuhl zu fahren? Mein Körper spannte sich an und ich betete, dass Josh uns in Ruhe lassen würde.

Ric neben mir schnaubte. »Dass dieser Mensch auch immer dort sein muss, wo man ihn nicht gebrauchen kann.«

Ich stimmte ihm nickend zu. Wie weit war Josh wirklich in die ganze Sache verwickelt? Wusste er, dass mein Vater nun in ›Otherside‹ war? War er vielleicht sogar daran beteiligt gewesen – wie auch immer das ausgesehen haben mochte? Am liebsten hätte ich ihn zur Rede gestellt, ihn geschüttelt, bis er mit den gewünschten Informationen herausrückte.

»Ich weiß, was du denkst«, flüsterte Ric ganz nah an meinem Ohr. »Und wir kriegen ihn früher oder später, keine Sorge. Und dann machen wir ihm ordentlich Feuer unterm Hintern, versprochen.« Unwillkürlich musste ich lächeln. Es tat gut zu wissen, dass Ric immer an meiner Seite sein würde. Genau das hatte ich mir all die Jahre gewünscht, in denen er sich zurückgezogen hatte. Sich gemeinsam solchen Herausforderungen zu stellen, machte einen stärker. Es fühlte sich an, als hätte ich noch ein weiteres Element zur Unterstützung.

***

Wir liefen unsere alte Strecke entlang, passierten die dunklen Gassen, als wäre die Sache an Samhain nie gewesen. Ich spürte, wie Ric regelrecht auflebte, die Luft um ihn herum knisterte ab und an wie Kaminfeuer. Es machte mich glücklich, ihn so zu sehen.

Coral und Peter waren nicht ganz so enthusiastisch, aber das lag ganz einfach an ihrem Charakter – oder dem des Wassers und der Erde. Dennoch blitzte sogar bei ihnen so etwas wie Begeisterung durch. Auch wenn es von niemandem von uns je laut ausgesprochen worden war, hatten wir die Elemente und unser Wächter-Dasein vermisst.

Was jedoch noch fehlte, war ein Seelenloser, den wir befragen konnten.

Es wurde Nachmittag, es wurde Abend. Aus Langeweile spielten wir mit unseren Elementen, während wir durch die Gassen zogen. Ich jagte eine leichte Brise zu Ric und brachte seine Frisur durcheinander, worauf er mit einer kleinen Kaskade aus Miniaturflammen antwortete. Peter ließ immer wieder neue Pflänzchen auf seiner verholzten Hand wachsen, Coral goss sie mit kleinen Regenschauern, was Peter sehr viel Energie zu sparen schien.

Es war eine so lockere Atmosphäre wie nie zuvor auf einer Patrouille, bis plötzlich mein Nacken kribbelte und die Luft um mich herum zu flirren begann. Im ersten Moment irritiert, tat ich es als Einbildung ab, denn auch früher hatte sich mein Element nie von selbst gemeldet. Als das Flüstern lauter und dringlicher wurde, hörte ich genau hin.

Im Gegensatz zu früher musste ich mich nicht einmal stark konzentrieren, um aus den vielen Stimmen des Windes, die wie Instrumente eines Orchesters als Gesamtes auf mich eindrangen, eine einzelne herauszufiltern und zu belauschen. Im Gegenteil. Meine Gabe schien mit solcher Stärke zurückgekehrt zu sein, wie ich es mit jahrelangem Training nicht hinbekommen hatte.

Ich lauschte den einzelnen Stimmen des Windes und verharrte länger bei einer, die mir erzählte, dass im Park etwas vor sich ging. An dieser Stelle mischten sich die anderen Stimmfarben lautstark mit ein und es war, als befände ich mich inmitten einer Menschenmenge, die auf einen einredete. Ich verstand nur noch Wortfetzen, die kaum mehr Sinn ergaben. Hier eine Warnung, dort ein gehauchtes »Vorsicht!«.

»Lin!« Jemand packte mich am Oberarm und rüttelte leicht daran. Ich schrak zusammen. Ric.

»Die Luft ist sich sicher, dass wir im Park fündig werden«, erklärte ich meinem Team.

»Du hast sie doch gar nicht gefragt.« Coral hatte eine ihrer Augenbrauen skeptisch erhoben, was ihrem tadellosen Aussehen jedoch keinen Abbruch tat. War die Wasserfrau in ihr auch stärker geworden?

Ich schüttelte den Kopf. »Mein Element wusste, was wir suchen.« Vor meinem inneren Auge zogen etliche Bilder des Parks vorbei. Im letzten Jahr hatte Thyra dort eine Elementarzone errichtet, wo sie Seelenlose, die zu besonderen Zwecken herausgelesen worden waren, von den Technikern versteckt halten konnte. Zeitweise war ich dort von ihr gefangen gehalten worden, ja erst dort hatte ich überhaupt verstanden, dass meine beste Freundin Ty in Wahrheit Thyra, die Böse, war. Bei der Erinnerung daran – und mit wem ich eingesperrt gewesen war: Zac zog sich mein Magen zusammen.

»Wenn das so ist, dann auf in den Park.« Ric ging mit schnellen Schritten voraus, stoppte, drehte sich um und wartete mit ausgestreckter Hand und einem strahlenden Lächeln auf mich, das meinen Puls sofort in die Höhe schnellen ließ. Er war einfach perfekt, wie er da stand, seine goldenen Augen leuchtend auf mir ruhend, die schwarzen Haare von dem Spiel mit der Luft zerzaust. Unter seinem eng anliegenden T-Shirt zeichnete sich jeder einzelne Muskel ab und von seiner Elementarkette, dem schlichten nach oben zeigenden Dreieck, gingen leichte Hitzewellen ab, die die Luft zum Flimmern brachten, so dass die Sicht an der Stelle leicht verschwamm.

Ohne darüber nachzudenken, ging ich auf ihn zu und reichte ihm die Hand. Wie bei einem elektrischen Schlag traf die Macht unserer Elemente aufeinander. Mein ganzer Körper kribbelte, während wir einander gegenüberstanden und ich in seinen brennenden Augen versank.

Es war ein denkbar ungünstiger Moment, das wusste ich selbst, aber dennoch hielt er mich mit seinem Blick so gefangen und der Rest der Welt wurde einfach blasser. Im Takt meines immer schneller schlagenden Herzens kamen wir einander näher. Die Luft zwischen uns knisterte. Ric senkte den Kopf und ich spürte bereits seinen Atem auf meinen Lippen, sog den Geruch nach Kaminfeuer ein. Mein Puls beschleunigte sich, als er einen Moment verharrte. Ich spürte sein schelmisches Grinsen und hätte ihn am liebsten angebrüllt, er solle meine Erwartung nicht weiter ausreizen.

Er musste meine Gedanken gehört haben und überwand die letzten Zentimeter zwischen uns. Als seine Lippen meine berührten, wurde die Welt in gleißendes Licht getaucht und ich wurde fortgerissen. Fort von Ric.

11. Kapitel

Das grelle Licht verblasste genauso schnell, wie es gekommen war. Ric brauchte ein paar Sekunden, bevor er realisierte, was soeben geschehen war. Er hatte Lin geküsst – wie so oft –, hatte den Moment genossen, den perfekten Kuss, und das in einem Augenblick wie diesem, in dem sie vor so großen Herausforderungen und eingequetscht zwischen hohen Mauern neben einem Müllcontainer standen. Es gab nicht den perfekten Ort oder den perfekten Moment für einen Kuss – nur den perfekten Menschen dafür.

Dann war das Licht aufgetaucht, und nachdem es verschwunden war, hatte er dagestanden. Das Licht hatte Lin mit sich genommen. Er glaubte zuerst an einen Scherz, sah sich suchend um, während er die einzige Erklärung verdrängte, die eine innere Stimme ihm zuflüsterte: *Sie ist weg. Und du weißt wohin.*

Doch Ric wollte es nicht akzeptieren.

»Was war das denn?« Peter und Coral eilten auf ihn zu. Ihre Blicke glitten ebenfalls suchend umher. »Wo ist Lin?«

Ric hatte Mühe, gegen den Drachen anzukämpfen, der aus ihm hervorbrechen wollte. Das Feuer pulsierte in seinem Inneren und drängte nach außen.

»Sie ist weg«, sagte Peter tonlos. »Ist sie …«

Ric fuhr herum und krallte sich Peter am Kragen. »Wehe, du sprichst es aus«, knurrte er und Peter zuckte zusammen.

Ric wollte nicht, dass es jemand aussprach. Wollte nicht, dass es durch die Macht der Wörter wahr wurde und er es nicht mehr zurückdrängen konnte, auch wenn das kindisch war. Er wollte sich vor der Realität verschließen – ohne Erfolg. Sie kam schneller auf ihn zu, als ihm lieb war. Lin musste … Er schluckte. Er war sich sicher, dass Lin …

»Sie ist auch in ›Otherside‹, nicht wahr?«, fragte Coral und presste die Lippen fest zusammen, ihre Augen glänzten bereits feucht. Sie trat einen Schritt auf Ric zu, wollte ihn beruhigen, doch er schüttelte den Kopf. Sie sollte von ihm fernbleiben. Er wollte nicht, dass sie dem wütenden Feuer zu nahekam. Er brauchte diese Wut, um einen Weg zu finden, Lin da herauszuholen. Und wenn es das Letzte war, das er in diesem verdammten Leben tun würde. Bei Hephaistos, er würde Zac töten, wenn er Lin auch nur ein Haar krümmte! Nein, er würde ihn so oder so töten, wenn er ihm nur unter die Augen kam.

Plötzlich spürte Ric Blicke auf sich. Nicht die von Coral und Peter, die ihn mitleidsvoll ansahen und nicht wussten, wie sie reagieren sollten. Nein, es war ein Blick, den er nur allzu gut kannte.

Von seinem Element belebt, drehte er sich binnen eines Wimpernschlages um. Da sah er ihn. Es war einfach lächerlich, wie die Filmfigur das Aussehen des Seelenlosen beeinflusst hatte. Aber für diejenigen, die sie einfangen sollten, war das natürlich von Vorteil. Sein Arm glitzerte in dem schmalen Lichtstreifen der Abendsonne, der schräg in die Gasse drang.

Ein Knurren drang aus Rics Kehle. Ohne Lin und das Element Luft konnten sie den Vampir nicht friedlich binden. Es würde auf einen Kampf hinauslaufen. Glücklicherweise hatte Ric die Waffe, die Edward töten konnte: Feuer. Sein Element machte sich bereit, Energie sammelte sich in seiner bereits ausgestreckten Hand.

»Halt!«, sagte der Vampir ruhig, seine Augen hatten erschreckende Ähnlichkeit mit denen von Ric, was ihn sehr irritierte. Niemand sonst hatte solche Augen. »Ich habe eine Botschaft des Königs für euch.«

»Welcher König?«, fragte Ric, verwundert darüber, dass der Seelenlose mit ihnen sprach.

»Zacharias der Erste.«

»Zac?«, keuchte Coral.

Für Ric kam das nicht sehr überraschend. Sie hatten einen Seelenlosen suchen wollen, um Antworten auf ihre Fragen zu ›Otherside‹ zu bekommen, warum sollte es umgekehrt nicht ebenso funktionieren und der Seelenlose nahm Kontakt auf?

»Woher wusste euer *König*«, Ric setzte ein spöttisches Lächeln auf, »wer herausgelesen wird?«

»Es ist eine der großen Aufgaben. Wer die andere Welt betritt, soll die Botschaft weitertragen«, sagte Edward inbrünstig.

Coral konnte das Kichern, das auch in Rics Kehle saß, nicht unterdrücken. So schwülstig war nicht einmal das Original gewesen. Was ging in ›Otherside‹ nur vor sich?

»Und wie lautet die Botschaft?«

»Wir werden vergessen.«

12. Kapitel

Die Sonne strahlte mir so hell ins Gesicht, dass ich sie sogar mit geschlossenen Augen sehen konnte. Für einen kurzen Moment dachte ich, es könne ein guter Tag werden. Aufwachen bei Sonne und einer leichten warmen Brise.

Ein lautes Krächzen, vielleicht einer Krähe, drang an mein Ohr, als ich versuchte mich aufzusetzen und die Augen zu öffnen. Ein stechender Schmerz fuhr mir durch den Kopf und ich verfluchte mich für mein Vorhaben, blieb wieder entspannt liegen und atmete tief ein und aus.

Mit einem Schlag wusste ich, dass ich nicht in meinem Bett lag. Die Erinnerung an die Geschehnisse der letzten Minuten – oder war ich ohnmächtig gewesen und es war länger her? kehrten zurück. Hastig öffnete ich die Augen, sprang auf, ignorierte dabei den Schmerz und sah mich um. Wo war Ric? Er hatte mich geküsst. Dann war alles weiß geworden.

Mein Blick glitt über eine weite Fläche, einer Steppe nicht unähnlich – es fehlten nur die Silhouetten von Giraffen unter den Bäumen am Horizont, um das Bild perfekt zu machen. Ganz gleich, in welche Richtung ich sah, überall dieselbe Ödnis.

Ein erneutes Krächzen zog meine Aufmerksamkeit auf sich. Im Augenwinkel sah ich eine Bewegung bei den Affenbrotbäumen und erwartete eine auffliegende Krähe, einen Raben oder etwas in der Art.

Doch das Wesen war zu schnell. Ich legte den Kopf in den Nacken und mit einem Mal wurde zur Gewissheit, was ich bisher nicht zu glauben gewagt hatte: Der feuerspeiende Drache über mir – und damit war nicht Ric gemeint war ein klares Zeichen dafür, dass ich mich nicht mehr in meiner Welt befand.

Mein Puls raste, meine Hände begannen zu zittern. Mit klopfendem Herzen sah ich mich noch einmal um, weit in die Ferne. Am Ende des Horizonts erkannte ich das gewaltige Felsmassiv, das einer Reihe gigantischer Haifischzähne glich: das Dornengebirge aus ›Otherside‹.

Ich hatte immer geglaubt, die Welt von ›Otherside‹ zu kennen. Jahrelang war ich in jeder unbeobachteten Minute an Zacs Seite hier gewesen, lesend. Nun mitten in dieser Einöde zu stecken, die von den nächsten Dörflern nur Brachland genannt wurde, war doch etwas anderes. Zac hatte das Land hier etliche Male durchqueren müssen, um zur Hauptstadt Erea zu kommen. Dorthin, wo Elizabeth in ihrem Häuschen am Fuß der Berge stets auf ihn gewartet hatte.

Noch vor einem Jahr hatte mir jeder Gedanke an Zac und Elizabeth beinahe körperliche Schmerzen bereitet, so eifersüchtig war ich auf Elizabeth gewesen. Neidisch darauf, dass sie Zac hatte und ich nicht. Wie sich die Zeiten doch ändern konnten. Jetzt durfte sie ihn getrost behalten – am besten für immer und ich würde am liebsten nie wieder etwas von ihm hören.

Doch der Gedanke daran fühlte sich irgendwie seltsam an, falsch.

Ich schüttelte den Kopf. Warum dachte ich so etwas? Zac hatte mich jahrelang begleitet, war immer für mich da gewesen. Ganz im Gegensatz zu diesem Idioten Ric, der sich all den Frauen gewidmet hatte, die ihm hinterherjagten wie die naive Protagonistin dem klischeehaften Bad Boy, nur weil er gut aussah.

Ich schlug mir an den Kopf, um das aus mir herauszubekommen, was mir diese bescheuerten Gedanken ins Hirn setzte. Zac hatte mich verraten, verdammt! Mich sogar beinahe umgebracht. Ric war Intrigen zum Opfer gefallen, nur deshalb hatte er mich versetzt und diese ganze Ereigniskette in Gang gesetzt, die ihr großes Finale an Samhain hatte.

Bist du dir sicher?, fragte ein teuflisches Flüstern in meinem Kopf. *Vielleicht hat er dir nur etwas vorgespielt wie all den anderen auch?*

»Still!«, rief ich laut. Meine Stimme ließ ein paar schwarze Vögel aufschrecken, die in den Bäumen saßen. Sie kreisten mehrere Male über mir, ehe sie davonflogen. Ich war verwirrt, mein Kopf schien viel zu voll. Erst die Erkenntnis, dass ich in Otherside war, dann die beiden Persönlichkeiten, die in meinem Kopf rangen. Mein altes zacliebendes Ich und mein wahres neues Ich. Der Kampf verursachte Kopfschmerzen.

Während ich zu einem der Bäume lief, um der unbarmherzigen Sonne auszuweichen, rief ich mein Element zur Stärkung, zum Trost. Vielleicht konnte die Luft Klarheit in meine Gedanken bringen. Aber sie rührte sich nicht. Ich griff an meine Elementarkette, doch sie war nicht da. Panisch lief ich die Strecke zurück, ob ich sie vielleicht verloren hatte, doch ich fand sie nicht.

Ich saß nahezu orientierungslos im Brachland und hatte weder etwas zu essen oder zu trinken, noch mein Element, das mich vielleicht ins nächste Dorf bringen könnte. Ich würde warten müssen, bis die Sonne unterging und diese sengende Hitze etwas abnahm.

Mir blieb nichts anderes übrig, als es mir unter dem Baum gemütlich zu machen, wenn ich nicht so enden wollte wie die Raufbolde in den Geschichten, die man hier den kleinen Kindern erzählte, um sie vom Brachland fernzuhalten. Die waren alle elendig vertrocknet als halbe Mumien zurückgekehrt. Obwohl ich nicht wusste, wie viel davon wahr war und was dem Erschrecken der Kinder dienen sollte. Ich wollte es nicht darauf ankommen lassen.

Also schloss ich die Augen und hörte den beiden Stimmen in meinem Kopf zu, die sich über Ric unterhielten. Mit dem Gedanken, dass Ric schlimmer war als jeder Romanmacho und sein Ego größer als seine Elementargestalt, der Drache, döste ich ein.

13. Kapitel

Ric starrte Edward wütend an. »Ihr werdet vergessen?«, hakte er nach und der Glitzervampir nickte.

Ric wusste nicht, was man denen in ›Otherside‹ so erzählte, aber er wusste ganz sicher, dass die Buchwelt nicht vergessen werden würde. Schließlich hatten die Bibliothekare diese ganze Verwandlung der Wächter, die Seelenlose bekämpft und zurückgeschickt hatten, zu vorlesenden und fantasiefördernden Lesegurus eigens dafür angestoßen, dass die ganzen Geschichten nicht verblassten.

»Euch erzählt man nichts als Lügen«, sagte er barsch. »Geht das auf Elizabeths Kappe?«

Elizabeth war diejenige gewesen, die alles inszeniert hatte. Diejenige, die das Buch ›Otherside‹ durch ihre Tochter Thyra zu Lin hatte bringen lassen und Zac als Helden aus Lins Träumen vorgestellt hatte. Was Ric immer noch zur Weißglut brachte, wenn er auch nur daran dachte.

Edward schüttelte den Kopf. »Elizabeth ist tot.«

Ric riss die Augen auf, Coral neben ihm keuchte erschrocken auf. Das war eine Wendung, mit der er nicht gerechnet hatte.

»Und Zac hat jetzt das Sagen in ›Otherside‹?«, fragte Ric.

»Er ist der König und hat seine Residenz in Erea«, antwortete Edward ruhig.

»Dann ist die ganze Entführungssache auf seinem Mist gewachsen?«, bohrte Ric weiter. Warum bei Hephaistos war dieser Typ so schweigsam? Musste man ihm jedes Wort aus der glitzernden Nase ziehen? Ausnahmsweise wünschte er sich, dass der Seelenlose eben nicht so war wie seine Buchvorlage. Nur Mädchen standen auf geheimnisvoll. Pah!

»Er ist der König und hat uns auserwählt, die Botschaft weiterzutragen.«

»Wen?«, mischte sich Peter ein.

»Diejenigen von uns, die die größte Chance haben, in eure Welt zu kommen. Jeder der Auserwählten hat eine eigene Botschaft erhalten, die er überbringen soll.«

Dann war natürlich klar, dass Edward einer von ihnen war. Nach wie vor wurde die Geschichte oft gelesen. Doch wer noch?

»Und warum tust du, was er dir sagt?« Coral hatte den Kopf schräg gelegt und musterte Edward mit großen Augen.

Dieser verzog in seiner typischen leidenden Geste das Gesicht. Einer Geste, die Ric zur Weißglut brachte – genauso wie das von Autoren so oft verwendete ›schiefe Lächeln‹, von dem er beim Nachmachen immer einen Gesichtskrampf bekam. »Seine rechte Hand hat Bellas Leben bedroht«, erklärte Edward finster.

Ric lachte laut und Edwards Augen funkelten. Wenn es um seinen Love-Interest ging, war mit ihm nicht zu spaßen. Ein Lächeln schlich sich auf Rics Lippen. Er hatte lange nicht mehr gekämpft und das Feuer lag nun mal in seinem Blut. Edward könnte ein guter Gegner sein. Doch Peter wollte die Angelegenheit anscheinend auf die freundliche Art lösen.

»Zac kann ihr Leben nicht bedrohen. Eure Geschichte gibt es zig Millionen Mal, er kann sie nicht überall auslöschen.«

»Sie hat uns ihre Macht demonstriert«, knurrte Edward.

»Sie?«, hakte Ric nach.

»Thyra«, presste Edward hervor. »Sie hat eine Möglichkeit gefunden. Und ich werde es sicher nicht darauf anlegen, dass Bella ebenso verschwindet wie diese andere Person.«

»Wen hat er denn verschwinden lassen?«

»Wenn ich mich noch an sie erinnern könnte, wäre sie nicht völlig ausgelöscht, oder?«

Ric schnaubte. Was für ein billiger Trick! Thyra hatte vermutlich auch in ›Otherside‹ Intrigen gesponnen, wie sie es hier getan hatte. Ihm reichte es so langsam mit diesem Typen und seinen kryptischen Antworten.

»Wie hat es Zac geschafft, Lin und ihren Vater nach ›Otherside‹ zu bringen?« Ric hob erneut seine Hand, ein kleines Feuer begann, darin zu knistern. Erst klein und unbedeutend wuchs es rasch zu einer weißglühenden Kugel aus reinem Drachenfeuer heran.

»Ich weiß es nicht. Das ist nicht meine Botschaft.« Wieder dieser gequälte Gesichtsausdruck.

»Falsche Antwort, Vampir.« Ric schleuderte den Feuerball auf Edward, der jedoch so schnell auswich, dass er ihn nicht erwischte.

Dann stand Edward plötzlich direkt vor ihm, packte Ric am Kragen und kam mit seinem Gesicht bedrohlich nahe. »Ich werde alles dafür tun, Bella zu beschützen«, sagte er. »Und wenn ich dafür selbst aus der Geschichte verschwinde. Ich werde nicht zulassen, dass die Meinen vergessen, wo sie herkommen und ihr Schicksal in die Hände des Königs und die von Thyra fällt.«

Nach diesen kryptischen Worten trat er einen Schritt zurück, senkte die Arme und schloss die Augen. »Tu, was du tun musst, oder ich werde dich töten.«

Ric war hin- und hergerissen. Einerseits wollte er Antworten, gerade jetzt wurde es interessant. Aber er hatte Edwards Fähigkeiten gesehen und war sich zwar sicher, dass er ihn besiegen konnte, nicht jedoch, zu welchem Preis. Mit einem kurzen Aufschrei schleuderte er eine weitere glutrote Feuerkugel auf den Vampir, der daraufhin zu Asche verbrannte, die vom Wind fortgetragen wurde.

»Wieso hast du das getan?«, fragte Peter vorwurfsvoll. »Er hätte uns noch mehr erklären können.«

»Das hätte er nicht.« Er würde um jeden Preis Bella beschützen –

in dieser Sache waren Ric und Edward sich gar nicht so unähnlich, stellte Ric erschrocken fest. Glücklicherweise nur in diesem Punkt.

Als Peter widersprach, antwortete Ric nur barsch: »Ich führe dieses Team. Punkt.« Er zuckte zusammen, als er plötzlich Lins vorwurfsvollen Blick vor seinem inneren Auge sah. Sie wäre mit dieser Antwort nicht zufrieden gewesen. Also fügte er seufzend hinzu: »Es wäre zu gefährlich gewesen, okay?«

Peter nickte zufrieden und gab endlich Ruhe.

»Dann können wir jetzt endlich überlegen, wo wir die anderen finden, die eine Botschaft für uns haben.«

Coral sprach als Erste: »Wir sollten in den Park gehen. Dort hat die Luft uns hinschicken wollen.« Sie senkte den Blick, doch selbst Ric erkannte, dass sie voller Schmerz an Lin dachte.

»Dann kommt«, sagte er und ging los. Peter und Coral folgten ihm sofort.

Der Weg in den Park führte zwischen einigen Teichen hindurch. Sofort sah Ric die Bilder vom letzten Jahr wieder vor sich. Als sie sich von Lin getrennt hatten, weil nur sie in ihrer winzigen Elementargestalt ungesehen hatte spionieren können. Das war zumindest der Plan gewesen – der zuletzt dazu geführt hatte, dass das Team getrennt und jeder Einzelne von ihnen gefangen genommen worden war. Ric schüttelte den Gedanken ab. Er musste sich auf das Hier und Jetzt konzentrieren.

Sie folgten eine ganze Weile dem Weg immer tiefer in den Park. Je älter die Bäume wurden, desto entspannter schien Peter.

»Grüß deine Verwandtschaft.« Ric biss sich auf die Zunge, aber er konnte sich nicht beherrschen, als er Peters sehnsüchtigen Blick sah.

»Spürst du etwas?«, fragte Coral und lenkte damit den zerknirscht dreinblickenden Peter ab.

»Irgendwas ist hier«, murmelte der.

»Ein Seelenloser?«, hakte sie nach.

»Es fühlt sich eher nach Feuer an. Die Natur ist in Aufruhr.« Peters Stirn bekam tiefe Furchen wie die Rinde eines alten Baumes.

»Ein Brand?« Das ließ Ric aufhorchen. Er fuhr den Sinn für sein Element aus und fühlte in alle Richtungen. Weit entfernt spürte er ein kleines Ziehen, es konnte jedoch kein Feuer sein, dafür war es zu wenig.

»Nein, eher ...«

Weiter kam Peter nicht, denn Josh trat hinter einem dichten Gestrüpp hervor.

Sofort spannte sich jeder einzelne Muskel in Ric an, seine Haut vibrierte. »Was hast du hier zu suchen? Spionierst du uns nach?«

Josh sah geknickt aus, nicht wie der Feuerelementar, der er sein sollte. »Laurie ist verschwunden.«

»Laurie auch?«

Ric strafte Coral sofort mit einem bösen Blick, der die Wasserfrau augenblicklich zusammenzucken ließ. Musste sie dem Spion gleich alles verraten?

»Wieso *auch*?«, fragte Josh sogleich und sah sich um. »Wo ist Lin?«, fragte er mit zusammengekniffenen Augen.

»Als ob du das nicht wüsstest!«, brüllte Ric und konnte sich nicht mehr beherrschen. »Du hast das alles eingefädelt, nicht wahr? Du hast Lin nach ›Otherside‹ gebracht.« Die Haut an seinen Armen färbte sich stellenweise schon schwarz, wurde zu undurchdringlichen Drachenschuppen.

»Lin ist in ›Otherside‹?« Josh sah ihn ungläubig an, was Ric nur noch mehr reizte.

»Jetzt mach hier keinen auf Unschuldslamm. Wir sind dir in die Gasse gefolgt und dann warst du wie vom Erdboden verschwunden.«

Bei diesen Worten zeigte Josh nun endlich eine Reaktion. Für einen winzigen Augenblick sah er aus, als hätte er große Schmerzen. Die würde er noch bekommen, darauf konnte er wetten. Ric trat ein paar Schritte auf Josh zu, die Hände zu Fäusten geballt.

Doch ein Schwall Wasser hielt ihn vom nächsten Schritt ab. Er funkelte Coral wütend an, die nur mit den Schultern zuckte. »Wir sollten uns erstmal anhören, was er dazu zu sagen hat.«

»Ich stimme Coral zu. Lin ist nicht hier, also steht es zwei gegen einen«, fügte Peter hinzu.

Die Bäume rechts und links von Ric bewegten sich, der Boden vibrierte. Stellte sich nun schon sein eigenes Team gegen ihn? Rics Körper spannte sich an, wappnete sich gegen einen Angriff der Erde, doch der blieb aus. Dabei hatte sich Ric eigentlich sogar gewünscht, dass er endlich die angestaute Energie irgendwie loswerden konnte. Das Feuer hatte einfach einen hitzigen Charakter.

»Beruhig dich!«, sagte Coral mit strenger Stimme, die Ric aufhorchen ließ. Normalerweise war sie nicht diejenige, die etwas befahl. Eine Woge von Beruhigung glitt über ihn und er hatte damit zu kämpfen, dass sie nicht zu tief in ihn drang.

»Erzähl uns, was in dieser Gasse passiert ist«, wandte sie sich nun an Josh. »Wir haben gesehen, dass du etwas in der Hand hattest. War es ›Otherside‹? Hast du etwas mit dem Buch gemacht?«

Hastig schüttelte Josh den Kopf. »Nein, ich habe ›Otherside‹ nicht angerührt. Vermutlich hätte ich es gar nicht berühren können. Ihr habt ja selbst gesehen, was während der Sitzung passiert ist.«

»Was war es dann?«, hakte Coral nach.

Josh senkte den Blick. »Das kann ich euch nicht sagen.«

»Wenn du nicht sofort mit der Sprache herausrückst …« Ric ging erneut einen Schritt auf Josh zu.

»Sag mir nicht, was ich zu tun habe!«, gab Josh nun lauter zurück. Er stellte sich aufrechter hin und sah Ric fest in die Augen. »Sie haben auch Laurie, verdammt. Meinst du, ich bringe sie in Gefahr, nur weil du dich hier so aufspielst? Vergiss nicht, wer ich bin.«

Ein Feuerelementar wie Ric. Allein an seiner Haltung konnte

man es ihm nun wieder ansehen. Feuer war das stärkste der vier Elemente, das vernichtendste.

»Und was hast du dann hier zu suchen?«

»Ich möchte, dass wir zusammenarbeiten. Überlegt es euch. Es gibt Dinge, die können wir nicht beeinflussen. Aber wir können gemeinsam darauf reagieren.« Mit diesen Worten trat Josh den Rückzug an. Er verschwand zwischen den Büschen, hinter denen er aufgetaucht war.

Ric und seine Teamkollegen standen ein paar Sekunden perplex da, ehe Ric wütend in die Richtung rannte, aus der sie gekommen waren.

Zusammenarbeiten? Ausgerechnet mit Josh? Nie im Leben! Schneller als ein normaler Mensch rennen konnte, eilte er durch den Park und zurück zur Bibliothek. Erst als er im Diabolo saß und das Röhren des Motors hörte, beruhigte er sich. Er musste raus. Er musste sich etwas überlegen. Also raste er ohne Rücksicht auf geltende Verkehrsregeln aus der Stadt und über die Landstraßen zu dem Ort, an den er sich früher immer zurückgezogen hatte. Hier würde er endlich Zeit haben sich einen Plan auszudenken.

Doch als er langsam die schmale Einfahrt zu der Hütte am See entlangfuhr, erkannte er, dass dort bereits jemand auf ihn wartete.

14. Kapitel

Wieder weckte mich ein lautes Krächzen. Über mir flatterten die Vögel auf. Schnell scannte ich die Umgebung nach dem, was sie aufgeschreckt haben könnte. Die Sonne war bereits so gut wie verschwunden, das Brachland in orange-rote Farben getaucht, was das Bild einer afrikanischen Steppe perfekt machte. Das Dornengebirge wirkte nun wie ein blutverschmiertes Vampirgebiss. Igitt.

Als ich meinen Blick von dem Bild losriss, sah ich die Reiter kommen. Sie mussten die Vögel aufgeschreckt haben. Schwarze Pferde, schwarze wehende Capes, alles schwarz. Es gab nicht viele, die sich in ›Otherside‹ Pferde leisten konnten. Rasch rutschte ich auf die ihnen entgegengesetzte Seite des Baumstammes und rappelte mich auf. Dann linste ich vorsichtig um den Stamm herum.

Die Pferde wirbelten Staub auf. Krähen flogen über den Köpfen der Söldner. Ich hatte so oft von ihnen gelesen (Zac war einer von ihnen gewesen, ehe er die Seiten gewechselt und für das Gute gekämpft hatte), doch so imposant waren sie mir nie vorgekommen. Selbst der Anführer Zodan, mit dem ich bereits Bekanntschaft machen musste, hatte in unserer Welt nicht halb so furchterregend gewirkt wie diese drei hier auf ihren geradezu dahinfliegenden Pferden.

Die Hufschläge wurden lauter, ebenso das Krächzen der Vögel, die nun vorausflogen – direkt auf meinen Baum zu. Mistviecher! Sie setzten sich doch glatt auf die obersten Äste weit über mir und warteten. Am liebsten hätte ich sie verscheucht, aber das hieße wohl, dass ich mich verraten würde.

Die Sorge war jedoch umsonst, denn die Reiter hielten genau auf meinen Baum zu. Ich zog mich zurück. Kurz darauf kamen sie zum Stehen. Jemand stieg vom Pferd. Ich hörte gedämpfte Schritte schwerer Stiefel auf dem trockenen Grund.

»Melinda East. Im Auftrag des Königs werden wir dich zum Palast begleiten.«

König? Otherside hatte einen König? Verdammt, wie haben sie mich so schnell entdeckt?

Die Gedanken kamen zeitgleich, ich konnte mich nicht für einen entscheiden, rührte mich vorsichtshalber nicht.

Die Vögel segelten vom Baum und ein kurzes Rauschen war zu hören, gefolgt von einem Licht, wie wenn man mit Blitz fotografierte.

»Sie ist hinter dem Baum«, sagte eine raue Stimme. Gestaltwandler. Sie waren doch alle Verräter. »Nun ist der Rest der Zahlung fällig.«

Ich kochte vor Wut. Am liebsten hätte ich dem dämlichen Vogel einen kräftigen Windstoß verpasst.

»Melinda East, wir wissen, wo du bist. Du brauchst dich nicht zu verstecken.« Irgendwie kam mir die Stimme bekannt vor. Da ich sowieso keine Möglichkeit hatte aus der Sache herauszukommen, trat ich neugierig aus meinem Versteck hervor. Und da stand er, größer, als ich ihn in Erinnerung hatte, machtvoller denn je. Zodan, der Befehlshaber der dämonischen Söldner.

»Hier habt ihr euren Lohn«, sagte er mit einem kurzen Blick auf mich und warf einen kleinen Stoffbeutel in Richtung des zerlumpten Gestaltwandlers. Beim Aufprall klimperte es. Während ich mich fragte, wie der Wandler an seine Kleidung gekommen war, (schließlich war ich immer nackt, wenn ich mich zurückverwandelte), schossen weitere Krähen nach unten und zankten sich krächzend um den Beutel.

»Du reitest mit mir!«, befahl Zodan und ging zurück zu seinem

Pferd, das ohne Übertreibung gesagt das größte Pferd war, das ich je gesehen hatte. Selbst der Rücken befand sich ein ganzes Stück über meinem Kopf, der Hals des Tieres und sein Kopf waren noch um einiges weiter oben. Plötzlich fühlte ich mich, als würde ich mich verwandeln und die Welt um mich herum immer größer und größer werden.

»Komm!«, befahl Zodan streng.

Mir blieb nichts anderes übrig. Ohne mein Element konnte ich es kaum mit dem stärksten dämonischen Söldner aufnehmen, den diese Welt kannte. *Dem Stärksten außer Zac*, kehrte das Flüstern in meinen Kopf zurück. Zodan schwang sich auf das Monsterpferd und reichte mir seine behandschuhte Hand. Ich griff danach und er hob mich vor sich auf den Sattel. Na wunderbar.

»Kann ich bitte hinten sitzen?«, versuchte ich es und sah mich zu Zodan um.

Der zuckte mit den Schultern. »Wie wir dich zum König bringen, wurde uns nicht vorgeschrieben. Wenn du dann besser kooperierst, komme ich deinem Wunsch nach.«

Ich nickte und versuchte mich an einem Lächeln. Zodan schnappte mich und wirbelte mich hinter sich auf den Sattel. Zufrieden drehte er sich wieder nach vorne, griff nach den Zügeln und ich hatte gerade noch Zeit, mich an dem Cape festzukrallen, als das Monsterpferd auch schon lospreschte.

Der kühle Wind tat gut, fühlte sich an wie die Liebkosung meines Elements. Doch sobald ich nach vorne sah, auf die Tätowierung an Zodans Nacken, wurde mir wieder klar, dass hier gar nichts gut war.

Zac wird dich retten. Er ist ein Held, sprach mir die Stimme Mut zu, während die andere kaum mehr hörbar hinzufügte: *Vergiss Ric nicht.*

Warum sollte ich Ric, den Idioten, nicht vergessen? Ich hatte jahrelang seine Eskapaden und Weibergeschichten ertragen, ständig zugesehen, wie er mich mit einer neuen Liebschaft verhöhnte. Ich war ihm scheinbar nicht gut genug gewesen. Aber Zac, Zac würde mich retten, da war ich mir sicher.

Vergiss nicht, wie er wirklich ist, erklang das Echo des Flüsterns, beinahe flehend. Ich ignorierte es und wartete jeden Moment darauf, dass Zac von irgendwo aus dem Nichts auftauchen und mich retten würde.

Dann veränderte sich die Landschaft , das konnte ich selbst im Halbdunkel erkennen. Wir hatten die Grenze des Brachlandes überquert. Doch die Gegend kam mir nicht bekannt vor. Wir ritten über mehrere kleine Hügel, an Wiesen und Feldern vorbei, alles war so nichtssagend. Wir hätten überall sein können.

Es wurde immer dunkler, aber irgendwann konnte ich die Silhouetten der ersten Gebäude sehen. Schuppen oder Höfe, vielleicht auch Ställe. Wenig später tauchten entfernte Lichter auf, die von kleinen Häusern und Hütten stammten. Hatte Zac vielleicht auch diesem Dorf schon aus der Patsche geholfen? Sobald irgendwo eine Bedrohung aufgetaucht war, war Zac, der bescheidene Held, zur Stelle gewesen. Ich dachte mit Herzklopfen und gleichzeitig voller Wehmut an unsere gemeinsamen Abenteuer zurück.

Nachdem wir das Dorf durchquert hatten, ritten wir durch die schwärzeste Nacht, bis die Dunkelheit am Horizont von einem Leuchten durchschnitten wurde, das meinen Blick wie magisch auf sich zog.

Als wir auf der nächsten Anhöhe ankamen, glaubte ich wirklich, in einem Traum gelandet zu sein: Vom Fuße des Hügels an erstreckte sich ein Meer aus Lichtern vor mir wie etliche Sterne in einer kalten Nacht. Die Stadt ruhte am Fuße eines Berges, den ich nur aufgrund des hellen Scheins erkannte, der das imposante Schloss umgab, das über den Häusern inmitten der Felsen thronte.

Ich war wie gefesselt von dem Anblick. Etwas so Schönes hatte ich noch nie gesehen. Da konnte selbst das Schloss aus Disneyland nicht mithalten. Aber warum hatte ich noch nie davon gelesen? Wie konnte diese absolute Vollkommenheit nicht auch Zac aufgefallen sein, so dass er in seiner Geschichte davon erzählt hätte?

Zodan zügelte das Tempo, als wir die ersten Häuser der Stadt passierten. Im Schritt ging es weiter. Immer wieder kamen wir an kleinen Ansammlungen von Personen vorbei. Unter ihnen waren nicht nur Menschen, was selbst im Schein der wenigen Lampen sofort auffiel. Manche trugen Hörner, manche von ihnen waren doppelt so groß wie die anderen, manche winzig wie … nun ja, Zwerge. Was mir besonders auffiel, war die Atmosphäre. Man hätte meinen können, dass es zwischen Menschen und den vielfältigen Wesen zu Streitereien kommen würde, aber während der ganzen Strecke, die wir zurücklegten, sah ich nichts dergleichen.

Meine Anspannung wuchs, je tiefer wir in Richtung Stadtkern ritten. Wo würde Zac sein, um mich aus den Fängen von Zodan zu befreien? Immer wieder sah ich mich um, warf einen Blick in die schmalen Gassen, die von der gepflasterten Hauptstraße abgingen, konnte meinen Helden jedoch nirgendwo entdecken.

Die Straße wurde breiter und endete an einem großen Platz, der unserem Marktplatz zu Hause zum Verwechseln ähnlich sah. Selbst der Brunnen, über den Coral oft mit ihrem Element Kontakt aufgenommen hatte, war vorhanden – nur war er eher zweckmäßig, ein Brunnen wie aus einem Märchen, ganz ohne Metallskulptur. Ich hatte ein Déjà-vu – hatte Zac alles so detailliert beschrieben, dass es mir vorkam, als wäre ich schon einmal hier gewesen?

Samhain, erklang wie von weit her eine der beiden inneren Stimmen. Ich verstand jedoch nicht, was sie damit meinte und blendete ihre weiteren Kontaktversuche aus.

Wir überquerten den Platz, indem wir mehreren kleinen Gruppen von Stadtbewohnern auswichen. Sie johlten und lachten, als wären sie auf einer Party. Von irgendwoher drang Musik an meine Ohren, ein Saiteninstrument, dessen Klang ich nicht zuordnen konnte. Doch auch hier war die Stimmung wundervoll, selbst die dämonischen Söldner wurden weder misstrauisch beäugt, noch wurde hinter vorgehaltener Hand getuschelt – zumindest soweit ich das sehen konnte.

Am Ende des Platzes stand ein großes Gebäude, unserem Rathaus zum Verwechseln ähnlich, zwei Wege führten links und rechts davon vorbei. Zodan wählte die Straße rechter Hand und zog das Tempo wieder an. Kurz hinter dem Gebäude wurde der Weg steiler und schmaler. Wenig später befanden wir uns bereits weit über der Stadt und folgten einem serpentinenartigen Weg, der sich immer weiter emporschlängelte. In regelmäßigen Abständen brannten Fackeln, die an den Felswänden befestigt waren. Hatte man keine Angst, dass sie ausgehen würden?

»Wo bringt ihr mich hin?«, fragte ich und blickte sehnsüchtig zu den immer kleiner werdenden Lichtern unter mir.

»Zum König«, brummte Zodan zur Antwort und deutete auf das Leuchten weit über uns.

Das Schloss hatte ich völlig vergessen, so mitgerissen war ich von der geselligen Atmosphäre in der Stadt gewesen. Fieberhaft überlegte ich, ob Zac jemals einen König erwähnt hatte. Es gab eine Hauptstadt in Otherside, Erea, jedoch wusste ich rein gar nichts über die Hierarchie oder die Staatsform dieser Welt. Eigentlich müsste es einen König geben, das war in diesem Genre doch meistens der Fall. Auf meine Zielgruppe fielen nur selten High-Fantasy-Geschichten, daher kannte ich mich nur grob damit aus.

Je näher wir dem Schloss kamen, desto nervöser wurde ich. Immer öfter sah ich mich um, wartete, dass Zac hinter einem Felsen hervorspringen würde. Mein Magen verkrampfte sich, als wir direkt auf der Zielgeraden waren und uns nur noch wenige Meter von dem großen eisernen Tor trennten. Mein Held würde nicht kommen. Ich unterdrückte die aufsteigenden Tränen, als wir das Tor passierten und Zodan den Wachposten grüßte. Noch immer ritten wir durch weitere Gassen, die unter dem Schloss hindurch und weiter nach oben zu führen schienen.

Irgendwann wurde der Durchgang zu niedrig für die Monsterpferde samt Reiter und Zodan musste erst den Kopf ducken, dann sprang er vom Pferd. Kurz darauf hob er auch mich zu Boden und bedeutete mir vorauszugehen. Der Weg machte eine Kurve und am Ende stand ich auf einem parkähnlichen Innenhof.

Auch wenn es Nacht war und nur hier und da eine Fackel brannte, konnte ich behaupten, dass ich mir den Innenhof eines Schlosses in Büchern immer genau so vorgestellt hatte. Zu Skulpturen gestutzte Bäume, wundervolle Blumenrabatten am Rand – weiter konnte ich leider nicht sehen. Aber es fühlte sich genau richtig an.

Ich hätte noch länger hier gestanden, aber Zodan schob mich weiter, erst den Weg entlang, dann in das Gebäude. Es bestand aus einem hellen Stein, spontan hätte ich Marmor gesagt, aber ich kannte mich nicht wirklich aus. Zahlreiche Kerzenhalter waren an den Wänden befestigt und tauchten den langen Flur, dem wir folgten, in gleichmäßiges, warmes Licht. Wir gingen auf eine große, doppelflügelige Tür aus hellem Holz zu, die von zwei Wachen schnell geöffnet wurde, als wir ankamen.

Dahinter war es um ein Vielfaches heller als in dem Flur und ich war für einen Moment geblendet. Während Zodan neben mir auf die Knie sank und irgendetwas wie »Mylord« murmelte, konnte ich nur auf die Person starren, die ein Stück entfernt auf dem Thron saß. Ich blinzelte mehrmals, als könne es an meinen Augen liegen, dass ich ihn da sitzen sah. Vielleicht hatte ich aber auch zu lange im Brachland in der Sonne gelegen. Der Mann vor mir konnte unmöglich der König sein, auch wenn er es sicher verdient hätte.

Dann sprang Zac auf und stürmte auf mich zu.

15. Kapitel

»Was hast du hier zu suchen?«, fragte Ric in schroffem Ton, wütend darüber, dass sein Rückzugsort nicht unentdeckt geblieben war. Er war nicht mit dem Diabolo durch die Gegend geheizt – auf der Suche nach Abstand zu allem –, nur um seine Schwester hier vorzufinden. Er war in der Hütte am See immer ungestört gewesen, fernab von allem, was ihm durch den Kopf ging. Weit weg von all den Problemen, die in der Stadt auf ihn warteten.

Natalia saß auf dem kleinen hölzernen Steg, von dem aus sie früher immer in den See gesprungen waren, und starrte aufs Wasser, in dem sich der Mond spiegelte.

»Du bist nicht der Einzige, der seine Eltern vermisst«, antwortete Nat traurig. »Hier fühlt es sich an, als könnten sie jeden Moment aus der Strandhütte kommen.«

Ric nickte. Er wusste genau, was sie meinte.

»Du warst oft hier«, sagte sie und es war keine Frage. Sie starrte weiter über den See. »Ich war auch ständig hier, aber du hast mich nie bemerkt.«

»Du warst hier?«

»In den Elementen. Es war … Irgendwie war ich überall, aber ein Teil von mir war ständig hier.« Sie wandte sich zu ihm um. »Ich habe einen Ort gebraucht, an dem ich mich festhalten konnte. Ich hatte Angst, dass ich sonst ganz verschwinden würde.«

Ric ging über die taufeuchten Bretter des Stegs auf seine Schwester zu und überlegte kurz, ob er sie in den Arm nehmen sollte, entschied sich aber dagegen und setzte sich nur neben sie. »Wie war es denn? Du hast nie erzählt, was passiert ist.« Er zog sich die Schuhe aus und hing seine Beine ins Wasser wie seine Schwester. Wie sie es früher als Kinder immer gemacht hatten.

Natalia starrte wieder auf das Wasser, in ihren Augen spiegelte sich der Mond. »Das Sterben?«, sie lachte kurz auf. »Das habe ich nicht einmal bemerkt. »In einem Moment zog ich mit meiner liebsten Buchheldin um die Häuser, im nächsten war ich nichts als Luft.« Sie atmete bebend ein. An den zuckenden Schultern erkannte Ric Nats unterdrücktes Schluchzen. Auf ihren Wangen glänzten die ersten Tränen. »Ich habe mich gesehen, meine Leiche, wie in den vielen Geisterbüchern, weißt du. Es war so surreal und ich habe lange gebraucht, bis ich begriffen habe, was mit mir los ist. Aber mein Körper war mir egal, ich bin sofort zu dir gekommen. Daher wusste ich nicht, dass Thyra ihn aufbewahrt hatte. Ich habe dich ständig beobachtet und nach einer Möglichkeit gesucht dir zu helfen.« Sie schüttelte den Kopf. »Und bin doch zu spät gekommen.«

Eine Weile saßen sie so da und Ric dachte über das Geschehene nach.

»Wollen wir reingehen?«, fragte Nat in die Stille hinein. »Mir ist kalt.«

Ric zuckte mit den Schultern. Er spürte die Kälte nicht. Nicht, nachdem sein Element zurückgekehrt war. In dem Moment fiel ihm auf, dass seine Schwester von den neuesten Entwicklungen noch nichts mitbekommen hatte. Sie wusste weder von den Elementen noch von Lins Verschwinden. Er sah sie an. »Sind deine Elemente nicht zurück?«

Natalia fuhr hoch. Mit schräggelegtem Kopf musterte sie Ric und sah aus, als ob sie ernsthaft darüber nachdächte ihn für verrückt zu erklären oder herauszufinden, ob er nur scherzte. »Du meinst es ernst?« Sie riss ihre Augenbrauen nach oben.

Ric nickte. »Du hast heute einiges verpasst, nachdem du die Bibliothek verlassen hast.« Er streckte die Hand aus und in der nach oben zeigenden Handfläche entstand ein kleines Feuer.

Natalia starrte ungläubig auf die tanzende Flamme. »Wie hast du … Ich meine, haben alle ihre Elementarkräfte zurück?«

Ric zuckte mit den Schultern. »Ich weiß es nicht. Mein Team auf jeden Fall. Wir haben Perry davon erzählt, aber nur nebenbei, denn es gibt ernstere Probleme. ›Otherside‹ konnte nicht mehr gelesen werden, also musste Lin es versuchen.« Ric erzählte seiner Schwester haarklein, was geschehen war. Wie Lin verschwunden war, was der Seelenlose zu berichten hatte und wie sie Josh im Park angetroffen hatten.

Als er endete, kniff Natalia die Augen fest zusammen, sie ballte die Hände zu Fäusten. Ihr gesamter Körper war angespannt. »Nichts«, seufzte sie irgendwann. »Ich habe weder eine Verbindung zum Wasser«, sie strampelte mit den Beinen, dass es nur so spritzte, »noch zur Luft, dem Feuer in deiner Hand oder der Erde da hinten.« Sie deutete ans Ufer und auf die großen Bäume, die neben dem schmalen gepflasterten Weg vor der Blockhütte standen.

»Wie kann das sein?«, fragte Ric, der überzeugt davon gewesen war, dass alle Elementare ihre Fähigkeiten zurückerhalten und nur noch nicht ausprobiert hatten.

»Ich weiß es nicht«, antwortete sie traurig.

Nat war das fünfte Element gewesen, hatte Macht über alle Elemente gehabt und nun war ihr kein einziges geblieben. Ric hatte sich schon mies gefühlt, als er nur eins verloren hatte, wie musste sich dann erst Natalia fühlen?

»Naja, vielleicht braucht es bei mir einfach etwas länger. Schließlich lag mein Körper ewig auf Eis.« Sie lachte freudlos auf.

Thyra hatte ihren Körper mithilfe einer Technik aus Science-Fiction-Romanen konserviert, um diesen nach der Öffnung der Grenzen zu benutzen. Sie wollte keine Seelenlose in der Realität sein, sondern einen realen Körper besitzen. Den des anderen fünften

Elements: Natalia. Doch sie hatte nicht gewusst, dass Natalia in den Elementen überlebt hatte, und so stritten sich die beiden um den Körper. Plötzlich hatte Ric zwei Schwestern gehabt, eine lichte und eine dunkle, die einen ausgewogenen Kampf geführt hatten, bis es Lin gelungen war die Grenzen einzureißen und Elizabeth und all die anderen Buchcharaktere, die in die Realität vorgedrungen waren, zurückzuschicken. Ab diesem Moment hatte es nur noch eine Natalia gegeben und die Licht- sowie die Schattengestalt, die einander bekämpft hatten, waren verschwunden.

»Das wird schon.« Ric klopfte ihr zuversichtlich auf den Rücken. Er wusste nicht, wie er sonst darauf reagieren sollte.

»Dann überlegen wir uns jetzt, wie wir Lin zurückbekommen«, sagte Nat, stand auf und ging zur Blockhütte.

Ric folgte ihr und sah, wie Nat fröstelte. Er schickte etwas von seinem Feuer zu ihr, um sie aufzuwärmen. Keine Flammen, aber die Art Wärme, die ein gemütliches Lagerfeuer umgab. Das Zittern ließ gleich nach.

In der Hütte bereitete Natalia einen Tee zu, wickelte sich in drei der zahlreichen Decken, die auf dem kleinen Sofa gestapelt waren, und setzte sich. »Und jetzt erzähl mir, was ihr vorhabt.«

Ric ließ sich in den alten Ohrensessel seiner Mutter fallen. »Ich weiß es nicht.« Um das herauszufinden, war Ric ja hierhergekommen. Hier konnte er am besten denken. Wenn er allein war.

»Hey, dann überlegen wir einfach gemeinsam«, schlug Nat vor und nahm einen Schluck aus ihrer dampfenden Tasse.

»Wir müssen den nächsten Seelenlosen finden, der von Zac und Thyra eine Botschaft hat. Aber das könnte ewig dauern. Was, wenn die falschen Charaktere herausgelesen werden, weil Zac die neuesten Trends nicht kennt?« Er seufzte und wollte sich gar nicht ausmalen, was Zac Lin in der Zwischenzeit antun könnte.

»Was ist mit diesem Josh? Ich habe ein paar Mal mit ihm zusammengearbeitet. Wie könnte er euch helfen?«

»Gar nicht«, knurrte Ric. »Er ist ein Verräter. Er hat die Elementarketten gestohlen und an Thyra weitergegeben.«

»Ich weiß, dass ihr ihm nicht traut. Aber die Bibliothekare ...«

»... haben keine Ahnung. Ich weiß nicht, wie er es geschafft hat sie zu überzeugen. Aber in ihren Augen ist er der perfekte Mitarbeiter, auf den sie nichts kommen lassen. Ich kann einfach nicht verstehen, warum. Er war mir schon immer etwas suspekt. Selbst im Unterricht damals.«

Nat sah ihn fragend an.

»Er ist ein Feuerelementar und immer so reserviert, beherrscht. Das entspricht doch gar nicht der Natur des Feuers.«

»Muss ja nicht jeder so hitzköpfig sein wie du. Es gibt auch ruhigere Feuerelementare. Ist er reinblütig?«

Ric zuckte mit den Schultern. »Das Feuer ist dominant, ein alter Name ...« Den Rest ließ Ric offen, Natalia brauchte nicht über die Vererbung der Elementargene aufgeklärt zu werden. Es gab uralte Familien, die sich sogar nach den Elementen benannt hatten. In der Regel war dieser Familienname auch Programm und die Gabe wurde weitervererbt. Wenn aber starke Gene eines anderen Elements hinzukamen, konnte es vorkommen, dass auch dieses weitergegeben wurde – vielleicht auch Generationen später. Daher wurden alle Wächterkinder geprüft.

»Wie heißt er denn?«

»Josh Bonfire.«

»Ui, das ist einer der ganz alten Namen.«

Ric nickte. Das wusste er. Auch wenn er nicht jahrelang Wächter-Stammbäume gelesen hatte wie Nat. Sie war schon als Kind Feuer und Flamme für den Wächterjob gewesen und hatte es gar nicht abwarten können endlich ihre Elementarprüfung abzulegen. Schon bevor sie zur Prüfung musste, konnte sie jedem Mitschüler seine Ahnen aufzählen. Streberin. Ric schnaubte und erntete dafür einen skeptischen Blick von Nat.

»Aber kann es nicht sein, dass er wirklich nichts mit alldem zu tun hatte?«, versuchte es Natalia erneut.

»Niemals.« Das war sein letztes Wort. Er erzählte Natalia noch einmal haargenau, wie Josh in der Straße einfach verschwunden war.

»Ich kann auf jeden Fall nicht glauben, dass man ihm nichts nachweisen könnte, wenn da wirklich etwas gewesen wäre. Du bist zu verbohrt«, beharrte Natalia.

»Ich war ja auch direkt von dem ganzen Chaos betroffen«, zischte Ric.

»Und ich etwa nicht?«, rief Nat empört.

Okay, die Antwort für all die anderen, die an Joshs Mitschuld zweifelten, passte auf seine Schwester wirklich nicht so richtig. »Sorry.«

»Schon okay. Wollen wir los?«

»Wohin? Es ist fast Mitternacht.«

»Eine gute Zeit, um Seelenlose zu suchen, oder nicht?« Nat wickelte sich aus ihren Decken und stand auf.

Ric grinste breit. Endlich gab es etwas zu tun.

16. Kapitel

»Endlich bist du hier bei mir«, flüsterte Zac in mein Ohr, dass es mir gleich heiß und kalt wurde. Die Stimme in meinem Kopf, von der ich gedacht hatte, dass ich sie endlich losgeworden war, stieß wildeste Beschimpfungen aus und wollte mich dazu bringen mich empört von Zac loszureißen. Aber warum sollte ich? Es war wie in einem Traum. Der Held der Geschichte war zum König geworden und er wollte mich – mich! bei sich haben. Ich hätte am liebsten geseufzt.

Zac drückte mich von sich weg und hielt mich auf Armeslänge entfernt. Sein Blick ruhte auf mir, er hatte ein Strahlen in den Augen, das kein Autor in Worte fassen könnte. Seine Freude war so ansteckend, dass ich unwillkürlich lächeln musste.

»Ich kann es immer noch nicht fassen. Nach all der Zeit habe ich dich endlich gefunden«, sagte er.

Vor meinem inneren Auge liefen etliche Zeilen aus ›Otherside‹ vorbei, in denen Zac immer wieder nach *ihr* gesucht hatte. Der Frau, die für ihn bestimmt war – für die er bestimmt war. Schon beim Lesen war es mir immer so vorgekommen, als würde er mich meinen ein Kunststück des unbekannten Autors! –, aber es nun wirklich zu hören war unbeschreiblich. Zac sah mir in die Augen, sah tief in mein Innerstes. Mein Herz klopfte so laut, dass ein Rauschen in meinen Ohren entstand, und ich erwartete schon, dass er mich küssen würde. Gehörte sich das nicht so? Ich senkte den Blick, wollte seine Aufmerksamkeit auf meine Lippen lenken. Doch der Psychotrick aus den vielen Romanen wirkte bei Zac nicht. Mist.

Stattdessen nickte Zac mir zu, trat einen Schritt zurück und wandte sich um. Und ich stand irritiert inmitten dieses riesengroßen Saals und kam mir vor wie im falschen Buch. Es vergingen einige Sekunden, vielleicht sogar Minuten, bis ich meine Fassungslosigkeit abstreifen konnte und Zac folgte.

»Das war alles?«, fragte ich ihn entgeistert. So hatte ich mir das erste reale Rendezvous mit meinem großen Helden nicht vorgestellt. Das konnte doch nicht wahr sein!

»Verzeih mir mein Benehmen an Samhain, meine Liebste. Ich war nicht ganz ich selbst ... Ich ...«

»Wovon sprichst du?« Fieberhaft versuchte ich mich an eine Stelle in ›Otherside‹ zu erinnern, an der Samhain vorkam.

Er sah mich überrascht an, setzte dann jedoch wieder ein Pokerface auf und fuhr fort, als wäre nichts gewesen. »Meine Diener werden dir eine Zofe zuweisen und die Hochzeit vorbereiten.«

Wie bitte? Ich wusste nicht, was ich dazu sagen sollte. Ich war einfach nur sprachlos. Er hatte mich nicht geküsst, plante aber schon die Hochzeit? Hallo?

Von irgendwoher kam ein Typ herbeigesprungen und bat mich ihm zu folgen. Ich warf Zac noch einen Blick zu, doch der saß inzwischen wieder auf seinem Thron und starrte in die Ferne. Was bei Aither lief hier schief? Immer noch völlig perplex ging ich dem Typen hinterher. Vielleicht war die Begegnung mit mir ein Schock für Zac gewesen? Schließlich hatte er schon so lange nach mir gesucht. Okay, das klang echt schräg, aber wer wusste schon, was im Kopf einer Figur vor sich ging, wenn er nicht aus personaler Sicht erzählte?

Wir liefen Gänge entlang, die gefühlte Kilometer lang waren. Es gab – meist links hübsche kleine Erkerfenster, die zu meinem Erstaunen Glasscheiben hatten. Irgendwie hatte ich mir das Setting von ›Otherside‹ in der Zeit des Mittelalters vorgestellt und an Glas – durchsichtiges, schönes Glas wie in der Realität war da noch nicht zu denken gewesen.

»Woher kommt das Glas?«, fragte ich den Diener, Boten oder was auch immer.

Er zuckte zusammen, als ich ihn ansprach. Der Höflichkeit halber blieb er dann jedoch stehen und wandte sich zu mir um. »Seine Hoheit hat es in einem weit entfernten Reich gefunden. Er hat eigens Meister für die Herstellung in die Stadt beordert.«

Aha. Der Bote sah mich erwartungsvoll an und ich wusste nicht, was er von mir wollte, bis mir einfiel, dass er vielleicht auf weitere Anweisungen wartete. Erst als ich nickte, drehte er sich um und ging weiter den Flur entlang. Aus Langeweile zählte ich die Türen auf der rechten Seite. Wir kamen an sechzehn vorbei, ehe wir abbogen und der Abstand zwischen den Türen größer wurde. Was wohl hinter ihnen war?

Irgendwie kam ich mir vor wie America, als sie das erste Mal durchs Schloss streifte. Mit dem Unterschied, dass ich wusste, wer mein Held war – nur leider war dieser etwas anders als in meiner Vorstellung. Aber ich war zuversichtlich, dass er bald wieder sein mir bekanntes Wesen offenbaren würde, und ich freute mich darauf.

Der Bote stoppte vor einer Tür, öffnete sie und blieb mit einer einladenden Geste daneben stehen. Zögernd trat ich ein – und fand mich in einem Zimmer aus einer Kleinmädchen-Prinzessinnengeschichte wieder. Das elektrische Licht im Zusammenspiel mit Fackeln, die nicht aus echten Flammen bestanden, irritierte mich weniger als die Farbe. So ziemlich alles in diesem Raum war rosa. Ich war ernsthaft schockiert. Darüber, dass es so viele verschiedene Rosatöne gab, und darüber, dass offenbar irgendwer glaubte, mir – oder irgendwem könnte ein solches Zimmer gefallen. Mein Mund stand immer noch offen, was der Typ als positives Zeichen verstand.

»Seine Hoheit wird sich freuen, dass es Euch gefällt. Er hat eigens die besten Ausstatter der Reiche an den Hof geholt, um diesen Raum für Euch zu gestalten.« Er lächelte sehr zufrieden.

Ich wollte gar nicht wissen, welchem Buch diese Designer entsprungen waren. Wirklich nicht. Es fehlten lediglich noch ›Hello Kitty‹-Bildchen oder Einhörner. Ein Punkt, den ich mit Zac besprechen musste. Wenigstens war der Fußboden neutral – ein hochpolierter Parkettboden mit wundervoller Maserung.

»Eure Zofe wird Euch bei der Auswahl der Kleider behilflich sein. Sie müsste in wenigen Minuten eintreffen. Wenn Ihr meine Dienste nicht weiter benötigt, würde ich Euch nun alleine lassen.«

Ich nickte ihm kurz zu, woraufhin er den Raum verließ und die Tür hinter sich schloss. Eine Zofe, die mir beim Einkleiden half. Das konnte ja lustig werden.

Bis sie eintraf, sah ich mich in der rosaroten Hölle um. Von dem Raum, in dem ich stand, gingen mehrere Türen ab. Die erste, die ich mir genauer anschaute, war verschlossen. Das fing ja schon gut an. Auf der ihr gegenüberliegenden Seite, vom Flur aus gesehen links, gab es zwei weitere Türen. Die erste führte in ein unverschämt luxuriöses Badezimmer mit glänzenden Marmorfliesen und noch glänzenderen goldenen Hähnen. Hatten die hier auch fließendes Wasser? Selbst eine kitschige Badewanne mit Klauenfüßen war vorhanden, worüber ich unwillkürlich lachen musste. Da hatte sich jemand wirklich Mühe gegeben. Das Badezimmer war vielleicht etwas übertrieben, könnte aber durchaus noch meinen Geschmack treffen.

Im Gegensatz zu dem Raum gleich daneben. Ja, ich war ein Mädchen und begeistert von begehbaren Kleiderschränken, vor allem in diesen Dimensionen – er war größer als mein ganzes Schlafzimmer in der Realität. Doch der Inhalt dieses Raumes sah aus, als hätte jemand Barbie ausgeraubt. Ich stand noch im Türrahmen, trotzdem glitzerte und funkelte es überall und die bodenlangen Kleider sahen alle aus wie Cupcakes.

Bei dem Vergleich knurrte mein Magen. Ich überlegte, wann ich das letzte Mal etwas gegessen hatte, konnte mich aber nicht daran erinnern. Ich war in der Mittagssonne im Brachland angekommen – glaubte ich zumindest. Irgendwie lag die Erinnerung daran in einem dichten Nebel und nur noch einzelne Fetzen waren zu erkennen. Je angestrengter ich versuchte ihn zu durchdringen, desto weiter streckten sich die Nebelschwaden nach mir aus. Wie lange war ich im Brachland gewesen? Der Gedanke verursachte Kopfschmerzen. Beim nächsten Magenknurren räusperte sich jemand hinter mir und ich fuhr herum.

»Mylady.« Das Mädchen vor mir machte einen Knicks. »Seine Königliche Hoheit hat mich bestellt, Euch zu Diensten zu stehen.«

Ich musterte sie. Genau so hatte ich mir Zofen in Büchern immer vorgestellt. Über ihren geflochtenen dunkelblonden Zöpfen trug sie sogar so ein niedliches Häubchen aus weißer Spitze. Aber sie war so unglaublich jung! Ich schätzte sie auf vielleicht zwölf – sie wirkte so zart, als könne man sie mit einem kleinen Schubs zerbrechen. Nicht dass ich das vorhatte, aber ihr Porzellanteint rief bei mir nun mal diese Assoziation hervor.

»Mylady?« Die Kleine fühlte sich offensichtlich nicht sehr wohl dabei von mir so ausgiebig angestarrt zu werden. Mir würde es nicht anders gehen.

»Wie heißt du?«

»Marie, Mylady.«

»Und wie alt bist du?«

»Vierzehn, Mylady.«

Okay, vielleicht hatte ich mich etwas verschätzt. Ich sah zu den großen, bodentiefen Fenstern hinüber. Am linken Rand konnte man bereits den Sonnenaufgang erahnen, ansonsten war da nichts weiter als der Schimmer, der das gesamte Schloss umgab und mein eigenes Spiegelbild in der Glasscheibe, das inmitten dieses Schimmers zu schweben schien.

»Wünscht Ihr, dass ich Euch beim Ankleiden behilflich bin, Mylady? Bei Sonnenaufgang wird das Frühstück auf der oberen Terrasse serviert und Seine Königliche Hoheit wünscht Euch dort anzutreffen.«

Diese gestelzte Sprache nervte mich jetzt schon. Ich war kein Fan von historischen Romanen und sehr froh darüber, dass diese im Jugendbuchbereich recht selten mit Fantastischem, also meinem Genre, vermischt wurden.

»Woher kommst du?«, fragte ich sie ohne eine Antwort auf ihre Frage zu geben.

»Ich war Zofe am Hofe von Versailles, Mylady.« Das erklärte einiges. Ich verzog das Gesicht, was Marie falsch verstand. »Ich versichere Euch, dass ich dieser Aufgabe gewachsen bin, Mylady.« Sie sah leicht panisch aus, als hätte sie Angst, dass ich sie nicht für diesen Job haben wollte.

»Das glaube ich dir«, versicherte ich und sie sah sofort erleichtert aus.

»Darf ich Euch nun beim Ankleiden behilflich sein, Mylady?«

»Nur wenn du aufhörst, mich *Mylady* zu nennen. Ich heiße Melinda, aber du kannst mich auch gerne Lin nennen.« Ich lächelte sie – hoffentlich gewinnend an, dennoch schien Marie über meine Forderung nachdenken zu müssen. Eine winzige Falte erschien zwischen ihren Augenbrauen, ehe sie sich entspannte und nickte.

»Natürlich, Myla … Lin. Ich werde nun Eure Garderobe vorbereiten. Wünscht Ihr eine bestimmte Farbe?«

Allein diese Frage überforderte mich. Ich linste noch einmal kurz in den gigantischen begehbaren Kleiderschrank, schüttelte dann aber den Kopf.

Das war Maries Startsignal. Sie sauste in rekordverdächtiger Geschwindigkeit im Raum herum, sammelte hier und da etwas ein und legte es sich über den Arm. Ich sah ihr amüsiert hinterher und versuchte ihr aus dem Weg zu gehen, indem ich in der Mitte meines Zimmers verharrte. Irgendwann stand Marie mit einem Arm voller Sachen da und wartete auf irgendetwas. Ich sah sie fragend an.

»Ihr müsst Euch entkleiden, My … Lin«, sagte sie auffordernd.

Ähm, ja. Das sollte ich wohl, wenn sie mich in einen zartgelben Cupcake verwandeln wollte. Diese Farbe dominierte den Stapel auf ihrem Arm. Es war ja nicht so, dass ich nicht oft genug nackt irgendwo stand. Wenn ich meine Elementargestalt angenommen hatte, war ich immer nackt gewesen. Als Fee war ich nicht wie Tinkerbell in ein Blatt gekleidet gewesen. Und auch wenn ich mich zurückverwandelt hatte, war ich nicht automatisch wieder bekleidet gewesen. Irgendwann hatte ich das Gefühl der Peinlichkeit abgelegt. Es gehörte einfach dazu. Aber sich hier einfach vor einem Mädchen auszuziehen, war etwas anderes.

Marie wartete geduldig, ein freundliches Lächeln auf dem Gesicht.

Ich überwand diesen seltsamen Komplex und streifte meine Kleidung ab, bis ich in Unterwäsche vor Marie stand.

»Ein Mieder würde Eure schmale Taille mehr betonen«, sagte Marie und starrte mit schräg gelegtem Kopf auf meinen BH.

Das konnte sie aber vergessen. Ich würde mich nicht in so ein Ding schnüren lassen!

Marie erkannte meinen Gedanken und fügte hinzu: »Aber es wird auch so gehen.«

Sie zog mir das Kleid über den Kopf. Schnürte ein wenig daran herum, schob mich auf einen Hocker in der Ecke und zupfte professionell eine gefühlte Ewigkeit an meinen Haaren herum, ehe sie zufrieden mit ihrem Werk war. Sie befahl mir aufzustehen, ehe sie ein hohes weißes Holzgestell neben mir aufklappte.

Ich sah direkt auf das Nachher-Bild einer dieser Styling-Shows. Und es war eine gewaltige Veränderung. Meine hellblonden Haare waren am Hinterkopf aufgebauscht, dass ein Vogel darin nisten könnte, ein paar feine Strähnen kringelten sich kunstvoll um mein Gesicht. Es sah nett aus, aber die Person vor mir war nicht ich.

»Und das wird Zac gefallen?« Meine nicht vorhandene Begeisterung war kaum zu übersehen.

Marie trat neben mich an den Spiegel. »Da bin ich mir sicher, Mylady.« Sofort sah ich, wie sie sich nach dem Wort »Mylady« auf die Zunge biss.

»Hoffen wir es.« Schließlich wollte ich Zac gefallen. Ich hätte es zwar lieber, wenn ich ihm gefallen würde, während ich ich selbst blieb, aber hier in Otherside lief vermutlich einiges anders. Außerdem hatte ich bislang noch niemanden getroffen, der mich so mochte, wie ich selbst war. Also konnte es nur besser werden.

Ric, hallte es irgendwo in meinem Kopf. Die Stimme war wirklich ein Witz. Was wollte sie mir denn einreden? Die Schwärmerei für den Drachen war längst Geschichte. Ich war damals so jung gewesen und er war eine eindrucksvolle Erscheinung, in die man sich ja praktisch vergucken musste. Wie die vielen Mädchen, denen es genauso ging wie mir und die Ric offensichtlich nie versetzt hatte. Der konnte mir nun wirklich gestohlen bleiben.

Zac hingegen hatte mich nie enttäuscht und daher wollte ich auch ihn nicht enttäuschen. Ich hob den Kopf an, drückte die Schultern zurück und bedeutete Marie mit einem Nicken, dass sie vorangehen sollte.

Zur Liebe meines Lebens.

17. Kapitel

Ric konnte es nicht fassen. Sie hatten tatsächlich vier Seelenlose aufgespürt und sie befragt, nachdem sie mit zwei Autos in die Stadt zurückgefahren waren. Nat hatte die Rostlaube ihrer Großmutter nicht am See stehen lassen und mit ihm den Diabolo nehmen wollen. Ihr Pech.

Sein Pech war jedoch, dass nicht einer dieser Buchcharaktere zu denen zu gehören schien, die der Glitzervampir als ›Auserwählte‹ bezeichnet hatte. Ric hätte ohne Natalia drei von ihnen nicht einmal erkannt, weil sie aus Büchern für Erwachsene (und noch dazu unfantastischen Geschichten) kamen. Nummer vier war ein kleiner, boshaft dreinblickender Junge, den Ric glaubte aus einem Kinderbuch zu kennen. Wer las denn um diese Uhrzeit Kinderbücher? Oder hatte sich der Kleine nur sehr lange versteckt? Fest stand, dass sie keine Spur weitergekommen waren.

Jetzt war es weit nach Mitternacht und kaum ein Mensch würde mehr lesen. Die Chancen noch einen Seelenlosen zu finden, waren gleich null.

»Auch wenn morgen Sonntag ist, sollten wir langsam nach Hause, denkst du nicht?«, sagte Natalia in einem überzogen ruhigen Ton.

Ric fluchte, konnte ihr aber nur recht geben. Besser sie gingen am nächsten Tag weiter auf die Jagd. Am Sonntag wurde sehr viel gelesen, manchmal schon in den Morgenstunden – vor allem in seinem Genre.

Nat folgte mit der Rostlaube, während Ric dröhnend durch die

Straßen fuhr und dabei immer wieder gähnte. Heute war einfach zu viel passiert.

Zu Hause sah er aufs Handy: Peter hatte ihm mehrere Nachrichten geschrieben. Sofort war Ric wieder hellwach und lauerte Natalia auf, die langsam in die Straße hineinrollte und noch langsamer versuchte in einer Nische vor dem Haus ihrer beider Großmutter einzuparken. Es dauerte gefühlte Stunden und Ric war kurz davor sie hinter dem Lenkrad hervorzuzerren und das Auto selbst zu parken. Doch er beruhigte sich und übte sich in Geduld.

»Peter und Coral haben einen Daemon erwischt«, platzte er heraus, sobald Nat gähnend bei ihm ankam.

»Na, und?«, fragte Nat und rieb sich über die Augen.

»Er hatte einen Hinweis.«

Sofort wirkte Natalia interessierter und sah ihn erwartungsvoll an.

»Sie werden uns gleich mehr erzählen«, erklärte Ric. In den anderen Nachrichten hatte Peter nur von all den Fehlversuchen berichtet. Es wurden sehr viele unbekannte Charaktere herausgelesen. »Da kommen sie schon.«

Peters ratternder alter Corsa kam direkt vor dem Grundstück zum Stehen. Coral stieg als Erste aus, dicht gefolgt von Peter.

»Und?«, fragte Ric, noch bevor die beiden bei ihm und seiner Schwester angekommen waren und auch ohne sie zu begrüßen.

»Der Lux hat eine ähnliche Erklärung von sich gegeben wie Edward«, begann Coral nach einem kurzen Hi in Natalias Richtung, die nur mit einem Nicken und Lächeln antwortete. »Katy wurde bedroht und so weiter.« Dann war wohl klar, welche Charaktere sich Zac als ›Auserwählte‹ ausgesucht hatte: all die geheimnisvollen Jungs, die einfach alles für ihre Liebe tun würden. Allein das klang schon superschmalzig. Aber diese Sorte Junge war auch sehr begehrt bei den Leserinnen, die unbedingt etwas zum Anschmachten brauchten.

»Und was war sein Hinweis?«, fragte Natalia.

»›Die Realität existiert bald nicht mehr‹«, zitierte Peter mit seiner tiefen Elementarstimme und malte Gänsefüßchen in die Luft, was das ganze eher lustig als ernst wirken ließ.

Nat kicherte. »War das eine Drohung?«, fragte sie.

»Peter und ich sind uns nicht sicher, ob uns nicht jemand von etwas Wichtigerem ablenken will«, sagte Coral.

»Vielleicht von jemandem, der uns wirklich helfen könnte?« Natalia sah mit erhobener Augenbraue zu Ric, der die Augen sofort zusammenkniff. Er wusste, was kommen würde.

»Wir denken auch, dass wir uns anhören sollten, was Josh zu sagen hat«, flüsterte Peter und machte sich dabei so klein, als wäre er am liebsten nicht derjenige, der diese Worte vor Ric aussprechen musste.

Natalia grinste breit und ihr ganzes Gesicht schrie »Ha!«.

»Wenn irgendetwas schief läuft, seid ihr dafür verantwortlich«, grummelte Ric, zog jedoch sein Handy aus der Tasche. Bislang waren alle Versuche Sackgassen gewesen und er musste im Sinne seines Teams entscheiden. Und natürlich wollte er Lin so schnell wie möglich retten. Er schrieb Josh eine Nachricht, der binnen Sekunden antwortete – und das um drei Uhr morgens! Er würde ebenfalls zu Ric kommen.

Sie gingen nicht ins Haus Ric wollte den Verräter auf keinen Fall drinnen haben –, sondern lungerten auf der Treppe zur Eingangstür herum.

»Konntest du schon mit deinen Eltern sprechen? Sind alle Elementarkräfte zurückgekehrt?«, fragte er Peter. Er musste wissen, ob Nat hier die Ausnahme war oder sein Team.

»Sie waren noch unterwegs, als ich kurz zuhause war. Vielleicht wurde ihnen ja das Auftreten weiterer Seelenloser gemeldet oder noch jemand hat seine Elementarkraft zurück.« Er sah Nat fragend an.

»Nein, ich habe keine Kräfte mehr«, sagte sie und senkte den Blick.

»Was vermutlich auch einen Grund hat«, sagte eine Stimme von der Straße her kommend. Josh trat aus dem Schatten eines Baumes und kam den Weg entlang auf sie zu.

»Wie meinst du das?« Ric versuchte seine Gefühle zu unterdrücken, die bis dicht unter seiner Haut brodelten.

»Ich habe einen Seelenlosen getroffen, der behauptet, dass Elizabeth tot ist«, erklärte Josh. Das wusste Ric ja bereits von Edward. Also wartete er einfach ab, inwieweit das Natalias Gabe beeinflussen sollte.

»Du bist ihr Gegenstück in dieser Welt. Du hattest die Macht über alle Elemente nur, weil Elizabeth sie besaß.« Josh sah von einem zum anderen, bis er endlich Verständnis in ihren Blicken erkannte: Wenn Elizabeth tot war und keine Macht mehr besaß, besaß auch Natalia keine mehr.

»Hast du deine Kräfte zurück?«, fragte Peter in neutralem Ton. Er hatte seine Gefühle weit besser im Griff als Ric.

Zur Antwort ließ Josh mit einem selbstgefälligen Grinsen eine Flamme auf seiner Hand erscheinen, ballte die Faust drum herum und löschte sie – wie in einer billigen Zaubershow – mit einem Fingerschnippen. So ein Idiot! Und Ric hatte Nat noch erzählt, dass Josh zurückhaltend war.

»Und die Kräfte der anderen?« Peter konnte einfach nie genügend Fragen stellen.

»Ein paar haben sie wieder, wie ich mitbekommen habe. Ich würde mich aber an eurer Stelle nicht sofort melden, dass es euch genauso geht.«

»Warum?«, fragte Natalia neugierig.

»Der internationale Rat sammelt sie in der *Bibliotheca* und befragt sie.«

»Und du warnst uns vor ihnen? Du arbeitest doch für den Rat.« Ric lachte auf.

Josh sah ihn mit düsterem Blick an. »Ich mache nur das, was man mir aufträgt. Das heißt noch lange nicht, dass ich hinter allem stehe, was sie tun.« Es klang regelrecht, als hätte Josh eine Abneigung gegen den Rat. Die Rolle spielte er gut, das musste man ihm lassen.

»Aber das muss ich ja nicht jedem auf die Nase binden wie gewisse andere Leute.« Dabei hielt er Ric mit seinem Blick gefangen.

Nat kicherte. »Also ich finde ihn ganz in Ordnung«, sagte sie und klopfte Josh auf den Rücken. War ja klar, dass sie nicht zu ihrem Bruder hielt. Geschwisterliebe schimpfte sich das wohl.

»Was genau ist da eigentlich während der Sitzung passiert?«, fragte Josh unschuldig.

Sofort waren Rics Sinne alarmiert und er schüttelte den Kopf, um sein Team von irgendwelchen Erzählungen abzuhalten. Coral und Peter sagten auch kein Wort. Das übernahm Natalia.

»Lin hat einen Blick auf die letzte Seite des Buches geworfen und das hat sie umgehauen«, sagte sie in lockerem Ton, als wäre es etwas Lustiges. Ric knurrte. Der Drache in ihm meldete sich bereits zu Wort.

»Und was genau stand da?«

»Stopp! Das werden wir dir sicher nicht verraten, damit du zu den Bibliothekaren rennst und ihnen alles weitererzählst. Perry versucht schließlich sie hinzuhalten.« Ric war außer sich bei so viel Frechheit. Wie konnte Josh es wagen hier vorbeizuschauen und für den Rat zu spionieren?

»Soll ich raten?«, sagte Josh in herausforderndem Ton. »Es hat sich wieder verändert, nicht wahr?«

»Der Kandidat hat hundert Punkte. Von dem war allerdings auszugehen, wenn sich alles wieder verändert hat und die Elemente mitsamt den Seelenlosen zurückgekehrt sind. Du weißt also nichts, das wir nicht schon wissen, und kannst jetzt verschwinden«, erklärte Ric.

»Ric«, schimpfte Natalia und wandte sich wieder an Josh. »Erzähl uns alles, was du weißt, und wir entscheiden dann, ob wir dir vertrauen können.«

»Klingt nach einem guten Vorschlag«, stimmte Peter zu und auch Coral nickte.

»Ihr hattet Recht«, begann Josh und sofort schlich sich ein siegessicheres Grinsen auf Rics Lippen. »Ich wurde gebeten ein Buch in die Gasse zu bringen.« Er wirkte nervös und nestelte an seiner Jacke.

»Welches Buch?«, knurrte Ric.

»Die ›Chroniken der Wächter‹.«

»Und wohin bist du verschwunden? Wir haben dich überall gesucht.« Peter stimmte Coral mit einem eifrigen Nicken zu.

»Wenn ich das so genau wüsste.«

»Ja, klar«, schnaubte Ric. »Jetzt kommt die Story von den Außerirdischen, die ihn weggebeamt haben. Ich dachte, du liest nur Zeitgenössisches.«

»Lass mich ausreden, bei Hephaistos! Ich wollte mich mit jemandem treffen, plötzlich wurde mir schwarz vor Augen und im nächsten Moment stand ich vor dem Aufzug der Bibliothek. Es war merkwürdig.«

Josh war wirklich ein guter Schauspieler. Ric wollte es sich selbst nicht eingestehen, aber Josh war sehr überzeugend.

»Deshalb waren die Kameras nicht aktiv«, murmelte Peter vor sich hin. »Das war nicht wegen des Rauches im Fahrstuhl, wie wir vermutet haben.« Er betonte das Wort »wir«, obwohl eigentlich nur Lin und Ric wirklich davon überzeugt gewesen waren. »Mit wem wolltest du dich dort treffen?«

Josh druckste herum, ehe er den Kopf senkte. »Mit Laurie.«

»Und was wollte Laurie mit den ›Chroniken‹?« Natalia sah auch nicht sehr überzeugt aus – zu Rics vollster Zufriedenheit.

»Sie wollte das Buch nur mal mit eigenen Augen sehen. Sie darf ja nicht einmal Führungen veranstalten, sondern liest den Kids den lieben langen Tag vor.« Während Josh von Laurie erzählte, glitt sein Blick in die Ferne und ein Lächeln stahl sich auf seine Lippen. Der war total verschossen in die Wasserfrau.

»Und was passierte dann? Lass dir doch nicht alles aus der Nase ziehen.« Ric verlor langsam die Geduld.

»Wir haben in dem Buch geblättert und im nächsten Moment

stand ein Typ neben uns, als wäre er aus dem Nichts gekommen. Dann bin ich ohnmächtig geworden. Den Rest kennt ihr.«

»Und seit diesem Moment fehlt Laurie? Klingt sehr nach einem Hinterhalt«, stellte Peter fest.

»Nein, sie war bei mir, als ich in der Bibliothek zu mir kam.«

»Und die ›Chroniken der Wächter‹?«, fragte Ric, als Josh nicht von selbst weitererzählte.

»Die hatte ich auch noch bei mir und habe sie schnellstmöglich mit Perry gemeinsam in die Vitrine gelegt. Laurie ist zum Dienst gegangen.« Er haderte einen Moment mit sich, ehe er hinzufügte: »Perry wusste übrigens von diesem Treffen.«

Ric glich Joshs Geschichte mit seinem Wissen ab. Es klang plausibel, das musste er zugeben. Wenn auch sehr Star-Trek-mäßig.

Auch die anderen schienen sich Gedanken zu machen. Peter meldete sich als Erster zu Wort: »Wann genau ist Laurie verschwunden? War da auch dieses grelle Licht?«

»Welches grelle Licht?«

»Als Lin verschwand, war da so ein helles Licht, das sie gewissermaßen eingesaugt hat«, erklärte Coral. So hatte Ric das noch nicht gesehen. Aber aus der Distanz mochte es vielleicht tatsächlich so gewirkt haben.

»Nein, es gab kein grelles Licht. Ich hatte mich mit ihr für den Abend verabredet. Wir hatten beide ganz schön Panik wegen der seltsamen Sache mit dem Buch und wollten später reden. Mehr Zeit blieb ja nicht, weil sie schon zu spät dran war.«

Ric sah den Schmerz in seinem Gesicht, als würde er in einen Spiegel schauen. Wenn es nicht ausgerechnet Josh wäre, der da vor ihnen stand, würde er ihm sofort helfen.

»Und sie ist nicht aufgetaucht?« Natalia gehörte wohl zu den Menschen, die sich leichter berühren ließen als Ric.

»Nein, und an ihr Handy geht sie auch nicht. Ich muss wissen, ob sie auch in dem Buch ist, in ›Otherside‹.«

»Nur leider werden wir das nicht mehr herausfinden können. Wir können es nicht anfassen und Lin ist mittendrin.« Sie waren genauso weit wie zuvor, was Ric ärgerte.

»Elementare können es nicht anfassen«, sagte Josh schnell. »Aber wir wissen nicht, ob es ein normaler Mensch kann.« Er sah Ric herausfordernd an.

»Du willst einen Menschen suchen und in das alles einweihen?« Ric glaubte sich verhört zu haben.

»Nein. Wir haben schließlich einen hier.«

»Was? Du meinst, ich könnte ...« Natalia schaltete eindeutig schneller als Ric, was ihn eigentlich ärgern sollte. Aber schließlich gehörte sie zur Familie.

»Es hat noch niemand getestet, soviel ich weiß. Wäre also einen Versuch wert, oder?« Joshs Augen leuchteten geradezu.

»Was denkt ihr?« Natalia sah in die Runde. Coral und Peter zögerten beide, nickten dann aber.

Wenn es wirklich funktionieren würde, könnte auch Ric nachsehen, was wirklich mit Lin passiert war und wie es ihr in Otherside erging. »Bleibt nur noch die Frage, wie wir an das Buch kommen sollen.« Ric sah Josh misstrauisch an.

»Das könnt ihr mir überlassen. Ich bringe euch in den großen Sitzungssaal. Das Buch liegt dort nach wie vor in der kleinen Vitrine, die ich alleine öffnen kann. Schließlich konnte es bislang keiner dort herausholen. Also, was sagt ihr?«

»Wieso hast du keinen anderen Menschen gesucht, der das mit dir durchzieht?« Ric befürchtete immer noch, dass sie direkt in eine Falle laufen würden. Es war Josh, verdammt!

»Wie du bereits gesagt hast, kann ich doch keinen Menschen einweihen. Daher wollte ich auch wissen, ob ihr alle eure Elemente zurückhabt. Diejenigen, die ich gefragt habe, hatten sie zurück. Der Rest hat sich mir gegenüber irgendwie seltsam verhalten, als ich versucht habe auf das Thema zu kommen.«

»Darüber wunderst du dich aber nicht wirklich, oder?«, sagte Ric eher zu sich selbst, Josh hatte es dennoch gehört.

»Was meinst du?« Nun war es Josh, der ihn ungläubig ansah.

»Nicht dein Ernst. Du weißt nicht …«, begann Ric, aber Natalia unterbrach ihn. »Was Ric sagen will: Im letzten Jahr gab es einige Ungereimtheiten, was dich angeht.«

»Wie bitte?« Stand jemand auf seiner Leitung oder was?

»Es gibt einige Stimmen, die besagen, dass du deine Finger beispielsweise im Spiel hattest, als die Elementarketten verschwunden sind.«

Sehr diplomatisch ausgedrückt, Ric war von seiner Schwester schwer beeindruckt. Doch trotz aller Diplomatie wurde Josh unruhig. Ha! Ric hatte es immer gewusst.

»Ich glaube, ihr solltet da etwas wissen.« Josh atmete tief ein. Die Luft war vom Geruch nach Feuer getränkt. Er war wirklich aufgeregt, sein Element versuchte ihn zu beruhigen. »Meine Familie hat versucht …« Er schüttelte den Kopf. »Ich kannte Thyra schon lange. Nicht als Thyra, sondern als Ty.«

18. Kapitel

Ich folgte Marie durch die langen Flure und konnte kaum den Blick von den zahlreichen Fenstern losreißen, die auf den zauberhaften Garten führten. Von hier oben gesehen breitete er sich in jeden noch so kleinsten Innenhof aus und in der Morgendämmerung im Schatten des Schlosses sah er irgendwie magisch aus. An einer Art geschlossener Brücke zwischen zwei Schlossteilen konnte ich auch einen Blick auf die unter mir liegende Stadt werfen. Die funkelnden Lichter waren erloschen. Es herrschte ameisengleiches Gewusel in den Gassen und auf dem Platz, den wir in der Nacht überquert hatten.

Allerdings wunderte es mich, dass ich kein bisschen müde war. Ich fühlte mich wie frisch ausgeruht, obwohl ich nun seit zwei Tagen wach war.

Marie ging einen anderen Weg hinab ins Erdgeschoss, nicht die langen ansteigenden Wege und Gänge in der Mitte des Schlosses. Heute musste ich Treppen steigen, was mit dem langen Kleid gar nicht so einfach war.

Als wir durch die offenstehende Doppelflügeltür nach draußen traten, fühlte ich mich wie in einer anderen Welt. Sofort wusste ich, dass ich meinen Lieblingsplatz im Schloss gefunden hatte.

Die steinerne Terrasse ging nahtlos in den Garten und ein wahres Blütenmeer über. Tautropfen funkelten und glitzerten wie Feenstaub. Bei dem Vergleich regte sich etwas in meiner Brust. Irgendetwas mit Feen. Vermutlich weil ich diese Wesen schon immer gemocht hatte. Aber welches Mädchen mochte sie nicht?

Feen waren Miniatur-Prinzessinnen, so zarte Kreaturen – und sie konnten fliegen. Das musste ein wundervolles Gefühl sein. Ich hatte schon immer davon geträumt zu fliegen.

Mein Magen grummelte und ein Surren entstand in meinem Kopf. Es wurde sicher Zeit, dass ich endlich etwas frühstückte. Mit einem Mal wich das Grummeln einer inneren Aufregung. Über den fantastischen Ausblick hatte ich beinahe vergessen, wen ich hier treffen würde. Eine Horde Schmetterlinge stob in meinem Bauch auf und mein Herz klopfte wie vor einem ersten Date. Ich wandte mich nach rechts, wo ich im Augenwinkel einen gedeckten Tisch wahrgenommen hatte.

Und unter der Pergola aus Rosenblüten saß er: Zac. Er musterte mich und trank dabei aus einem Kristallkelch, der die wenigen Sonnenstrahlen, die nun über die Giebel des Schlosses fielen, einfing und Farbpunkte auf Zac projizierte.

»Hi!«, sagte ich nervös. Hätte ich einen Knicks oder etwas in der Art machen sollen? Immerhin war Zac nicht mehr der desertierte Söldner, sondern der König. Eine wirklich märchenhafte Entwicklung.

Er stand auf und strahlte mich an wie das schönste Weihnachtsgeschenk seines Lebens. »Hi!« Ich trat auf ihn zu und auch er schien zu überlegen, ob er sich erheben und mir entgegenkommen sollte. Doch er tat es nicht. »Du siehst bezaubernd aus, Lin«, sagte er stattdessen. Immerhin etwas. »Setz dich zu mir und bedien dich.« Er deutete mit der Hand auf die zahlreichen Speisen, die vor ihm aufgetischt waren.

Ich folgte seiner Aufforderung, setzte mich und griff zu. Ein Diener schenkte mir Kaffee in einen der Kristallkelche, was irgendwie falsch aussah. Sie schienen eher für edle Weine oder sogar Ambrosia geschaffen zu sein. Schweigend aßen und tranken wir und ich kam mir vor wie ein Teil eines alten Ehepaars, als wäre es schon immer so gewesen. Es fühlte sich so richtig an.

»Ich habe die Hochzeit für nächsten Samstag angesetzt«, sagte Zac mitten in die Stille hinein und ich verschluckte mich fast an meinem Kaffee.

»Wir haben noch kaum zehn Sätze miteinander gewechselt und du willst mich wirklich schon heiraten?«

Seine ausdruckslose Miene verriet mir nicht im Geringsten, was er dachte. »Ich habe dich endlich gefunden«, sagte er langsam. »Wieso sollten wir warten?« Nun schien er ernsthaft irritiert über meine Aussage. »Ich habe sogar ein Verlobungsgeschenk für dich.«

Er klatschte in die Hände, worauf der Diener, der hinter ihm gestanden hatte, ins Schloss rannte und wenig später mit einem Mann zurückkehrte.

Ich kniff mehrmals die Augen zusammen, weil ich es nicht fassen konnte, wer da vor mir stand.

Wie war mein Vater hierhergekommen?

19. Kapitel

»Du kanntest Thyra?« Ric schüttelte den Kopf. Lin und auch er selbst waren Thyra jahrelang auf den Leim gegangen. Als Ty war sie Lins beste Freundin gewesen, die beiden hatten sich sogar eine Wohnung geteilt. Während all der Ausbildungsjahre hatte sie den Untergang der Realität geplant – und dabei wirklich gut intrigiert. Keiner hätte ihr das zugetraut, der unscheinbaren kleinen Blondine mit der großen Klappe.

»Ich kannte sie nicht als Thyra, sondern als Ty«, antwortete Josh. »Ich habe sie irgendwann einmal in einem Café kennengelernt und wir haben uns öfter getroffen. Sie hatte mir irgendwann anvertraut, dass sie für den Rat arbeitete, so eine Art Einsatz in der normalen Welt. Ich weiß, wie bescheuert ich war das zu glauben.« Er verzog das Gesicht. »Ich wusste zu dem Zeitpunkt auch nicht, dass sie mit Lin zusammen wohnt.«

»Und als sie dir dann gesagt hat, du sollst die Elementarketten klauen, bist du gleich losgerannt oder was?« Ric wusste, dass es schnippisch klang, aber so viel Blödheit musste bestraft werden.

»Nein. Sie hat gesagt, sie wisse, was zwischen meiner Familie und dem Rat vorgefallen sei. Und sie würde es mir sagen, wenn ich ihr helfe. Als ich gesehen habe, wohin das alles führt, habe ich begonnen an ihrer Geschichte zu zweifeln und etwas recherchiert. Da habe ich herausbekommen, dass Ty Lins Freundin ist und niemals für den Rat arbeiten konnte. Kurz nachdem ich sie im letzten Jahr damit konfrontiert hatte, ist Laurie verschwunden. Vermutlich hatte sie auch schon die Finger im Spiel, als Laurie verletzt wurde.«

Ric erinnerte sich, wie verstört Josh gewesen war, als Laurie auf der Patrouille verletzt worden und für einige Tage vom Dienst ausgeschlossen gewesen war. Nur deshalb hatte Josh sein Team unterstützt.

»Was ist denn zwischen deiner Familie und dem Rat?«, hakte Peter nach.

»Wenn ich das wüsste! Mir sagt ja niemand was.« Er klang gekränkt.

So sehr sich Ric auch dagegen wehrte, langsam aber sicher keimte Verständnis für den anderen Feuerelementar auf.

»Ich wurde von klein auf dazu erzogen dem Rat nicht zu trauen. Ich sollte mich, so gut es ging, von ihm fernhalten.«

»Dann hast du jetzt eindeutig den falschen Job«, lachte Natalia.

Josh schüttelte den Kopf. »Als die Umstrukturierung stattfand, hat mein Vater mich dazu ermutigt diesen Job anzunehmen. Nach allem, was im letzten Jahr passiert ist, hielt er es für das Beste. Niemand hat mir gesagt, warum, aber ich tat es. Die Familie Bonfire gehört zu den alten Elementarfamilien, der Rat konnte meinem Vater diesen Wunsch nicht ausschlagen.« Plötzlich räusperte er sich und richtete sich auf. Er sah aus, als hätte er mehr gesagt, als er sagen wollte.

Es könnte alles ausgedacht sein, flüsterte eine Stimme in Rics Kopf. Aber sie könnten es riskieren. Ric musste wissen, wie es Lin ging. Und Josh war die einzige Möglichkeit, an ›Otherside‹ zu kommen, ohne die Bibliothekare einzuweihen.

»Wir machen es«, entschied er daher. Peter, Coral, Natalia und auch Josh sahen ihn erstaunt an. Er zuckte nur mit den Schultern. »Einen Versuch ist es wert. Lasst uns in die Bibliothek einbrechen.«

»Es ist ja nicht so, dass wir dort einbrechen müssten«, warf Peter ein.

»Ich weiß, Setzling. Aber es klingt viel aufregender.« Damit war die Sache klar. »Lasst uns losfahren.«

»Jetzt?« Josh wirkte erschrocken darüber, was Ric nur recht war. Wenn er irgendwas planen wollen würde, blieb ihm so vermutlich keine oder nur wenig Zeit.

»Warum nicht. Jetzt ist nur die Nachtschicht dort«, stimmte Peter zu.

Seit letztem Jahr waren für die Nachtdienste nur noch zwei Techniker eingetragen, die dafür sorgten, dass die wenigen Angestellten, die noch bis in die Nacht in ihren Büros oder der Bibliothek saßen, keinen Unsinn anstellten. Für die Öffentlichkeit war die *Bibliotheca* geschlossen.

»Perfekt. Lasst uns gehen.« Ric lief schon zur Garage hinüber, in der der Diabolo parkte.

»Du willst nicht mit dem Monster fahren. Jeder im Gebäude würde hören, dass du in die Tiefgarage fährst«, warf Natalia ein.

»Ihr könnt mit mir fahren«, schlug Josh vor. »Ich parke am Ende der Straße.« Er wies mit der Hand die Richtung an und musste Rics skeptischen Blick gesehen haben, denn schnell fügte er hinzu: »Es ist ein BMW X6, also keine Sorge.« Ein Lächeln erschien auf seinen Lippen.

Unwillkürlich musste auch Ric lächeln. Ein X6 war kein Diabolo, aber wenigstens hatte er ebenfalls ein paar PS unter der Haube.

»Also ist das entschieden.« Natalia ging bereits voraus, Peter und Coral folgten ihr. Ric wartete, bis auch Josh hinterherlief, um ihn besser im Auge behalten zu können. Joshs BMW konnte sich jedenfalls sehen lassen. Ric fiel sofort auf, dass er hier kein Auto von der Stange vor sich hatte.

»Es ist ein xDrive 50i mit kleinen Extras«, sagte Josh auf Rics anerkennenden Blick hin mit einem breiten Lächeln. Doch auch mit seinen 450 PS konnte er nicht mit dem Diabolo mithalten. Mit dieser Gewissheit lächelte Ric sogar zurück.

Knapp zwanzig Minuten später kamen sie beim Bibliotheksgebäude an. Josh parkte das Auto in der Tiefgarage, was vermutlich am wenigsten Aufsehen erregen würde. Sie hatten sich für den Fall, dass sie gefragt wurden, warum sie um diese Zeit hier waren, eine Geschichte zurechtgelegt. Mit Recherchen in der *Bibliotheca* konnte man sich immer herausreden. Das Schwierige war unentdeckt zu bleiben, wenn sie in den Sitzungssaal gingen.

In der Nacht mit dem Fahrstuhl zur Bibliothek hinunterzufahren war für Ric nichts Neues. Nach ihrer Patrouille hatten sie früher immer erst hier ihren Bericht abliefern müssen, ehe sie Feierabend gehabt hatten.

Die Lampen in der großen Halle waren gedimmt, aus einzelnen Büros drang durch einen Schlitz am Boden noch Licht. Auch bei Perry. Ric ignorierte es und lief zielstrebig auf den großen Sitzungssaal zu. Je selbstbewusster sie wirkten, desto unauffälliger waren sie. Mit dieser Methode war er immer gut durchs Leben gekommen.

Die Tür zum Saal war abgeschlossen, Josh hielt jedoch schon den Schlüssel bereit. Sie huschten alle in den Raum und Coral schloss geräuschlos die Tür. Nahezu zeitgleich flammte in Rics und Joshs Händen eine Flamme auf und sie gingen voran um die Tische herum, die immer noch im Kreis angeordnet waren.

Die Vitrine sah unscheinbar aus, das in rotes Leder gebundene Buch darin ebenso. Kein Außenstehender würde auf die Idee kommen, was er da vor sich hatte.

Josh löschte sein Feuer und steckte schnell den Schlüssel in das schmale Schloss der Vitrine. Ric überlegte, ob irgendwo wirklich ein versteckter Mechanismus angebracht war, wie man sich immer erzählte. Für ihn sah es nach einem wirklich primitiven Schloss aus.

Doch Joshs Anspannung, während er den Schlüssel drehte, zeigte etwas anderes. Regungslos wartete er ein paar Sekunden, ehe er die Vitrine öffnete. Vielleicht hatte auch er eine zusätzliche Sicherung erwartet. Erleichtert trat er zur Seite und sah Natalia auffordernd an.

Auch sie holte nun tief Luft und trat auf ›Otherside‹ zu. Vorsichtig, als erwartete sie, dass sofort ein Feuerball aus dem Buch geschossen kommen würde, schob sie ihren ausgestreckten Zeigefinger langsam an das Buch heran. Nichts passierte. Sie stupste es mehrmals an und sah zu Ric und den anderen. Josh nickte ihr aufmunternd zu, ein für Rics Geschmack zu rechthaberisches Grinsen lag auf seinen Zügen, weil er auf die Idee gekommen war, jemanden ohne Kräfte das Buch lesen zu lassen.

In diesem Moment begriff Ric, dass etwas nicht rund lief. Auch die Mitglieder des Rats mussten ihre Elementargaben zurückhaben – vielleicht sogar schon länger als er, Lin und die anderen denn ansonsten hätten sie das Buch selbst lesen können. Sofort drängte sich wieder der eine Gedanke auf: dass Josh für den Rat arbeitete und sie ausspionierte.

Ric wollte Natalia zurückhalten, doch sie hatte ›Otherside‹ bereits in ihren Händen und ließ sich gerade auf einem Stuhl nieder.

»Mehr Licht bitte«, befahl sie, als sie es aufklappte. Josh eilte sofort zu ihr und sorgte für eine helle Flamme.

Skeptisch stellte sich Ric auf die andere Seite von Nat und versuchte, einen Blick in das Buch zu werfen. Sofort überkam ihn ein Schwindelgefühl. Je mehr er sich auf die Seiten vor Nat konzentrierte, desto stärker wurde es. Als ihm dann beinahe schon übel war, schloss er kurz die Augen. Sofort ging es ihm besser. Josh schien dasselbe versucht zu haben, er war irgendwie ziemlich bleich im Gesicht und blinzelte mehrmals, was Ric mit Genugtuung zur Kenntnis nahm.

»Nach was soll ich suchen?«, fragte Nat und ließ die Seiten zwischen ihren Fingern durchgleiten.

»Lin hat hinten begonnen«, sagte Josh. »Dort müssten die letzten Ereignisse aufgeschrieben sein.

Natalia drehte das Buch um, wie auch Lin es getan hatte, und senkte ihren Blick auf die letzte Doppelseite. »Halt deine Flamme ruhig, ich kann sonst kaum etwas erkennen.« Sofort stand Josh wie versteinert da. Natalias Augen flogen über die Seiten und wurden dabei immer größer.

»Was steht da?«, fragte Josh, doch Nat hob nur die Hand. Kopfschüttelnd blätterte sie eine Seite zurück und las auch dort in aller Ruhe.

Die hatte Nerven! Es war ja nicht so, dass sie irgendwo zuhause auf ihrem Bett lag. Sie konnten mächtig Ärger bekommen, wenn sie erwischt würden. Wie als Reaktion auf Rics Gedanken drangen Schritte durch die absolute Stille des großen Sitzungssaales. Binnen eines Wimpernschlags war die Luft von Elementarkraft durchtränkt. Ric roch Feuer und den Duft von Sommerregen, gemischt mit feuchter Erde. Im selben Moment löschten Josh und Ric ihre Flammen. Niemand bewegte sich. Die Schritte kamen dennoch näher.

Dann war alles ruhig. Ric zischte ein leises »Psst!«, damit die anderen weiterhin ruhig blieben, und zählte bis hundert. Erst dann wagte er wieder einzuatmen. Er ließ eine kleine Flamme in der Hand entstehen.

»Das war knapp«, flüsterte Josh.

»Allerdings. Zu knapp.« An Nat gewandt fragte Ric: »Konntest du etwas herausfinden?«

Natalia nickte und setzte schon zu einer Erklärung an.

»Später«, unterbrach Ric sie. »Das muss erst einmal reichen. Wir müssen hier verschwinden. Lasst uns rüber in die *Bibliotheca* gehen, da ist sicher noch keiner.« Er zog sein Handy aus der Tasche und warf einen kurzen Blick auf das Display. »Es ist fünf Uhr morgens – an einem Sonntag. Ich denke, dort können wir in Ruhe reden.«

Die anderen nickten. Natalia klappte ›Otherside‹ zu und legte es zurück in die Vitrine, Josh schloss sie ab. Sie schlichen gerade wie eine Diebesbande zur Tür, als das Licht anging.

20. Kapitel

Mein Vater stand vor mir und lächelte mich vorsichtig an, als könne er mir Angst machen. Ich hatte ihn schon eine ganze Weile nicht mehr gesehen oder von ihm gehört. Er war aufgrund seines Jobs viel unterwegs, aber dass er auch hier im Schloss Geschäften nachgehen würde, hätte ich nicht erwartet.

Ein kurzer Schmerz fuhr mir durch den Kopf, als würde mich jemand auf den Hinterkopf schlagen. Irgendwas fühlte sich falsch an. Doch je mehr ich versuchte herauszufinden, was, desto stärker schmerzte es. Gehirnknoten oder so. Das würde schon wieder werden – hoffte ich.

Weil ich ihn so lange nur anstarrte, machte mein Vater den ersten Schritt. »Geht es dir gut, Lin?« Sein Lächeln wich einem besorgten Ausdruck.

»Ihr geht es gut«, sagte eine weibliche Stimme, die ich nur allzu gut kannte.

»O mein Gott, Ty!« Ich sprang auf und rannte – so schnell es in diesem Kleid ging auf meine beste Freundin zu, die nun ebenfalls durch die Tür auf die Terrasse trat. »Was machst du denn hier?«

Der Schmerz kam so plötzlich, mitten in meinem nächsten Schritt, dass ich aus der Balance geriet und stolperte. Mein Vater fing mich auf und hielt mich fest, während ich versuchte dieses dumpfe Gefühl aus meinem Kopf zu bekommen, das sich wie ein Schleier über meine Gedanken legte. Doch es war zu stark und vermischte sich immer mehr mit dem erschrockenen Gesicht meines Vaters und der Umgebung. Ich schloss die Augen und freute mich über das Schwarz, das mich empfing und den Schmerz immer weiter von mir weg zog.

***

»Ich habe euch gesagt, dass es nicht funktionieren wird. Es ist zu viel, was ihr Lin glauben lassen wollt.«

Die Stimme meines Vaters drang entfernt an meine Ohren. Ich hatte die Augen geschlossen, lag auf irgendetwas Weichem, als schwebte ich auf Wolken. War ich ohnmächtig geworden? Mein Kopf fühlte sich an wie Suppe und ich konnte keinen klaren Gedanken fassen.

»Es wird funktionieren«, antwortete ihm Ty. »Sie braucht nur etwas Zeit.«

»Ich habe alles getan, was ihr wolltet. Ihr habt versprochen, dass es ihr gut gehen würde.«

Ich hatte meinen Vater noch nie so zornig gehört und widerstand dem Drang die Augen zu öffnen und zu signalisieren, dass ich die Anwesenden hören konnte. Ich fühlte mich wie in einer Geschichte, in der die Protagonistin entführt worden war und nicht wusste warum. Still dazuliegen und die Ohnmächtige zu spielen war in diesem Fall das Mittel der Wahl.

»Ihr wird es gut gehen. Es war immer ihr Traum gewesen an Zacs Seite zu sein«, sagte Ty.

Zac. Hach. Ich unterdrückte ein Seufzen.

»Es war nie davon die Rede, dass sie heiraten soll. Was ist mit diesem Riccardo? Soviel ich weiß, ist sie mit dem ehemaligen Feuerelementar zusammen.«

Ich war *was*? Nun konnte ich mich nicht mehr zurückhalten. Ich öffnete die Augen und setzte mich auf.

»Sie ist wach«, stellte Zac das Offensichtliche fest. Er hatte bisher nichts gesagt und ich hatte nicht gewusst, dass er direkt neben mir gestanden hatte. Ich lag auf einem Berg aus Kissen, die jemand unter einen schattenspendenden Baum gelegt hatte. Mein Vater und Ty standen ein paar Meter entfernt auf der Terrasse.

»Das hast du sicher falsch verstanden«, antwortete Ty meinem Vater. Seit wann duzten die sich? »Ric ist ein Vollidiot, oder?«, fragte sie mit Blick in meine Richtung.

Ich nickte nur und versuchte meine Gedanken zu sortieren. Kurz schoss mir ein Bild durch den Kopf. Goldene Augen brannten sich in meine, kamen immer näher und ich spürte weiche und zugleich feste Lippen, die sich auf meine pressten. Durch das Flattern in meinem Magen schien ich regelrecht abheben zu wollen. Doch dann kam der Schmerz und mit ihm der Sturz.

Es musste ein Traumbild gewesen sein, aus der Zeit, in der ich mir Hoffnungen gemacht hatte, dass sich zwischen Ric und mir etwas entwickeln könnte. Doch ich hatte falsch gedacht und meine Schwärmerei zu Ric war eindeutig unerwidert geblieben.

»Na also«, sagte Ty. »Dann hat ja alles seine Richtigkeit.«

Ich nickte wieder. Aber hatte wirklich alles seine Richtigkeit? Irgendetwas fühlte sich falsch an. Ich versuchte mich daran zu erinnern, wo ich Ric kennengelernt hatte. Auf der Schule? War er einer der beliebten Jungs gewesen, der gutaussehend war und Football spielte oder so? Kein Wunder, dass es nicht funktioniert hatte. Das war ja so klischeehaft. Zum Davonlaufen.

»Was willst du heute unternehmen?«, fragte Ty und setzte sich zu mir auf meinen Kissenberg. Sie sah in dem kleinen Kleidchen, das sie trug aus wie eine Fee. Sie war nicht gerade groß und die blonden Haare passten perfekt ins Bild. Schnell musste ich meinen Blick abwenden, das Rauschen in meinem Kopf ging wieder los.

»Ich weiß nicht, was schlägst du vor?«, antwortete ich, während ich zu den perfekten Rosensträuchern hinübersah, die alle verschiedenfarbige Blüten trugen.

»Wie wäre es, wenn ich dir die Dachterrasse zeige?«

Dachterrasse? Ich hatte ja den Ausblick von der gläsernen Passage aus schon umwerfend gefunden. Wusste Ty davon oder kannte sie mich einfach zu gut? Ich sprang von den Kissen auf und sah sie freudestrahlend an. Ganz ohne Rauschen im Kopf.

»Das heißt wohl, ja«, lachte sie. »Dann komm mit. Zac hat sicher noch einige königliche Dinge zu erledigen. Sie reichte mir ihren Arm und ich hakte mich unter, nachdem ich einen kurzen Blick zu Zac geworfen hatte. Doch der starrte mit einem verwirrten Ausdruck in die Gegend, als habe er etwas vergessen.

Mein Vater rief mir noch ein »Pass auf dich auf, Lin!«, hinterher. Als ob Ty mich vom Dach in den Tod schubsen würde. Sie könnte mir niemals etwas antun. Ich schüttelte lachend den Kopf und betrat mit Ty das Schloss.

War mein Leben nicht perfekt?

21. Kapitel

»Warum schleicht ihr hier im Dunkeln herum?«, fragte Perry und musterte seine Mitarbeiter mit einem skeptischen Blick.

Ric war zwar zu Tode erschrocken, als das Licht im Raum angegangen war, aber die Erleichterung, dass es lediglich Perry war, fegte den Schock wieder weg.

»Dasselbe könnten wir dich fragen«, konterte Josh und starrte argwöhnisch zu Perry hinüber.

»Ich schleiche nicht im Dunkeln herum, ich habe das Licht angeschaltet«, antwortete ihr Teamleiter ruhig.

Ric setzte schon an alles zu erklären, aber Josh kam ihm zuvor: »Wir wollten uns ›Otherside‹ ansehen«, sagte er und sah schuldbewusst zu Boden. »Aber es ging nicht.«

»Das hat der Rat schon den ganzen Nachmittag versucht, nachdem Lin nicht mehr zurückgekommen war.« Perry zuckte mit den Schultern. »Aber es um diese Zeit im Dunkeln zu versuchen, war scheinbar auch nicht die Lösung?« Er rieb sich mit der Hand übers Gesicht.

Josh schüttelte schnell den Kopf. »Nein, keine Chance.«

»Dann solltet ihr vielleicht nach Hause gehen. Lin soll es morgen einfach noch einmal versuchen. Vielleicht mit weniger Druck. Der Rat … Ach, ihr wisst schon. So sind sie halt.« Er schüttelte den Kopf, dann sah er zu Ric. »Geht es ihr besser?«

Natalia antwortete für Ric: »Noch nicht ganz, aber das wird schon«, sagte sie wenig aussagekräftig.

Perry schien es dennoch zu genügen. »Jetzt aber raus hier, bevor man uns noch unangenehme Fragen stellt.«

Dem kamen Ric und die anderen sofort nach. Josh eilte voraus, ging jedoch nicht wie vereinbart zur *Bibliotheca,* sondern direkt zum Fahrstuhl.

Erst als sie alle in seinem Auto saßen, noch ehe er die Zündung betätigt hatte, sagte er: »Mit dem stimmt was nicht.«

Ric fühlte sich wie im falschen Buch. »Das sagst ausgerechnet du?«

»Ich weiß, wie das aussehen muss«, beharrte Josh. »Aber überlegt doch mal: Da waren Schritte, dann ewig lange Ruhe, als würde uns jemand belauschen wollen. Perry muss die ganze Zeit vor der Tür gestanden haben. Findet ihr das nicht auch verdächtig?«

»Vielleicht waren die Schritte von jemand anderem? Coral kann sich auch anschleichen, ohne dass man sie hört. Perry ist ein Wassermensch. Könnte ja in der Natur des Elements liegen.« Peter hatte die Stirn in tiefe Falten gelegt.

Ric hingegen fand die Idee absurd. Josh wollte doch nur von sich ablenken.

Doch dieser schüttelte nur den Kopf und wandte sich zur Rückbank um, wo Natalia saß. »Was hast du gelesen? Hast du Laurie gefunden?«

»Nein. Von Laurie war nicht die Rede«, antwortete Natalia vorsichtig.

»Was dann? Erzähl schon!«, bat nun auch Ric.

»Lin ist dort. Sie hat ihren Vater getroffen und …« Sie holte kurz Luft. »Und Ty.«

Augenblicklich wogte das Inferno seines Elements durch Ric. Er wusste, zu was Thyra fähig war, und plötzlich machte sich Angst in ihm breit. Angst um Lin. Er wollte eben weiterfragen, als Nat bereits den Kopf schüttelte.

»Wir sollten morgen in Ruhe darüber reden und uns etwas überlegen. Oder besser gesagt, später. Ich bin hundemüde.« Um den Worten mehr Nachdruck zu geben, gähnte sie ausgiebig.

Wie konnte sie jetzt ans Schlafen denken? Skeptisch musterte Ric seine Schwester.

»Josh, würdest du uns nach Hause bringen?«, bat sie, worauf Josh nickte, sich wieder umwandte und ohne weitere Fragen den Motor startete.

Nur Ric sah, wie Nat den Zeigefinger vor den Mund hielt und mit den Augen auf Josh deutete. Schnell drehte auch er sich um und spielte mit.

Josh hielt vor Rics Haus und alle stiegen aus, nachdem sie sich für zwölf Uhr mittags verabredet hatten und Josh zufrieden war. Coral und Peter liefen sofort zu Peters Corsa hinüber und fuhren zeitgleich mit Josh los. Natalia und Ric gingen in Rics – und leider auch Natalias Wohnung im ersten Stock, dort schickten sie Coral eine SMS. Eine halbe Stunde später klingelte es endlich an der Tür. Natalia hatte in der Zwischenzeit kein weiteres Wort über ›Otherside‹ verloren – selbst nach Rics Vorwürfen, dass Folter verboten sei.

»Er ist mir tatsächlich nachgefahren, bis ich Coral zu Hause abgesetzt hatte. Ich musste sie in der Parallelstraße aufgabeln.« Peter schüttelte den Kopf.

Natalia lud alle ins Wohnzimmer ein, wo sie sich auf Sofa und Sessel verteilten.

»Du hattest Recht«, sagte Nat zu Ric die Worte, die er am liebsten hörte. »Mit Josh stimmt was nicht. Diese Geschichte mit Laurie, die kann nicht richtig sein. Ich habe vier Seiten gelesen und weitere überflogen, ihr Name tauchte nirgendwo auf.«

»Vielleicht steckt er hinter Lauries Verschwinden?«, fragte Coral mit einem Blick in die Ferne.

»Kannst du es nicht vielleicht herausfinden? Es hat doch bereits einmal geklappt.« Peter sah Coral auffordernd an. Coral hatte im letzten Jahr aus einem Wasserglas einen Hinweis herausgelesen.

Doch Nat schüttelte den Kopf. »Ich habe das Wasser manipuliert, damit ihr endlich das macht, was ich wollte. Das Überelement macht's möglich.« Für einen kurzen Moment sah sie bedrückt aus, fing sich jedoch schnell wieder.

»Dann erzähl uns endlich, was genau du über Lin erfahren hast«, sagte Ric voller Ungeduld.

Nat presste die Lippen zusammen, schlug kurz die Augen nieder und holte tief Luft. »Ich glaube, Lin kann sich nicht mehr daran erinnern, dass ihr zusammen seid.«

Ric fand den Ausdruck ›es brach eine Welt zusammen‹ in Büchern immer sowas von übertrieben und kitschig. Doch nach diesem einen Satz seiner Schwester nahm er all die bissigen Sprüche darüber zurück. Er hatte so lange von Lin fernbleiben müssen und trotz all der Hürden, die ihnen in den Weg gelegt worden waren, hatten sie zusammengefunden – und diese Zeit wirklich genossen. Und dann tauchte ein Möchtegern-Held aus einem Buch auf und nahm sie ihm weg? Niemals! »Wie kommen wir da rein?«, stellte er die einzige Frage, die beantwortet werden musste. Nichts anderes zählte.

Aber er bekam nichts als Schulterzucken und Kopfschütteln zur Antwort, ganz gleich, wie sehr er den anderen Ideen entlocken wollte.

»Moment«, sagte Natalia und hob gebieterisch die Hand. »Das ist noch nicht alles.« Sie schluckte. »Lin hält Ty für ihre beste Freundin. Und sie wird Zac heiraten.«

Nun sprang Ric auf. Das Feuer brannte unter seiner Haut, die dunklen Schuppen des Drachens zeichneten sich bereits ab, drängten nach außen. Coral reagierte sofort und versuchte ihn mit dem Gegenelement zu beruhigen – viel Erfolg hatte sie nicht. Einzig Peter saß ruhig da. Wie konnte er so ruhig bleiben, wo Ric gerade kurz davor war, sich in seiner eigenen Wohnung zu verwandeln? Ric war fassungslos.

»Ich glaube«, begann Peter und registrierte nicht einmal, wie Coral sich bemühte Ric mit ihrem Element zu beruhigen. »Nein, ich bin mir sogar sicher, dass Lin in ›Otherside‹ so ist, wie sie vor knapp einem Jahr war.« Er fasste sich an die Stirn und kleine Fältchen zeichneten sich darauf ab.

»Was?«, fragte Ric und versuchte dabei, nicht zu knurren.

»Sie ist nicht mit dir zusammen. Sie schwärmt für Zac. Ihre beste Freundin ist Ty.« Er zählte die drei Punkte an seinen Fingern ab.

»Und?« Ric hatte keine Zeit für Ratespielchen.

»Sie ist wie eine Seelenlose«, rief Natalia und schlug sich die Hand vor den Mund.

»Exakt«, nickte Peter.

Ric dachte über das Gesagte nach. Sie hatten es mit so vielen Seelenlosen zu tun gehabt – oftmals ein und derselben Buchfigur und dennoch waren sie unterschiedlich gewesen. Denn Seelenlose, die aus Büchern herausgelesen wurden, waren ja immer so, wie sie zum Zeitpunkt des Lesens waren. Zuzüglich den Eigenschaften oder Merkmalen, die der Leser in ihren Charakter hineininterpretierte. Peters Theorie klang für Ric einleuchtend, wäre da nicht das Offensichtliche: »Wieso ist sie dann nicht hier? Wir lesen niemals die Charaktere komplett heraus, sondern nur eine Version von ihnen«, sagte er stirnrunzelnd.

Im selben Moment fragte Coral »Wie konnte Zac Lin herauslesen?«, aber im nächsten Moment leuchtete in ihren Augen das Erkennen.

»›Die Chroniken der Wächter‹!«, sagte sie zeitgleich mit Natalia. »Eine Einzelausgabe«, fügte Coral hinzu.

›Die Chroniken der Wächter‹ waren ein absolutes Einzelstück. Ric fragte sich, ob es sein konnte, dass Lin dadurch komplett hineingelesen worden war – und keine Version von ihr –, ehe ihm wieder einfiel, auf wen er seine Gedanken konzentrieren sollte: »Josh!«, knurrte er. Nun war eindeutig, dass Josh seine Finger mit im Spiel hatte.

Die anderen nickten zustimmend.

»Wir sollten mit Perry sprechen«, schlug Peter vor.

»Heute ist Sonntag.«

»Als wüssten wir nicht alle, dass Perry trotzdem in der Bibliothek ist. Ich glaube, er wohnt dort.«

Coral nickte wie in Gedanken. »Dann los.«

Natalia stieg mit Ric in den Diabolo, Coral in Peters Corsa. Sie fuhren ins Parkhaus und besorgten sich noch kurz im *Milk & Sugar* einen Coffee-to-go und etwas zu essen.

Kaum hatten sie die Tür des Seiteneingangs der Bibliothek geöffnet, trat ihnen Josh in den Weg.

»Ich habe euch schon überall gesucht. Ihr schaut nie auf eure Handys, oder?«, sagte er atemlos.

In Ric kochte augenblicklich wieder alles hoch. Lin, die in ›Otherside‹ war und ihn – ihn! vergessen hatte, und Josh, der dafür verantwortlich sein musste. Binnen Sekunden war er bei dem Verräter und schlug ihm mit der Faust ins Gesicht. Seine Elementargabe war gegen einen anderen Feuerelementar nutzlos, daher war seine bloße Muskelkraft gefragt. Und es tat gut, sich auf diese Weise abzureagieren, endlich ein Ventil zu haben für das, was sich in ihm aufgestaut hatte.

Josh war so überrumpelt, dass er sich nicht verteidigte, ja nicht einmal reagierte, als seine Lippe aufplatzte und Blut daraus hervorquoll. Peter und Nat gingen sofort dazwischen. Sie zerrten Ric von Josh weg, ehe dieser ein weiteres Mal ausholen konnte.

»Er ist schuld daran, dass Lin in diesem verdammten Buch gefangen ist«, brüllte Ric und versuchte, sich loszureißen. Binnen Sekunden übertönte der Geruch von Waldboden die Note des Feuers, die von Rics Wut ausging, und seine Hände waren von Lianen oder etwas Ähnlichem gefangen, das aus Peters Händen wuchs. Je mehr Ric daran zerrte, desto fester schlangen sie sich um seine Handgelenke. Er knurrte vor Wut.

»Ich habe damit nichts zu tun, wirklich«, versuchte Josh sich herauszureden. Nat warf ihm einen Seitenblick zu, der besagte, dass er besser still sein sollte, ehe er Ric noch mehr reizte. Doch seine bloße Anwesenheit reichte dazu schon aus. »Ich sage euch die Wahrheit, ob ihr es glaubt oder nicht. Ich habe befürchtet, dass ihr mir nicht vertraut und euch noch weiter beraten würdet. Und ich war mir sicher, dass ihr früher oder später hier eintreffen würdet.«

»Ach, du spionierst uns nach? Mal ganz was Neues«, knurrte Ric und versuchte ein weiteres Mal den Schlingen um seinen Handgelenken zu entkommen.

»Ich muss euch etwas erzählen«, flüsterte Josh.

Ric schnaubte. Da konnte ja nichts Vernünftiges kommen, oder?

»Als Natalia in ›Otherside‹ gelesen hat, ist etwas mit mir passiert«, fuhr Josh fort.

Ric sah ihn abfällig an, die anderen wurden jedoch neugierig. Sogar die Stränge aus Gestrüpp lockerten sich.

»Ich konnte ›Otherside‹ ebenfalls lesen.«

22. Kapitel

Der Tag wurde einfach wundervoll. Die Sonne strahlte, der Duft der unzähligen Blumen hing in der Luft. Ty und ich saßen zusammen im Garten des Schlosses, alberten herum wie immer. Und natürlich redeten wir auch über Jungs.

»Zac ist so distanziert«, gestand ich irgendwann.

»Lass ihm Zeit«, tröstete mich meine beste Freundin. »Er hat so lange nach dir gesucht. Er liebt dich mehr als alles andere.«

»Das lässt er sich aber nicht anmerken«, seufzte ich.

»Ich kann ja mal mit ihm reden«, schlug sie vor.

Ich wusste nicht warum, aber das machte mich misstrauisch. Nein, es war etwas anderes. Es war irgendeine Verbindung, die ich mir nicht erklären konnte. Plötzlich nagte Eifersucht in mir. Ich kannte das Gefühl. Es war wie ein Schlag in den Magen. Ich hatte es jedes Mal gehabt, wenn Zac sich mit Elizabeth getroffen hatte.

»Was ist los?«, fragte Ty und sah mich mit ihrem elfenhaften Gesicht an.

»Liebt er Elizabeth?«

Ty prustete absolut unfeenhaft los.

»Was?«

»Elizabeth ist tot«, sagte sie emotionslos. »Schon eine ganze Weile. Und sie war nie mehr als eine Ablenkung für Zac «, setzte sie hinzu.

»Aber ...«

»Keine Widerrede«, befahl Ty. »Ich werde mit ihm reden. Jetzt sofort.« Sie sprang auf, und ehe ich mich versah, war sie zwischen den Sträuchern und Bäumen verschwunden.

Ich haderte noch ein paar Minuten mit mir, was ich hier allein jetzt anstellen sollte, als ich ein Schluchzen hörte. Neugierig folgte ich dem Geräusch, das mich tiefer in den Garten führte.

Endlich entdeckte ich ein Mädchen, das vornübergebeugt unter einem Baum saß, sich die Hände an den Kopf hielt und schmerzhaft die Augen zusammenpresste.

Die letzten Meter rannte ich zu ihr, doch sie schien mich nicht einmal zu bemerken, auch wenn ich alles andere als leise war. Es war merkwürdig zu ihr hinabzusehen. Sie war mir nicht unähnlich: Ihr langes blondes Haar war ein paar Nuancen dunkler als meines, aber ansonsten war es, als würde ich mich selbst dort sitzen sehen. In einem weißen Kleid, das »Designer« schrie und nun voller Grasflecken war. Sie konnte nicht größer sein als ich. Ich räusperte mich laut, aber sie reagierte immer noch nicht. Umständlich ging ich in der langen Robe, in die Marie mich gequetscht hatte, auf die Knie und stupste sie mit dem Finger an.

Ihr Kopf fuhr hoch und ein völlig desorientiertes Gesicht sah mir entgegen. Dicke schwarze Schlieren zogen sich von ihren Augenwinkeln über ihre Wangen. Sie hatte mehr Make-up im Gesicht als ich in den letzten Jahren. Missmutig stellte ich fest, dass sie – egal aus welchem Buch sie stammte – der Typ ›Highschool-Schönheit‹ war. Das konnte ja lustig werden. Ich rief mir alle Bücher ins Gedächtnis, die eine solche Nebenfigur besaßen – und die waren in den seltensten Fällen angenehm. Für einen Moment überlegte ich das Mädchen sitzen zu lassen.

Da straffte sie sich jedoch, reckte das Kinn nach oben, wischte sich die schwarzen Schlieren aus dem Gesicht – ich sagte ihr besser nicht, dass sie es schlimmer machte und rappelte sich auf. »Was willst du?«, fragte sie barsch.

Für einige Sekunden war ich total perplex. Ich hatte ihr helfen wollen und sie blaffte mich so an? »Ich …«, setzte ich an, kam jedoch nicht weiter.

»Kannst du auch in ganzen Sätzen sprechen?« Sie stand nun aufrecht vor mir, als wäre ich diejenige, die man bemitleiden musste.

»Ich wollte dir helfen«, antwortete ich schnell. »Ich mache mir nämlich Sorgen, wenn jemand heulend im Wald sitzt.«

Sie sah mich an, als würde ich chinesisch sprechen. Ihre Augenbraue war arrogant erhoben. »Mir geht es gut«, antwortete sie schnippisch und wandte sich von mir ab.

So leicht ließ ich sie jedoch nicht davonkommen. »Wo willst du hin?«

»Zum König.«

Sofort flammte die Eifersucht wieder in mir auf. Was, wenn Zac und diese ... Zicke! Ich mochte es mir nicht vorstellen. »Was willst du von ihm?« Ich hielt das Mädchen am Handgelenk fest und sie starrte darauf, als könne ich sie mit der Pest anstecken.

»Sag mal, kann es sein, dass du deine Neugierde nicht unter Kontrolle hast?«, zickte sie mich an. »Ich kenne dich nicht und ich will es auch gar nicht.« Dann kniff sie die Augen zusammen und musterte mich genauer. »Du bist dieses Mädchen, das ich gesehen habe«, stellte sie abschließend fest – mit einem verächtlichen Blick im Gesicht.

»Wo gesehen?«

Sie seufzte genervt auf. »Im Brachland.«

Ich guckte vermutlich genau so bescheuert, wie sie mich einschätzte.

Mit einer wegwerfenden Handbewegung fügte sie hinzu: »Ich bin eine Phoenicrus, eine Sentio.«

Ich kramte in meinem Hinterkopf und plötzlich fand ich die dazugehörige Geschichte. »Du hast Visionen.«

Sie nickte abfällig. »Na, endlich.« Sie deutete mit einer Kopfbewegung auf ihren Arm. »Lässt du mich jetzt gehen?«

Sofort ließ ich sie los. Ich hatte gar nicht mehr daran gedacht, dass ich sie noch festhielt. »Was hast du gesehen?«, fragte ich.

»Das geht dich nichts an. Ich arbeite für den König.«

»Und ich bin bald die Königin«, antwortete ich ihr in einem hoffentlich gebieterischen Tonfall.

»Dann kannst du ihn ja nach der Vision fragen.« Sie ließ sich nicht einschüchtern und stakste erhobenen Hauptes davon.

Damit würde sie nicht durchkommen. Mit offenem Mund ob dieser Unverschämtheit starrte ich ihr hinterher.

»Mach dir nichts draus«, sagte plötzlich eine Stimme neben mir. »Sie ist immer so, wenn sie eine Vision hatte.«

Ich fuhr herum und sah in das Gesicht eines Jungen mit hellbraunen Haaren, dem Traum einer jeden Jugendbuch-Leserin.

Der Junge schenkte mir ein gewinnendes Lächeln, das seine markanten grünen Augen zum Strahlen brachte, ehe er hinzufügte: »Wenn ich es mir recht überlege, ist sie auch so, wenn sie keine Vision hatte.«

Ich konnte nicht anders und musste lachen. Genau so hatte ich sie auch eingeschätzt. Ich musterte den Jungen und versuchte ihn zuzuordnen. Was mir wie immer beim Typ ›gutaussehend, potenziell Footballspieler und Schwarm der Schule‹ sehr schwer fiel. Er erkannte meinen Gedanken, überwand die Distanz zwischen uns und reichte mir die Hand.

»Hi! Ich bin Maximilian Morgenstern.«

Ich nahm seine Hand und mit einem warmen, nicht unangenehmen Druck schüttelte er sie. Fieberhaft überlegte ich, in welche Buchwelt er gehörte.

»Ich kann durch Bilder von einem Ort zum anderen reisen«, half er mir auf die Sprünge, sein Ton war amüsiert.

Jetzt endlich kapierte ich es auch. »Was macht ihr alle hier? Wieso seid ihr nicht in eurer Welt?«, fragte ich das Erste, was mir in den Sinn kam.

Maximilian verzog das Gesicht. »Ich kann nicht darüber reden.« Er presste die Lippen fest zusammen, ehe ihm doch noch etwas herausrutschte.

Das musste ich wohl akzeptieren. Erstmal.

»Und aus welcher Welt bist du?«, wollte er wissen.

Ein Ruck fuhr durch meinen Körper. »Ich … Ich weiß es nicht.«

23. Kapitel

»Du konntest ›Otherside‹ lesen?« Auch wenn Ric wusste, dass aus Joshs Mund nur Schall und Rauch kamen, konnte er nicht anders als nachzuhaken. Gleichzeitig lösten sich die Fesseln um seine Handgelenke und Peter trat an seine Seite, seine Hände und Arme verwandelten sich zurück.

»Vielleicht ist ›lesen‹ etwas falsch ausgedrückt«, murmelte Josh und sah sich dabei unbehaglich um. »Könnten wir das bitte woanders besprechen?«

Ric musterte ihn aus zusammengekniffenen Augen. Dann sah er nach Nat und Coral und wandte sich kurz darauf auch zu Peter um. Ihr Ausdruck war eindeutig. Sie brannten vor Neugierde und sagten stumm einer Besprechung mit Josh zu.

»Von mir aus«, beugte sich Ric den anderen. »Wir können wieder zu mir nach Hause fahren.«

»Zu uns«, korrigierte ihn Natalia und Ric verzog das Gesicht. Derzeit konnte Natalia zwar nirgendwo reinplatzen, aber wenn er Lin gerettet hatte, würde Natalia ausziehen müssen, schwor er sich.

»Davor sollten wir aber kurz mit Perry sprechen.«, sagte Peter. »Ist er da?«

Josh riss erschrocken die Augen auf. »Bitte nicht. Er gehört zum Rat. Glaubt mir, er war gestern da, als wir in ›Otherside‹ gelesen haben. Ich spüre, dass ich Recht habe.«

»Dann überzeug uns davon und erzähl uns, was du weißt«, ergriff Nat das Wort. »Danach entscheiden wir, in Ordnung?« Nun sah sie fragend zu Ric.

Der zuckte letztendlich mit den Schultern. »Von mir aus.«

»Wir können wieder zusammen fahren«, schlug Josh vor, aber Peter und Ric lehnten das Angebot zeitgleich ab. Gemeinsam gingen sie wieder in die Tiefgarage, anstelle zum Fahrstuhl, der sie in die Bibliothek hätte bringen sollen.

Wenig später erstarb das Röhren des Diabolos in seiner Garage und immer noch über den Lärm schimpfend stieg Natalia aus. Diese Person konnte doch gar nicht seine Schwester sein, oder?

Peter und auch Josh fuhren gerade in die Einfahrt und gemeinsam betraten sie Rics Wohnung, um sich auf Sofa und Sessel zu verteilen wie eine Stunde zuvor. Unterwegs hatten Ric und Nat einen Kaffee getrunken und gefrühstückt.

»Jetzt aber raus mit der Sprache!«, befahl Ric. »Und wehe, du hast uns nur wegen irgendeines Unsinns von Perry weggelockt.« Ihm brannte auf der Zunge hinterherzuschieben, dass es hier schließlich um Lin ging und ihm die Zeit davonlief, aber das musste er Josh ja nicht auf die Nase binden.

Letzterer atmete kurz tief ein, die Luft war von einem Knistern und dem Duft von Kaminfeuer erfüllt. »Ich habe bei Natalia über die Schulter geschaut«, begann er und Ric erkannte sich sofort wieder. Nur war ihm speiübel geworden. Aber hatte Josh nicht auch so bleich ausgesehen? »Es war mit nichts zu vergleichen, was ich jemals gesehen habe. Die Worte standen da nicht nur in dem Buch wie in jedem anderen. Sie glichen eher einer Mischung aus Buch und Computer, die Worte waren nicht ›fest‹.« Er seufzte und fuhr sich durch die Haare. »Ich kann es nicht ausdrücken. Aber ich wurde irgendwie in das Buch hineingesaugt, habe durch ein Netz aus Zeilen in die Handlung gesehen. Lin und Thyra befanden sich in einem Garten. Da war ein Schloss im Hintergrund …«

Natalia nickte eifrig. »Genau. Lin hat gerade mit Zac auf der Terrasse gefrühstückt, als ihr Vater und kurz darauf Thyra ankamen.«

Das Bild, das sich vor Rics innerem Auge zusammensetzte, fühlte sich an wie ein Dolchstoß mitten ins Herz. Er saß hier und konnte nichts tun, während Lin mit Zac frühstückte? Ohne Zutun ballten sich seine Hände zu Fäusten, und um die Energie loszuwerden, schlug er auf seinen Oberschenkel. Der Schmerz lenkte ihn etwas ab.

»Und du hast so etwas noch nie zuvor erlebt?« In Peters Kopf konnte man die hölzernen Zahnrädchen rattern hören.

»Nein. Und ich habe einige Bücher gelesen.«

Wer von ihnen nicht? Coral lachte auf.

Peter massierte sich die Schläfen. »Hast du auch außerhalb der *Bibliotheca Elementara* gelesen?«

»Natürlich nicht!«, rief Josh sofort. »Es ist verboten. Und wir haben ja gesehen, was es uns einbrockt, wenn man diese oberste Regel missachtet.« Er schielte zu Nat, die sofort mit leicht roten Wangen den Kopf senkte. Sie selbst hatte Thyra damals aus ›Otherside‹ herausgelesen und machte sich immer noch Vorwürfe, wenn das zur Sprache kam. Dabei hatte sie mit ihrem Leben dafür bezahlt. Ric sah ihre Schuld als beglichen an, auch wenn Nat nach Jahren wieder »auferstanden« war.

»Hat jemand ein Buch dabei?« Peter sah in die Runde.

Eigentlich hätten nun alle den Kopf schütteln müssen – das Verbot außerhalb der *Bibliotheca* zu lesen war auch nach der Schließung der Grenzen nicht zurückgenommen worden. Doch offensichtlich hielt sich niemand daran. Coral wühlte in ihrer Tasche und zog einen kleinen Gedichtband aus der Tasche und Nat fluchte im selben Moment, dass sie ihr Buch in der Hütte am See hatte liegen lassen.

Auch Ric war diese Vorschrift inzwischen egal. Er sprang auf und ging zu dem Sideboard, das neben der Tür zum Flur stand, und kniete sich davor. Natürlich würde er nirgendwo Bücher offen herumliegen lassen – es kam durchaus vor, dass die Bibliothekare die Mitarbeiter überraschend ›besuchten‹ kontrollieren traf es besser –, aber er und auch Lin lasen regelmäßig zuhause. Es gehörte mittlerweile einfach wieder zu ihrem Privatleben dazu. Er zog Lins aktuelle Lektüre aus dem Schrank und fühlte sofort wieder den Schmerz in seiner Brust. Doch er biss die Zähne zusammen und kehrte zur Gruppe zurück.

»Hier«, warf er Josh das Buch zu, der es gerade noch fangen konnte, ehe es ihn mitten ins Gesicht traf. Zu schade.

»Und jetzt?«, fragte Josh offensichtlich verwirrt.

»Es ist ein Buch. Das kann man lesen«, sagte Ric mit einer extra Portion Sarkasmus in der Stimme.

»Haha!«, antwortete Josh. »Stell dir vor, ich weiß, was das ist. Aber warum soll ich eine Romantasy-Geschichte lesen? Haben wir nichts Besseres zu tun?«

»Ich will wissen, was bei einem anderen Buch, einem normalen Buch, passiert. Bist du echt so schwer von Begriff?«

Endlich blitzte die Erkenntnis in Joshs Augen auf und er öffnete das Buch mit dem typischen Jugend-Fantasy-Cover – mit einem Mädchengesicht – und senkte seinen Kopf darüber. Sofort war der Raum von einer Art statischen Aufladung erfüllt und Wärme ging von Josh aus. Keuchend hob er seinen Kopf wieder und schloss hastig das Buch. »Es ist dasselbe«, sagte er mit schreckgeweiteten Augen. »Hätte ich ... Wenn ich ...«

»Ja, manchmal muss man erst etwas Verbotenes anstellen, um mitreden zu können«, lachte Nat. »War es wieder dasselbe Gefühl oder haben dich die Emotionen überrannt?«

In der *Bibliotheca Elementara* war das Lesen ein ganz anderes Gefühl als außerhalb. Auch nachdem die Elemente verschwunden waren, wurde einem das gewisse Etwas beim Lesen in den heiligen Hallen geraubt: die Emotionen. Man hegte weder Sympathie mit dem Protagonisten noch konnte man den Antagonisten hassen. Geschichten waren nur eine Aneinanderreihung von Worten. So musste sich ein verhasster Job anfühlen, den man tagein tagaus ausübte. Das erste freie Lesen konnte einen da schon mal umhauen.

Josh wirkte berauscht und verwirrt zugleich. Er nickte zaghaft, aber Ric sah ihm deutlich an, dass da noch mehr war als das. Nun starrte er fassungslos auf das geschlossene Buch auf seinem Schoß, als hätte er so etwas noch nie zuvor gesehen, und flüsterte: »Ich glaube, ich kann die Wörter verändern.«

24. Kapitel

Mein Kopf dröhnte, als stünde ich direkt vor einem Lautsprecher, der eine ganze Arena unterhalten sollte. Maximilian direkt vor mir schien zu überlegen, ob ich gleich umkippen würde.

»Geht es dir gut?«, fragte er besorgt.

Ging es mir gut? Eigentlich schon – bis auf die hämmernden Kopfschmerzen beim Versuch mich daran zu erinnern, aus welcher Welt ich stammte. Daher gab ich erst einmal nach und löste mich von dem Gedanken. Sofort beruhigte sich der Schmerz und ich atmete erleichtert auf. »Ich glaube schon«, sagte ich vorsichtig.

»Lass uns zum Schloss gehen. Dort finden wir sicher jemanden, der weiß, aus welcher Welt du kommst.« Maximilian bot mir galant den Arm und ich hakte mich unter.

Gemeinsam gingen wir durch das kleine Wäldchen im Garten des Schlosses und traten kurz darauf auf die Terrasse, auf der Zac und ich gefrühstückt hatten.

»Nathan«, sagte Maximilian zu einem Mann, der gedankenverloren in irgendwelchen Notizen blätterte, die auf dem Tisch ausgebreitet waren.

»Maximilian«, nickte dieser Nathan ihm zu. Mich sah er gleich darauf argwöhnisch an. »Lin? Alles in Ordnung?«

Kannte ich ihn?

»Sie braucht deine Hilfe«, sagte Maximilian. »Sie weiß nicht, aus welcher Welt sie stammt.«

Der Mann sah aus, als erleide er große Schmerzen, und irgendwas in mir drängte ihm dieses Leid zu nehmen.

An mich gewandt sagte Maximilian: »Das ist Nathan East, er hat hier den Überblick über alles.«

»Freut mich Sie kennenzulernen«, sagte ich höflich.

»Du kannst dich an nichts erinnern?«, fragte Nathan. Ich schüttelte den Kopf. Nathan fuhr sich daraufhin aufgebracht durch die Haare. »Lass uns bitte allein, Max.«

Dieser nickte und ging davon. Er rief mir noch ein »Bis später!« über die Schulter zu.

Nathan sah sich um, schüttelte den Kopf und bot mir an, gemeinsam ein wenig im Garten spazieren zu gehen. Ich sagte zu.

»Lin«, setzte er irgendwann an.

Wir befanden uns gerade auf einer kleinen Wiese, die ein perfekter Platz für ein Picknick gewesen wäre. Das sollte ich Zac unbedingt vorschlagen. Ich stellte mir schon vor, wie wir hier säßen, nur wir beide, abgeschieden von der Welt. Wie er immer näher käme, bis er mich mit seinen Küssen um den Verstand brächte …

»Kannst du mir sagen, wo wir hier sind?«, sagte Nathan mit fester Stimme.

Hatte er die Frage schon einmal gestellt? Ich lächelte, als ich versuchte Zacs Küsse aus meinem Kopf zu bekommen, um diesem Nathan aufmerksam zuzuhören. »Wir sind im Schloss von Erea, der Hauptstadt von Otherside«, antwortete ich ihm nach bestem Gewissen.

Er nickte. »Du hast Max kennengelernt. Woher stammt er?«

»Aus Wanderer.« Es gab seltsame Länder hier in Otherside. Manche von ihnen bestanden nur aus einer Stadt, manche Länder waren gigantisch groß und hatten weitere Unterstrukturen.

Nathan fuhr sich mit beiden Händen übers Gesicht. Verzweiflung war auf seinen Zügen zu erkennen. »Und woher kommst du?«

Da war er wieder, der Kopfschmerz. Wie ein Blitz schnitt er durch mein Gehirn und ich weigerte mich ihm weiterhin ausgesetzt zu sein. »Das ist mir egal. Jetzt bin ich hier. Der König von Erea will mich zur Frau.« Ich reckte den Kopf nach oben und war im Begriff davonzugehen. Doch da fiel mir noch eine letzte Frage ein. »Woher stammen Sie denn?«

»Aus der Realität«, flüsterte er, die Enttäuschung war ihm ins Gesicht geschrieben.

Dieses Land sagte mir nichts. Aber Otherside war so groß, dass ich nicht jedes Land kennen konnte. Ich ging davon und merkte mir den Weg zu der wunderschönen Wiese, damit ich meinen Tagtraum von vorhin irgendwann in die Tat umsetzen konnte. Eine Liste im Kopf, die ich den Dienern diktieren würde, ging ich zurück zum Schloss. Ich würde Zac mit einem Mondscheinpicknick überraschen, um uns die Wartezeit auf die Hochzeit ein wenig zu versüßen. Mein Herz überschlug sich beim Gedanken daran.

25. Kapitel

Josh saß noch immer reglos da. Seine Augen starrten wie gebannt auf das Cover mit dem jungen Mädchen, als könne er ihm irgendein Geheimnis entlocken.

Peter, Coral, Natalia und Ric beobachteten ihn. Keiner von ihnen sagte ein Wort. Mehrere Minuten vergingen und die Elemente im Raum wurden immer präsenter, je mehr ihre Aufregung anstieg. Irgendwann räusperte sich Ric und die anderen zuckten vor Schreck zusammen.

»Was heißt, du glaubst, du kannst die Worte verändern?«, fragte er.

Es dauerte eine Weile, bis Josh reagierte. »Es ist so, als hätte ich ein Manuskript vor mir, einen Text, den ich selbst schreibe. Ich müsste ihn nur bearbeiten, während im Hintergrund, hinter den Worten und Zeichen die Geschichte abläuft.« Mit den Händen gestikulierte er wild, rang nach den richtigen Worten. »Ich spüre, dass der Text nur darauf wartet von mir bearbeitet zu werden.« Er sah hoffnungsvoll in die Runde, als wolle er eine Bestätigung von Ric und den anderen, dass sie ihn verstanden.

Doch zumindest Ric tat es nicht. Er hatte noch nie davon gehört, dass so etwas möglich sei.

Auch Peter sagte nichts, stellte nicht einmal eine Frage. Joshs Aussage hing über ihnen und waberte gemeinsam mit den Elementargerüchen durch den Raum.

»Probier's aus!«, befahl Ric. »Wenn du wirklich etwas verändern kannst, dann müssten wir es ja auch sehen können.« Er wagte es nicht sich auszumalen, was das bedeuten würde. Doch die Hoffnung in ihm regte sich und zerrte an seinem Magen. Wenn Josh den Text verändern konnte, dann könnte er auch ›Otherside‹ verändern, oder?

»Wir müssen den Text zuerst lesen«, grübelte Peter vor sich hin. »Sonst wissen wir ja nicht, was ursprünglich passiert.«

Josh nickte unsicher und reichte Peter das Buch.

»Such eine Kussszene«, empfahl Natalia. »Und Josh soll dann dafür sorgen, dass sie sich nicht küssen.« Sie grinste dabei breit.

Peter nahm das Buch an sich und blätterte durch die Seiten.

»Fang hinten an. Wie ich Lins Geschmack kenne, kriegen die sich erst ziemlich spät«, sagte Ric. War es nicht in jedem zweiten Buch so? Die Charaktere tanzten ewig umeinander herum, weil sie nicht begriffen, dass sie zusammengehörten, komme, was da wolle? Ihrem vom Autor bestimmten Schicksal konnten sie dennoch nicht entkommen.

Peter blätterte nun von hinten nach vorne und überflog die Seiten, bis er zufrieden aufsah.

»Lies vor!«, bat Coral, die anderen stimmten zu und Peter begann:

»Was hatten wir alles durchmachen müssen, um zu diesem Punkt zu gelangen? Nun sah ich in seine strahlend blauen Augen, die eine solche Intensität hatten, dass ich mich in ihnen zu verlieren drohte.«

Peter – Peter! verdrehte die Augen und Coral kicherte.

»Scht!«, schimpfte Natalia.

Peter fuhr fort:

»Alles rückte in die Ferne, all die Menschen hier im Park waren plötzlich verschwunden. Es gab nur noch ihn und mich. Mein Herz klopfte in einem unnatürlichen Rhythmus, es drängte mich ihn zu küssen. Ich biss mir auf die Unterlippe, blickte unter den Wimpern hervor zu ihm nach oben.

›Du bist mir noch was schuldig‹, sagte er lächelnd.

›Bin ich das?‹, fragte ich zurück, auch wenn ich die Wette nie vergessen würde – und den Einsatz.

›Allerdings.‹

Wettschulden sind Ehrenschulden, heißt es, also konnte ich mich nicht davor drücken – als würde ich das wollen! Ich lächelte und wollte mich eben auf die Zehenspitzen stellen, da berührten sich unsere Lippen schon. Ein erstes sanftes Flattern wie die Berührung eines Schmetterlings. Dann verharrte er für einen Moment, ehe der Kuss intensiver wurde, ernster. All den Schmerz, den wir hatten erleiden müssen, spürte ich in diesem Kuss.

Minuten oder vielleicht auch Jahre später löste er sich keuchend von mir, wieder ein Lächeln auf den Lippen.

›Was ist‹, fragte ich, immer noch benommen und voller Sehnsucht nach mehr.

›Ich habe dich geküsst, die Wettschulden sind immer noch offen‹, antwortete er mit einem amüsierten Grinsen.«

Ric stöhnte bei so viel Schmalz. Die anderen lachten und Peter hatte rote Wangen. Vielleicht war es nicht unbedingt das Beste gewesen, den schüchternen und zurückhaltenden Baum vorlesen zu lassen.

»Jetzt bist du dran«, sagte Peter erleichtert und gab es aufgeschlagen an Josh zurück.

Nervös legte Josh das Buch auf seinen Schoß und begann zu lesen – so sah es zumindest aus. Abgesehen von dem Flimmern, das um ihn herum entstand. Wie starke Hitzewellen, die von ihm ausgingen. Aber Hitze konnte Ric keine spüren, das war definitiv etwas anderes.

Dabei gestikulierte Josh wild mit den Händen, als würde er Luft-Klavier spielen. Es sah schon irgendwie lustig aus. Wie ein geistig abwesender Klaviervirtuose beim Komponieren oder so. Dann schloss er die Augen, das Flimmern erlosch. Jetzt erst entdeckte Ric die Schweißperlen auf Joshs Stirn. Die Sache musste ganz schön anstrengend sein. Er gab das Buch wieder an Peter und wischte sich mit dem Handrücken über die Stirn. Aufgeregt flogen Peters Augen über den Text und wurden dabei immer größer.

»Du sollst nicht selbst lesen, sondern vorlesen«, rief Nat empört.

Peter verzog das Gesicht, räusperte sich und begann:

»Was hatten wir alles durchmachen müssen, um zu diesem Punkt zu gelangen? Nun sah ich in seine dämonischen roten Augen, die eine solche Intensität hatten, dass ich mich in ihnen zu verlieren drohte.

Alles rückte in die Ferne, all die anderen Monster hier im Park waren plötzlich verschwunden. Es gab nur noch ihn und mich. Mein Herz klopfte in einem unnatürlichen Rhythmus, es drängte mich Rache zu üben. Ich biss mir auf die Unterlippe, blickte unter den Wimpern zu ihm nach oben.

›Du bist mir noch was schuldig‹, sagte er lächelnd.

›Bin ich das?‹, fragte ich zurück, auch wenn ich die Wette nie vergessen würde – und den Einsatz.

›Allerdings.‹

Wettschulden sind Ehrenschulden, heißt es, also konnte ich mich nicht davor drücken – zumindest sollte es den Anschein haben. Ich grinste ihn an, stellte mich auf die Zehenspitzen, um ihn abzulenken, da berührten sich unsere Lippen schon. Ein erstes sanftes Flattern wie die Berührung eines Schmetterlings. Als er für einen Moment verharrte, ergriff ich die Chance. Mit aller Macht schlug ich mit der Faust zu.

Minuten oder vielleicht auch Jahre später begriff auch er, wer ich war. In diesem Moment rammte ich ihm den Dolch in die Brust.«

Im Raum war es absolut still. Keiner schien wirklich zu begreifen, was soeben geschehen war. Nicht einmal Josh selbst, seinem ungläubigen Blick nach zu urteilen. Auch Ric musste zugeben, dass es zu unglaublich war, um es wirklich zu begreifen. Alles, was er zu wissen geglaubt hatte, zerbarst in Tausende von Teilen und versuchte sich neu zusammenzusetzen. Zahlreiche Lücken blieben übrig.

»Wie ...« Auch wenn Nat nicht weitersprach und nur den Kopf schüttelte, drückte sie doch genau das aus, was sie alle dachten.

»Ich weiß es nicht«, sagte Josh in einem fast jammernden Tonfall. Dabei fuhr er sich mit beiden Händen durch die Haare. Sein Blick wirkte irgendwie ... ängstlich.

»Du hast nie zuvor außerhalb der *Bibliotheca Elementara* gelesen?«

»Nicht nach der Elementarprüfung.«

»Das ist …«, setzte Coral an.

»… einfach fantastisch!«, endete Nat begeistert. »Josh kann Lin aus ›Otherside‹ herausdenken!«

Ric sah erst misstrauisch von Nat zu Josh. Der jedoch antwortete mit leuchtenden Augen: »Und Laurie.«

»Laurie ist nicht in ›Otherside‹«, erklärte Natalia.

»Aber … Sie ist nicht mehr da.« Panik stand in sein Gesicht geschrieben. Er musste die Wasserfrau wirklich lieben.

»Wir werden sie finden«, sagte Coral verständnisvoll.

»Sobald wir Lin wieder hier haben«, fügte Ric scharf hinzu. Das war doch ein guter Ansatz für einen Pakt mit dem Verräter. Denn nach wie vor glaubte Ric nicht an Joshs Unschuld. Wie konnte er so eine Fähigkeit nicht entdeckt haben? Es musste doch … »Kann deine Familie das auch?«, fragte er und sofort schossen alle Blicke neugierig zu Josh.

»Nein. Die meisten sind Feuerelementare, nur meine Mutter hat keine Gabe.«

»Bist du dir sicher?«, beharrte Ric.

»Hallo? Ich lebe mit diesen Menschen zusammen! Wie sollte mir entgehen, dass sie Geschichten verändern können?« Josh lachte humorlos auf.

»Vielleicht wollten sie es vor dir geheim halten?«

»Quatsch. Ich kenne alle Geheimnisse der Fami …« Josh stockte und runzelte die Stirn.

»Was?«

»Thyra.« Er verzog den Mund und Ric erinnerte sich daran, wie Josh erwähnt hatte, mit was Thyra alias Ty ihn erpresst hatte – mit dem Familiengeheimnis.

Als Ric nachhaken wollte, klingelte Joshs Handy. Er zog es hervor.

»Mein Vater«, sagte er entschuldigend. Wenig später legte er auf.

Er war kreidebleich im Gesicht. »Ich muss sofort nach Hause.« Er sprang auf, und ehe jemand reagieren oder ihn fragen konnte, was passiert war, rannte er durch den Flur und kurz darauf fiel die Wohnungstür ins Schloss.

»Was war das denn?«, fragte Nat.

Alle zuckten nur mit den Schultern.

Bis auf Ric, der eben seine Chance Lin vielleicht schon bald zurückzubekommen aus der Einfahrt fahren hörte.

26. Kapitel

Sorgfältig stellte ich den von der Küche zusammengestellten altmodischen Flechtkorb auf die ausgebreitete Decke. Zufrieden betrachtete ich mein Werk.

Mehrere Dienstboten waren meinem Wunsch nachgekommen und hatten kleine Flammen, wie sie überall im Schloss der Beleuchtung dienten- ohne etwas zu verbrennen! –, rund um die kleine Wiese aufgestellt und sogar welche in den Bäumen aufgehängt. Die Atmosphäre war jetzt schon stimmungsvoll, der Mond leuchtete in all seiner bläulich-leuchtenden Kraft direkt über uns. Bald würde er hinter dem Schloss verschwinden.

Ein Räuspern ließ mich herumfahren. Beinahe schüchtern trat Zac aus dem Wald und fuhr sich durch die stets ungezähmten Haare, was es nicht besser machte. Ich lächelte und er tat es mir nach. »Der Bote hat mir gesagt, ich solle dringend zu dir kommen. Ich hatte schon befürchtet, dir wäre etwas zugestoßen …« Die Sorge war wohl sehr schnell verflogen, als er sich auf der Wiese umgesehen hatte.

Ich trat auf ihn zu. »Wir hatten außer unserem ersten Treffen keinen einzigen Moment für uns allein«, flüsterte ich und sah ihm dabei erwartungsvoll in die Augen.

Zac kniff sie kurz zusammen – nur für einen winzigen Augenblick, ich registrierte es jedoch und streckte mir dann die Hände entgegen. »Du hast Recht.« Er zog mich an sich. Sofort war ich von seinem Geruch umgeben. Er duftete nach einem Aftershave und alten Büchern.

Ich sog die Luft ein und war erst im nächsten Moment über meinen Gedanken irritiert. Wieso roch der König nach Büchern – oder besser: nach altem Papier und Leder? Doch als Zac sich zu mir hinabbeugte und mir ins Ohr flüsterte, war mein Hirn wie leergefegt.

»Ich habe mich so sehr nach dir gesehnt«, hauchte er. Sein Atem kitzelte mich und verursachte gleichzeitig einen wohligen Schauer. Zac hob mich auf seine starken Arme und trug mich vorsichtig zur Picknickdecke, wo er mich behutsam wie einen Schatz absetzte. Er ließ sich hinter mir nieder, und ehe ich mich versah, hatte ich eine Gänsehaut am ganzen Körper. Zac bedeckte meinen Nacken mit zärtlichen Küssen, streifte mich mit seinem Atem.

Mein Herz schlug schneller als jemals zuvor in meinem Leben. Ich seufzte und spürte Zacs Lächeln in meinem Nacken. Ich wandte mich zu ihm um, wollte ihm in diesem perfekten Moment in die Augen sehen, meine Lippen sehnten sich nach seinen. Doch anstelle von Zac saß dort ein junger Mann mit goldenen Augen, in denen ein neckisches Feuer loderte. Er hatte ein spöttisches Lächeln auf den Lippen, das mich aus irgendeinem Grund zur Weißglut trieb und gleichzeitig anzog, was ich nicht verstehen konnte. Ich blinzelte kurz und der Typ war verschwunden.

Zac saß wieder vor mir, beugte sich gerade vor, um mir einen Kuss zu geben. Irritiert versuchte ich die Gedanken an den anderen Mann zu verdrängen und mich ganz auf Zac zu konzentrieren. Doch der Kuss fühlte sich hohl an, falsch und keineswegs so, wie sich ein Kuss unter dem strahlenden Mond und dem Meer aus kleinen Flammen anfühlen sollte. Enttäuscht verlangsamte mein Herz seinen Rhythmus.

Zac küsste mich noch eine ganze Weile, aber ich war in Gedanken woanders. Erst bei den goldenen Augen, dann bei der Frage, aus welchem Land ich stammte. Sie wirbelten durch meinen Kopf, bis auch Zac spürte, dass ich abgelenkt war.

»Alles in Ordnung, meine Königin?«, raunte er mir mit stockendem Atem ins Ohr und bedeckte auch diese Stelle mit zarten Küssen.

Ich rückte von ihm ab. »Ich glaube nicht«, sagte ich wahrheitsgemäß. »Aus welchem Land komme ich?«

Zacs Reaktion war interessant. Erst erkannte ich Schreck, dann Argwohn, gefolgt von Wut. »Wer hat mit dir gesprochen?«, zischte er und war in dem Moment nicht wiederzuerkennen.

»Niemand, wieso?« Ich runzelte die Stirn.

Er entspannte sich sichtlich. »Dann ist ja alles gut.«

Nichts war gut! Sofort keimte in mir die Neugierde. Irgendetwas wurde hier vor mir verborgen. Ich musste mit mehr Leuten reden – es gab hier am Hof schließlich genügend davon. Und einer von ihnen wusste die Antwort auf meine Frage. Ich konnte hartnäckig sein. Ich würde denjenigen finden.

27. Kapitel

Ric, Natalia, Coral und Peter hatten sich in der Tiefgarage getroffen. Kurz nachdem Josh davongestürmt war, hatten auch die Handys der anderen losgesummt. Eine Mitteilung der Bibliothekare war eingegangen. Die Aufforderung unverzüglich in die Bibliothek zu kommen. Das war ein Befehl und dem musste jeder Mitarbeiter folgen.

»Wetten, dass Josh seine Finger im Spiel hat?«, knurrte Ric zum vermutlich hundertsten Mal. Der zeitliche Zusammenhang ließ sich ja wirklich nicht leugnen. Vielleicht hatte Josh ihn verpfiffen, dass er Bücher zuhause hatte? Bei Hephaistos, sie hätten dem Mistkerl nicht vertrauen sollen.

»Jetzt warte einfach mal ab«, antwortete Nat ebenfalls zum hundertsten Mal – inklusive Augenverdrehen.

In der großen Halle herrschte buntes Treiben. So voll war es hier nicht einmal an Besuchertagen. Wirklich alle Mitarbeiter waren versammelt, standen in kleinen Gruppen – meist ihren früheren Teams zusammen und tauschten Theorien aus. Ric sah sich nach Josh um, konnte ihn jedoch nirgendwo entdecken. Je länger sie alle in der Halle herumstanden, desto lauter wurde es. Die Leute wurden unruhig und fragten sich zu Recht, was hier vor sich ging.

Plötzlich ertönte ein lauter Knall und alle zuckten zusammen. An der Tür der Galerie, die sich oberhalb des Eingangs zur *Bibliotheca Elementara* befand und über zwei geschwungene Treppen nach unten führte, stand Felipe, der Vorsitzende des internationalen

Rates der Bibliothekare. Daneben, ein wenig weiter hinten, Margret, seine Stellvertreterin.

Als Felipe die volle Aufmerksamkeit auf sich gezogen hatte, sah er zur Seite. Ein Mann im Anzug führte eine Person zum Geländer, damit jeder der Untenstehenden sie sehen konnte.

Ric merkte genau, wer aus dem Jugendbuchbereich stammte oder zumindest die Trends der letzten Jahre verfolgt hatte. Oben auf der Galerie stand Edward. Ein Seelenloser hier unten konnte nichts Gutes bedeuten. Kurz darauf erschien ein weiterer Mann auf der anderen Seite der Galerie. Auch er hatte jemanden bei sich, den Ric jedoch nicht erkannte. Das Raunen in der Menge sagte ihm jedoch, dass es sich ebenfalls um einen Seelenlosen handeln musste.

»Liebe Kolleginnen und Kollegen«, donnerte Felipes Stimme von oben herab. »Vielen Dank, dass Sie alle so zeitnah auf unsere Nachricht reagiert haben.«

»Was blieb uns auch anderes übrig ...«, hörte Ric ein Flüstern, das genau das ausdrückte, was er dachte.

»Seit gestern haben sich beunruhigende Dinge ereignet, die umgehend von uns geprüft werden mussten.« Felipe ließ das *Oooh* und *Aaah* der Menge ausklingen, ehe er fortfuhr: »Mehrere Seelenlose wurden gesichtet und konnten eindeutig zugeordnet werden.« Er deutete auf Edward und den anderen Seelenlosen. »Zeitgleich sind die Elemente zurückgekehrt.«

Ein Raunen ging durch die Menge. Ric hingegen fragte sich, worauf das alles hinauslaufen sollte.

»Sie alle müssen verstehen, wie groß unser Bedauern ist, dass sich nicht ein jeder von Ihnen umgehend bei seinem direkten Vorgesetzten gemeldet hat.«

Nun reagierten auch Coral und Peter und wurden ein paar Zentimeter kleiner, Ric dagegen nur umso misstrauischer. Mit Vorwürfen zu beginnen, konnte niemals gut enden.

»Stichproben haben ergeben, dass wirklich alle von Ihnen ihre

Elementarkräfte zurückerhalten haben, was uns als Führungskräfte zutiefst enttäuscht.« Margret stand daneben und nickte bedauernd. »Doch aus diesem Grund haben wir Sie nicht zusammengerufen. Die Bildung der alten Teams ist zweitrangig. Denn uns wurde zugetragen, dass in der Buchwelt etwas geschieht, dem umgehend Einhalt geboten werden muss.« Felipe wartete das erneute kollektive Aufkeuchen ab.

Seine Kollegen waren so vorhersehbar und ließen sich von einer so platten Rede fesseln, dass Ric nur den Kopf schütteln konnte.

»Wie Sie alle wissen, konnten wir im letzten Jahr nur knapp das größte Unglück abwenden, indem wir dafür gesorgt haben, dass die Fantasie wieder grenzenlos wird. Die Realität und die Buchwelt existieren in einer Art Symbiose, die Welten müssen im Gleichgewicht sein. Doch etwas stört erneut dieses Gleichgewicht und der Schleier zwischen den Welten wird wieder durchlässig.« Er trat einen Schritt zurück und gab den Blick auf Edward frei.

»Wir werden vergessen«, sagte der tonlos, als würde er den Text ablesen. Als Ric ihm begegnet war, hatte er ganz anders geklungen.

Sofort ging ein Sturm der Entrüstung durch die Massen. Sie riefen dasselbe, was auch Ric beteuert hatte. Jeder einzelne von ihnen sorgte doch dafür, dass die Buchwelt nicht in Vergessenheit geriet!

Felipe trat neben Edward und schüttelte den Kopf. »Sie haben keine Angst vergessen zu werden«, erklärte er. »Sie vergessen uns. Sie vergessen, dass sie aus unserer Welt heraus erschaffen wurden. Sie vergessen die Realität.«

Nun verhielt sich auch Ric wie alle anderen. Ihm fehlten die Worte. Er hätte ja alles erwartet, nachdem Zac diese Auserwählten, wie Edward sie genannt hatte, mit den Botschaften auf die Reise geschickt hatte. Alles, aber nicht das!

Nun trat der andere Seelenlose nach vorne. »Die Realität existiert bald nicht mehr«, sagte er ebenso emotionslos wie Edward kurz zuvor und wiederholte den Satz, den auch Daemon Peter mit auf den Weg gegeben hatte.

In Rics Kopf wirbelten die Gedanken: Konnte die Realität vernichtet werden, wenn die Buchwelt nicht mehr an sie glaubte, wie es umgekehrt beinahe der Fall gewesen wäre? Allein die Idee zwickte in sämtlichen Ecken seines Gehirns. Es war absolut surreal, wie diese Bilder, die zwei Dinge auf einmal zeigten: je nachdem, was man als erstes erblickte, konnte man das andere ohne Hilfe nicht mehr erkennen. In so etwas war Ric nie gut gewesen.

»Wir werden eine Gruppe von Wächtern nach ›Otherside‹ entsenden, um das Problem zu lösen.« Mit diesen Worten wandte sich Felipe um und verließ die Galerie durch die geöffnete Tür. Margret und die Seelenlosen mit den Anzugträgern folgten ihm ohne ein weiteres Wort in den Raum dahinter.

Sofort löste sich die herrschende Stille in Luft auf. Die Präsenz der Elementarkräfte war in jedem kleinsten Winkel zu spüren.

»Wie wollen sie jemanden nach ›Otherside‹ entsenden?«, fragte Peter dicht neben Ric, damit man ihn überhaupt verstehen konnte.

Das war die eine Frage. Doch die interessantere war, wer zu besagtem Team gehören würde.

Ein Pfiff erklang von der Empore. Dort stand Perry. »Liebe Kolleginnen und Kollegen«, versuchte er sich Gehör zu verschaffen. Als nach wie vor nicht alle nach oben sahen, dröhnte seine Stimme mit seiner Elementarkraft und kam wie zwanzigfach verstärkt aus seinem Mund: »Ich bin der Einsatzleiter dieser Mission.«

Dass Perry für sowas geschaffen war, bezweifelte Ric. Auch, ob er diese *Ehre* freiwillig auf sich genommen hatte. Allzu begeistert wirkte er jedenfalls nicht.

Nachdem Ruhe eingekehrt war, erklärte Perry, dass alles Weitere in dem Sonderteam besprochen werden sollte, das für den Einsatz ausgewählt worden war: »Riccardo und Natalia Fiorenzo.«

Ric konnte sich ein selbstgefälliges Grinsen nicht verkneifen und stupste seine Schwester an. Peter hingegen sah äußerst skeptisch aus.

»Peter Bernstein und Coral Delta.«

Die beiden sahen sich erstaunt an.

»Und zuletzt ...«

Ric befürchtete das Schlimmste – und es traf ein.

»Josh Bonfire. Kommt bitte zu uns in den Besprechungsraum.«

28. Kapitel

Nachdem unsere Unterhaltung auf so negative Dinge hinausgelaufen war, hatte sich Zac sehr schnell zurückgezogen. *Königliche Geschäfte,* hatte er behauptet. Doch es war eindeutig, dass es mit unserer Unterhaltung zu tun hatte.

Ich blieb nicht lange auf der Picknickdecke sitzen. Die Neugierde trieb mich dazu in dem kleinen Wäldchen herumzulaufen. Wie konnte es hier mitten im Gebirge – im Schlosshof! gewachsen sein? Auch wenn Zac mir nicht verraten wollte, aus welchem Land ich stammte, wusste ich doch mit ziemlicher Sicherheit, dass es in meinem Land nicht so war.

Erea lag schon sehr hoch – weit über dem Rest des Landes – und ein langer und steiler Pfad verband die Stadt mit diesem Schloss. Für die mir dargebotene Artenvielfalt waren wir viel zu weit oben und auch war es trotz der Höhe warm genug, dass ich in meinem Kleid nicht fror.

Ich schüttelte den Kopf und verließ das Wäldchen an einem mir bisher unbekannten Ende. Vor mir lagen ein kurzes Stück Rasen und dahinter sah ich einen großen Erker des Schlosses. Schnell ging ich hinüber und schlüpfte durch die offenstehende Tür.

»Aber wenn meine Vision Recht hatte – und das haben sie immer …«

Ich kannte diese Stimme und blieb sofort stehen. Es war diese Zicke! Sie unterhielt sich mit jemandem im Nebenraum.

»Dann werden sie vielleicht kommen und uns retten«, antwortete eine männliche Stimme. War das Maximilian?

»Und wenn sie uns dann bestrafen? Wir haben diesem Miststück geholfen.«

Das sagte ja die Richtige! Mit aller Mühe unterdrückte ich ein Prusten.

»Wir haben es für diejenigen getan, die wir lieben«, sagte Maximilian. Nach einer kurzen Pause fügte er hinzu: »Naja, fast wir alle.«

Die Zicke schnaubte.

»Falls sie kommen«, wiederholte Maximilian mit Nachdruck, »halten wir uns besser an unseren Plan. Hast du das Buch inzwischen gefunden?« Vermutlich gestikulierte sie zur Antwort, denn wenig später fuhr Maximilian fort: »Wir haben Bilder von überall in dieser Welt. Wir müssen nur wissen, wohin ich gehen muss. Es ist wichtig, Ophelia. Wir müssen diese Sache beenden.«

Aha, Ophelia hieß sie also. Ein viel zu schöner Name für diese Zicke!

»Und du willst dich dafür opfern? Wie nobel von dir.«

»Ich weiß nicht, ob es funktioniert. Aber es ist die einzige Möglichkeit. Wir können hier nicht herumsitzen und warten, bis Thyra unsere Welten zerstört. Ich glaube nicht, dass sie irgendetwas davon abhalten wird, wenn sie endlich hat, was sie will.«

»Wir wissen nicht, was sie will. Es war doch nur diese eine Vision, Max.« Ophelias Stimme klang ganz anders als vorher. Beinahe ängstlich.

»Und die hat uns gezeigt, dass wir alle zerstört werden könnten, sollte Thyra die Welten aus dem Gleichgewicht bringen und das Zentrum der Macht, was auch immer das sein soll, verschieben«, zischte Max. »Um das zu verhindern, würde ich alles tun. Versuch es weiter, okay?« Sein Ton war bittend, dennoch klang es wie ein Befehl.

»Such dir doch einfach jemand anderen, der auch Visionen hat, wenn ich dir zu langsam bin.« Da war sie wieder, die alte Ophelia.

»Ich verlange nur, dass du nicht so eigensinnig bist und den lieben langen Tag um diesen Typen herumtanzt, wenn unsere Welt auf dem Spiel steht«, seufzte Maximilian.

»Du bist auf mich angewiesen, mein Lieber. Also sei besser nett zu mir.«

Dann sagte niemand mehr etwas. Kurz darauf hörte ich Schritte, die sich entfernten. Vorsichtig schlich ich mich an die Tür heran und stemmte sie auf. Was hatten die über Welten gesprochen? Diese Welt würde untergehen? Wer war Thyra? Irgendwo tief in meinem Unterbewusstsein regte sich etwas, aber ich bekam es nicht zu fassen.

In dem Raum, den ich soeben betreten hatte, gab es unzählige Gemälde. Alle in etwa im selben Stil. Auch wenn ich mich damit nicht auskannte, vermutete ich, dass es sich um denselben Maler handelte. Es waren jeweils Orte darauf zu sehen, doch keiner kam mir bekannt vor. Auf einem Bild befand sich ein kreisrunder Turm, der sich aus irgendeinem Grund zur Seite neigte. Ein anderes Bild zeigte einen spitz zulaufenden hohen Turm, der aus unzähligen Metallstreben zu bestehen schien. Auf dem nächsten war eine dunkle Gasse mit mehreren metallenen Tonnen abgebildet. Es sah nicht sehr einladend aus. Warum malte jemand so eine Szene?

All diese Bilder waren mir irgendwie vertraut. Etwas zupfte in meinem Inneren, als ich das nächste Gemälde betrachtete. Eine große Halle breitete sich vor mir aus. An den Seiten führten geschwungene Treppen zu einer Empore. Es musste ein Schloss sein. Leider passte nicht dazu, dass mein Hirn damit einen ganz bestimmten Geruch in Verbindung brachte: den Duft nach vergilbtem Papier und stinkendem Leder. Ich erschauderte. Mein Kopf begann erneut zu schmerzen, je mehr ich mich in dieses Bild von der Halle vertiefte.

Plötzlich wurde die andere Tür aufgerissen, durch die Maximilian und Ophelia verschwunden sein mussten.

»Was machst du hier?«, fragte Maximilian wütend.

»Ich habe euch belauscht«, sagte ich wahrheitsgemäß. Ich würde keine Angst vor ihm haben. Der Kopfschmerz klang langsam ab und ich konnte wieder normal Luft holen.

»Was hast du gehört?« Sein Blick wurde beinahe panisch, die Augen waren weit aufgerissen. Er sah sich hastig um, als erwarte er, dass in diesem Moment jemand aus einer Ecke hervorspringen könne. Aber hier war nichts außer den Gemälden. »Du darfst Thyra nichts davon sagen.« Er deutete auf die Bilder.

Ich sollte dieser Thyra nicht verraten, dass Maximilian hier heimlich Bilder sammelte? Warum? »Wer ist Thyra? Ich habe euch von ihr sprechen hören.«

»Du weißt es nicht?« Er sah mich misstrauisch an, ich schüttelte den Kopf. »Sie ist ...«

Vor der Tür, durch die Maximilian eingetreten war, erklangen Schritte.

»Verdammt«, zischte er. »Komm!«

Er zog mich zu einem Gartengemälde. Dieser Platz kam mir vage bekannt vor. Ungefähr dort hatte ich ihn – und auch Ophelia das erste Mal getroffen. Er ließ mich nicht los, als er immer dichter vor das Bild trat.

Dann erfasste mich ein Sog, zerrte mich in das Bild und spuckte mich gemeinsam mit Maximilian wieder aus. Nun befanden wir uns an genau jener Stelle im Garten, die das Gemälde gezeigt hatte. Mein Magen war noch ganz durcheinander und ich sah mich verwirrt um.

»Aus welchem Land kommst du? Von so etwas habe ich noch nie gehört«, fragte ich.

Er seufzte nur und fuhr sich mit der Hand durchs Haar. »Ich habe es dir schon einmal erzählt, aber du vergisst es. Du wurdest mit dieser ... nennen wir es Eigenschaft hereingelesen.«

»Häh?« Für diese geistreiche Antwort verdiente ich ein extra Sternchen.

»Je länger du hier bist, umso mehr vergisst du deine Welt«, versuchte er zu erklären.

»Welche Welt? Du meinst mein Land? Weißt du, wo ich herkomme?« Ich sah ihn hoffnungsvoll an. Er würde Licht ins Dunkel bringen können!

»Du kommst aus keinem Land. Nein … Doch … vielleicht schon.« Er zögerte und schüttelte den Kopf. »Du bist aus einer anderen Welt, Lin. Diese Welt hier, die existiert nur in eurer Fantasie.«

Ich trat ein paar Schritte zurück. Bislang hatte ich diesen Maximilian für vernünftig gehalten, aber nun zweifelte ich ernsthaft an seinem Verstand. Er war verrückt, irre, total … Mir fielen keine passenden Synonyme mehr ein. Jedenfalls war er ganz viel davon. Schnell sah ich mich um und überlegte, wo ich hingehen könnte, um mich vor ihm in Sicherheit zu bringen. Das war es also gewesen, weshalb Zac mich gefragt hatte, ob ich mit jemandem gesprochen hatte. Er wollte mich vor diesem Irren beschützen, in dessen Arme ich direkt gelaufen war. »Ich … Ich werde dann mal gehen.« Mit einem breiten falschen Lächeln im Gesicht wandte ich mich ab.

Maximilian hielt mich zurück. »Wo willst du hin?«, fragte er mit zusammengekniffenen Augen.

»Nirgendwohin.« Blödstellen half immer. Doch er hielt mich noch fester am Unterarm und ich war gezwungen, mich wieder zu ihm umzudrehen.

»Du wirst nicht zu Thyra gehen. Und auch nicht zum König.« Nun funkelten seine Augen regelrecht. Das mit dem Blödstellen hatte wohl nicht funktioniert.

»Ich kenne diese Thyra nicht und Zac ist mein Verlobter. Wir haben keine Geheimnisse voreinander«, sagte ich, das Kinn nach vorne gereckt.

»Ach, wirklich?«, lachte Maximilian verächtlich auf und ließ meinen Arm los. »Dann frag ihn mal, woher du kommst.«

»Das werde ich.« Pah, von diesem Möchtegern-Irgendwas ließ ich mich nicht verunsichern. Was glaubte er denn, wer er war? So langsam verstand ich Ophelia. In seiner Gegenwart musste man ja zickig werden. Ich wollte schon gehen, da packte er mich wieder. »Was ist denn noch?«, zischte ich und sah ihn so böse an, wie ich konnte.

»Bitte sag ihm nichts.« Sein Ton war nun so sanft, sein Blick so bittend, dass man ihm gar nichts ausschlagen konnte.

»Lass mich von jetzt an in Ruhe«, sagte ich. »Dann überlege ich es mir.«

Er zog seine Hand zurück und nickte.

Als ich davonging – bloß schnell weit weg von ihm –, hörte ich ihn noch flüstern: »Wir sind die Guten, Lin.«

Ja, klar. Wenn es so wäre, müsste er es nicht sagen, oder?

29. Kapitel

Ric schob sich durch die Masse an Mitarbeitern, die sich zwischen ihm und der Treppe befanden, die nach oben zu Perry und dem Besprechungszimmer führte. Dicht hinter ihm folgten Nat und der Rest seines Teams. Als sie endlich an der Treppe ankamen, sah Ric Josh auf der anderen Treppe stehen. Etwas in ihm machte Klick und er stürmte die Stufen hinauf und kam zeitgleich mit Josh bei Perry an. Ric warf einen abfälligen Blick auf den anderen Feuerelementar.

»Keine Streitereien!«, befahl Perry und winkte die beiden in den Raum, in den auch schon Felipe und Margret verschwunden waren.

Ric trat ein und schaute sich um, bis Nat, Peter und Coral eintrafen. Felipe und Margret saßen an der Kopfseite des länglichen Tisches, Peters Eltern waren anwesend sowie ein Mann, den Ric nicht kannte und der ihn aus stechenden Augen musterte. Perry schloss hinter sich die Tür, setzte sich zu dem fremden Mann und gebot auch Ric und den anderen sich zu setzen.

Felipe ergriff das Wort: »Es war nicht leicht aus unseren besten Mitarbeitern die geeignetsten für diesen Einsatz auszuwählen.«

Ric fühlte sich, als würde er gleich auf einer Schleimspur ausrutschen. Josh hingegen hob mit jedem Wort den Kopf etwas höher.

»Da jeder von euch bewiesen hat, wie gut er mit unvorhergesehenen Ereignissen zurechtkommt, fiel die Wahl auf euch. Josh hat uns informiert, dass manche von euch auch ein sehr persönliches Interesse an dem Auftrag haben.« Felipes Blick ruhte auf Ric.

Er würde Josh umbringen! Musste er gleich zum Rat rennen und verraten, wo Lin steckte?

»Nehmt ihr den Auftrag an?« Felipe sah von einem zum anderen.

»Zuallererst stellt sich doch die Frage, wie wir an unseren Einsatzort gelangen sollen.« Peter klang sehr diplomatisch, doch auch in ihm brodelte es, das sah Ric eindeutig.

Peters Mutter antwortete sofort: »Die Sicherheitsvorkehrungen wurden mehrfach von deinem Vater und mir überprüft. Du brauchst keine Angst zu haben.«

»Ich habe keine Angst, ich möchte wissen, wie wir in ein Buch reisen sollen.« Peter sah aus wie um Jahre verjüngt und verschränkte wie ein bockiger Teenager die Arme vor der Brust.

»Das werde ich euch erklären«, sagte der fremde Mann und fixierte Josh dabei. »Wir haben die Möglichkeit, ein Tor zu öffnen, wie es auch benutzt wird, um die Buchcharaktere herauszulesen. Es basiert auf ... Ach, das wird zu technisch.« Er winkte mit der Hand ab. »Wir können das Tor öffnen und euch nach ›Otherside‹ transportieren. Doch wir können nicht bis ins Detail steuern, wo ihr landen werdet. Die Buchwelt verändert sich zu schnell, und was gestern noch an der einen Stelle war, ist heute ganz woanders.« Er lachte ein gekünsteltes, vermutlich gewinnendes Lachen, aber bei Ric verfehlte es sein Ziel.

»Wer sind Sie?« Ric musterte den Typen argwöhnisch.

»Das tut nichts zur Sache, Ric«, sagte Felipe. »Wichtig ist, ob ihr den Auftrag annehmt oder wir uns mit der Alternative besprechen sollen. Immerhin wären in dem anderen Team alle vier Elemente vertreten.«

»Warum ist er dabei?« Ric deutete auf Josh. »Er gehört nicht zu meinem Team.«

»Aber er hat bereits mit euch zusammengearbeitet. Perry hat uns davon überzeugt euch auszuwählen, weswegen wir auch auf einen zusätzlichen Luftelementar im Team verzichten würden. Es gab wohl in der Vergangenheit des Öfteren Probleme, wenn man Ersatzkräfte in ein Team integrieren wollte.« Felipes Stimme war eiskalt, als dulde er keine weiteren Widerworte.

Ric dachte an eine Zeit vor zwei Jahren zurück, als man während einer längeren Fortbildung von Coral diverse andere Wasserelementare als Ersatz mit ihnen auf Patrouille geschickt hatte. Ric war mäßig damit klargekommen stets von ihnen beruhigt zu werden. Und auch wenn Josh im Vorjahr zusätzlich zu ihnen gestoßen war, war Ric auch bei ihm skeptisch geblieben.

»Ich bin dabei«, sagte Josh sofort und der fremde Mann nickte.

»Wie genau lautet der Auftrag?« Coral hatte bisher reglos dagesessen und hatte alle Eindrücke in sich aufgenommen.

»Ihr werdet den Bewohnern der Buchwelt zeigen, dass es uns gibt und sie jederzeit mit uns rechnen können.« Margrets Stimme war ebenso schneidend wie die von Felipe.

Irgendwas war hier falsch, nur konnte Ric nicht sagen, was.

»Ja oder nein?« Margret raschelte mit den Papieren vor sich. »Die Zeit läuft uns davon. Entweder ihr begleitet Josh oder wir werden die anderen zu uns rufen.«

Warum drängten sie so?

Falsch, falsch, falsch, sagte Rics innere Stimme. Doch was blieb ihm anderes übrig als zuzusagen? Wollte er Lins Schicksal in die Hände eines anderen legen? In die von Josh? Niemals! Und ganz gleich, wie der Auftrag lautete: Lin war seine oberste Priorität. »Ich bin dabei«, sagte er bemüht ruhig, um die Zweifel in seinem Inneren nicht zu zeigen.

»Dann komme ich natürlich auch mit«, sagte Natalia neben Ric.

Sofort sah er sie scharf an. »Du hast keinerlei Elementarkräfte mehr, du kannst nicht kämpfen! Wer weiß, auf was wir dort treffen.«

Der Fremde räusperte sich. »Es könnte sein, dass eure Elementarkräfte verlorengehen oder sich verändern. Selbst wenn sie bei eurer Ankunft noch da sein sollten, wäre es möglich, dass sie versiegen. Ihr solltet euch nicht auf sie verlassen. Es gibt nicht genügend Tests, die eine definitive Aussage erlauben würden. Daher habe ich auch zugestimmt, dass nicht alle vier Elemente vertreten sein müssen.«

Ric verzog das Gesicht, aber letztendlich änderte das nichts an seiner Entscheidung. Nat lächelte wie eine Siegerin in einem dämlichen Geschwisterstreit.

Peter und Coral sahen einander an und sagten anschließend: »Wir sind ein Team. Wir werden natürlich mitgehen.«

Felipe nickte, Margret schob die losen Blätter vor sich zusammen. Peters Eltern wirkten nicht gerade begeistert, elterliche Sorge stand in ihrem Blick.

»Dann werden wir das Portal öffnen«, sagte der Fremde.

Felipe stand langsam auf. »Folgt mir. Die Vitrine mit ›Otherside‹ befindet sich immer noch im großen Sitzungssaal.«

Nach wie vor rangen Skepsis und Neugierde in Rics Innerem, als er neben seiner Schwester lief und den anderen folgte. Felipe war zu einer unscheinbaren Tür gegangen, die Ric immer für einen Zugang zu einem Abstellraum gehalten hatte. Dahinter führte jedoch eine Wendeltreppe einen Stock tiefer zu einem langen schmalen Gang.

»Das ist einer der alten Fluchtwege«, hörte Ric jemanden flüstern. Vermutlich Peters Mutter. Nicht einmal im Traum wäre ihm gekommen, dass es hier im Gebäude so etwas geben konnte.

Zahlreiche Türen gingen von dem Flur ab, immer nach links. Vor einer blieb Felipe stehen und öffnete sie. Wenig später befanden sie sich im großen Sitzungssaal. Die Tür, durch die sie getreten waren, war nach dem Schließen kaum mehr zu entdecken. Sie fügte sich beinahe nahtlos in das Muster der hinteren Wand des Raumes ein. Ric schüttelte den Kopf. Direkt neben ihnen stand die Vitrine.

Perry eilte zu ihr und zog ein klapperndes Monster aus unzähligen Schlüsseln aus seiner Tasche. Zielgenau griff er nach einem von ihnen und öffnete die Vitrine.

Josh sog die Luft ein. Auch Ric spürte die Macht, die von ›Otherside‹ ausging. Sie glich geballter Elementarkraft, aber war doch irgendwie anders, fremd. ›Otherside‹ musste sich erneut verändert haben, wenn die Magie nun schon spürbar war. Josh, Peter, Coral, Natalia und Ric hatten sich auf der einen Seite des Buches versammelt, die Erwachsenen auf der anderen.

Der Fremde trat vor, holte ›Otherside‹ behutsam aus der Vitrine und legte es auf den Tisch. Er zeigte keinerlei Anzeichen von Schmerz, konnte also kein Elementar sein. Oder ... Schnell sah Ric zu Josh, der aufmerksam beobachtete, was der Fremde mit dem Buch tat.

»Ich versuche euch zu den neuesten Ereignissen zu schicken«, sagte der Mann und blätterte von hinten ausgehend ein paar Seiten nach vorne. »Wir brauchen nur eine sichere Stelle. Ah, da ist sie.«

Ric wollte fragen, wann und wo sie ankommen würden, doch dann ging alles zu schnell. Die Erwachsenen traten nahezu synchron einen Schritt zurück, Ric glaubte auf der Wange von Peters Mutter eine Träne zu sehen. Der Fremde nahm das Buch in beide Hände, wandte sich an Ric und die anderen und begann laut zu lesen.

Ric konnte nichts verstehen, auch wenn er wusste, dass das Buch in seiner Sprache verfasst war. Lin hatte es lesen können, auch Natalia. Und dennoch klangen die Worte jetzt so fremd wie die erfundene Sprache einer High-Fantasy-Story.

Ein goldenes Licht stieg aus dem Buch empor und breitete sich mit rasanter Geschwindigkeit in Rics Richtung aus. Er wollte zurückzucken, doch da umhüllte ihn das Licht bereits. Erst aus der Nähe erkannte er, dass es kein Licht war, keine Einheit, sondern aus Hunderttausenden von Buchstaben bestand, die wild herumwirbelten, ehe sie zur Ruhe kamen und sich ordneten. Eine Röhre aus leuchtend goldenen Wörtern entstand, die immer schneller um Ric herum rotierten, bis er die Buchstaben wieder nur als Einheit sehen konnte.

Durch die Rotation entstand ein Sog wie in einem Wirbelsturm, der an ihm zupfte und immer stärker zog, bis er sich mit seinem ganzen Körpergewicht dagegenstemmte – und trotzdem verlor. Er wirbelte in dem Sturm aus Buchstaben, die ihn vom einen auf den anderen Moment nach oben katapultierten. Irgendwo in den hintersten Windungen seines Gehirns bereitete sich Ric auf den Aufprall an der hohen Decke des Sitzungssaales vor. Der blieb jedoch aus. Stattdessen beschleunigte er immer weiter und schoss höher und höher. Die Buchstaben waren nur noch vereinzelte Schlieren, wie Sterne bei WARP-Geschwindigkeit.

Dann irgendwann kam der Aufprall doch. Ric landete so hart auf den Beinen, dass er das Gleichgewicht verlor, umkippte und sich unsanft auf den Hintern setzte. Dabei hatte er sich ungünstig abzufangen versucht und ein stechender Schmerz schoss durch sein linkes Handgelenk. Er stieß einen lauten Fluch aus.

Als das Licht, das ihn ausgespuckt hatte, verschwand, erkannte er die anderen. Sein neues Team schimpfte ebenso vor sich hin, lag und saß auf dem sandigen Boden herum und jeder von ihnen sah benommen um sich.

Ric sprang auf die Beine und rannte zu Natalia, die sich den Kopf hielt. »Alles in Ordnung?« Er reichte ihr die Hand, um sie nach oben zu ziehen. Sie griff danach und ein elektrischer Schlag ließ sie beide die Hände erschrocken zurückziehen. Natalia presste schmerzerfüllt die Augen zusammen. Ric ging auf die Knie und berührte vorsichtig Natalias Handrücken. »Sorry. So eine Reise in einem Wortkanal scheint einen magnetisch aufzuladen. Hast du dir bei der Landung wehgetan?«

Natalia schüttelte den Kopf und zuckte sofort wieder zurück. »Mein Kopf fühlt sich an wie nach einer sehr heftigen Party.«

»Das wird hoffentlich wieder verschwinden. Ich glaube nicht, dass es hier Kopfschmerztabletten gibt.« Ric drehte sich um die eigene Achse. Außer ein paar fremdartig aussehenden Bäumen erkannte er nur spitz zulaufende Felsen und etwas weiter entfernt ein Gebirge, das in der Dunkelheit leuchtete wie phosphoreszierend.

Dunkelheit? War es nicht eben noch hell gewesen? Wie viel Uhr war es? Instinktiv zog Ric sein Handy aus der Hosentasche und stieß erneut einen Fluch aus, als er realisierte, dass so ein modernes Gerät die WARP-Reise anscheinend nicht überleben konnte. Es ließ sich nicht einmal anschalten.

Auch der letzte Goldschimmer um sie herum verblasste und sie standen in dunkelster Nacht da. Ric konnte nicht einmal die unmittelbar vor ihm stehende Natalia sehen. Er packte das Handy wieder weg und entzündete eine kleine Flamme in seiner Handfläche. Wenigstens hier hatte der Fremde falsch gelegen: Ric besaß seine Elementarkraft noch, was ihn unwillkürlich lächeln ließ.

Mit der anderen Hand zog er endlich Natalia hoch, ohne daran zu denken, dass es das schmerzende Handgelenk war. Er sog scharf die Luft ein und wartete. Das beste Gefühl überhaupt war, wenn der Schmerz nachließ.

Coral und Peter traten zu ihnen.

»Habt ihr eure Kräfte noch?«, fragte Ric. Im Hintergrund erkannte er Josh, der ebenfalls mit einer Flamme in der Handfläche auf sie zu lief.

Peter verwandelte seine Hand kurz in einen Ast, während Coral winzige Wassertropfen wie Tau aus ihrer leeren Hand heraus in die Höhe warf.

»Kannst du heilen?«, fragte Ric weiter und deutete mit einem Kopfnicken in Natalias Richtung. »Sie hat Kopfschmerzen.«

»Das müsste klappen«, sagte Coral. Sie war während der Ausbildung nur selten in der Krankenstation gewesen, weil sie sich eher auf Angriff und Verteidigung spezialisiert hatte, was auf Patrouillengängen wichtiger gewesen war. Sie legte Natalia die Hände auf die Schläfen. Kurz darauf war die Luft vom Duft eines Sommerregens erfüllt und Natalia seufzte erleichtert auf.

»Danke.«

Coral nickte nur.

Ric überlegte kurz, ob er Coral bitten sollte auch seine Verletzung zu heilen, aber er verwarf den Gedanken. Die Hand würde auch von alleine heilen.

»Was machen wir jetzt? Weiß einer von euch, wo wir hier gelandet sind? Kennt einer das Buch?« Joshs Fragen kamen in einem einzigen Wortschwall aus ihm heraus, so dass Ric Mühe hatte sie zu verstehen.

»Zu allererst sollten wir darüber reden, was im Institut vorgefallen ist. Fandet ihr das alles auch ziemlich merkwürdig?«, fragte Natalia und rieb sich über die Schläfe, als könne sie immer noch nicht begreifen, dass der Schmerz weg war.

»Allerdings. Die haben uns ja mehr oder weniger abgeschoben«, antwortete Ric nickend.

Peter zuckte mit den Schultern. »Meine Mutter hat mir auf dem Weg noch erklärt, dass alles sehr kurzfristig angesetzt wurde und es keine andere Möglichkeit gab.«

»Hat sie sonst noch etwas gesagt?«, fragte Josh aus dem Off. Er hatte seine Flamme ausgelöscht und stand nun irgendwo hinter Coral, vermutete Ric.

»Willst du nicht zu uns kommen?« Peter trat einen Schritt zur Seite und machte Josh zwischen sich und Coral Platz.

Ric sandte das Feuer aus seiner Hand ins Zentrum ihrer Runde und ließ die Flammen höher lodern. Unter anderen Umständen – und in anderer Gesellschaft hätte das hier recht nett werden können.

»Um auf deine Frage zurückzukommen: Sie hat mir nichts weiter erzählt. Warum?« Peter kniff die Augen zusammen und musterte Josh.

»Nur so eine Frage. Schließlich sind wir alle hier reingeschossen worden, oder?« Josh zuckte mit den Schultern. »Wie kommen wir hier jetzt weiter? Kann sich jemand orientieren?«

»Leider hat uns keiner eine Karte mitgegeben«, antwortete Ric sarkastisch. »Außerdem wollte ich euch fragen, wer dieser Typ war, der uns hierher geschickt hat. Kennt ihn jemand von euch?« Er setzte all seine Hoffnung auf Peter, doch der zuckte mit den Schultern, während die anderen den Kopf schüttelten. Mit Argwohn sah Ric, dass Josh zu enthusiastisch verneinte.

»Was ist?«, lenkte Josh sofort ab, er fühlte sich sichtlich unwohl.

»Das war ein Treffen des Rates, du hast ihnen sogar von Lin erzählt und warst scheinbar irgendwie bei der Planung dabei. Wer war dieser Typ? Und Coral hier spürt, wenn du lügst.« Er deutete mit dem Kopf auf Coral, die ihre Augen kurz aufriss, dann aber mitspielte. Josh brauchte nicht zu wissen, in welche Richtung Corals Fähigkeiten gingen. Er hatte zwar schon gehört, dass manche Wasserelementare Lügen erkennen konnten, Coral gehörte jedoch leider nicht zu dieser Sorte.

»Dieser Typ«, knurrte Josh. »Ist mein Vater.«

30. Kapitel

Am Nachmittag traf ich mich mit Ty in einem Zimmer, das Marie Gesellschaftsraum nannte. Es war ein riesengroßer Raum mit mehreren Sofas, Sesseln und kleinen Tischchen. Auf einem von ihnen standen Kaffee und Kekse.

Ich wusste nicht, welchen Job meine beste Freundin hier am Hof hatte, aber sie schien immens wichtig zu sein. Ständig klopfte irgendwer und störte uns beim Nichtstun. Dabei hatten wir diese Disziplin bereits in den ersten Wochen unserer Freundschaft auf weltmeisterliches Niveau gebracht. Mit keiner Person konnte man das so gut wie mit ihr.

Zwischen zwei solcher Unterbrechungen stellte sie mir eine seltsame Frage: »Bist du zufrieden?« Ich musste genauso ausgesehen haben, wie ich mich fühlte – total planlos, was sie meinte –, denn sie fügte schnell hinzu: »Mit Zac, meine ich. Er ist überglücklich. Er war sein ganzes Leben lang auf der Suche nach dir, weißt du? Und jetzt, wo er dich wirklich gefunden hat, wo sich für ihn alles zum Guten gewendet hat, ist er irgendwie etwas überfordert.«

Kurz zuvor hatte sie mir erzählt, wie sehr Zac für den Frieden in Otherside gekämpft und dafür gesorgt hatte, dass sich die Welt vereint hatte und die einzelnen Gruppierungen den Krieg und die Angriffe eingestellt hatten. Er hatte sich selbst die ehemals dämonischen Söldner zu loyalen Untertanen gemacht. Es war beeindruckend. So war er von einem Tag zum anderen zum König einer Welt geworden, die davor nicht einmal gewusst hatte, dass sie einen brauchen könnte. Und Ty war von ihm zu so etwas wie seine rechte Hand ernannt worden. Eine wahnsinnig große Ehre.

»Er benimmt sich seltsam«, vertraute ich meiner besten Freundin an.

»Inwiefern?« Sie hob gekonnt die Augenbraue, was sie aussehen ließ wie eine dieser typischen Jugendbuchzicken, die alle anderen abfällig behandelten.

Ich erschrak bei diesem Gedanken und sog scharf die Luft ein. Im selben Moment überrollte mich wieder eine Schmerzattacke. Was waren Jugendbuchzicken? Ich kannte Zicken wie Ophelia, die waren auch in meinem Land nicht gerade selten gewesen, aber Jugendbuchzicken? Was war ein Jugendbuch? Auch Maximilian und Ophelia hatten das Wort »Buch« erwähnt. Ich runzelte die Stirn. »Ty, was ist ein Buch?«, fragte ich, auch wenn mir das Wort Schmerzen bereitete.

Ty schrak zusammen und hob den Finger vor den Mund. »Sag es nicht so laut«, ermahnte sie mich. »Es ist lange her, dass jemand darüber gesprochen hat. Es ist verboten.«

Ich sah sie ungläubig an. Eine innere Unruhe ergriff mich, als ich an das Gespräch zwischen Maximilian und Ophelia dachte. Hatte ich doch gewusst, dass mit den beiden etwas nicht stimmte.

»Bücher«, erklärte Ty im Flüsterton weiter, »sind die Fesseln unserer Gesellschaft. Sie drängen uns Dinge auf, die wir nicht wollen, versklaven unsere gesamte Welt. Bücher beschneiden unseren freien Willen.«

Ihre Worte erzeugten unwillkürlich Bilder in meinem Kopf: Wirbel aus verschiedenen Eindrücken, gefesselte Bewohner von Otherside, etliche Reihen verwahrloster Menschen, die nicht tun konnten, was sie wollten.

»Zac hat dafür gesorgt, dass sie abgeschafft werden, dass sich kaum jemand mehr an sie erinnert. Die Söldner streifen jedoch immer noch durch die Länder von Otherside, um auch die letzten Widerständler zu zwingen die Bücher zu vernichten.«

Ich dachte über das Gesagte nach, konnte mir jedoch diese Bedrohung nicht wirklich vorstellen.

»Halte dich fern von solchen Büchern und den Leuten, die damit zu tun haben «, sagte mir Ty mit festem Blick. »Sie sind gefährlich. Sie wollen unsere Welt zerstören.«

So dramatisch sah ich das jetzt nicht, aber irgendwas in Tys Blick machte mir Angst.

»Hast du jemanden über Bücher sprechen hören, Lin?« Sie fixierte mich und ich glaubte schon, sie könne Gedanken lesen.

Ich musste das alles erst einmal für mich ordnen. Auch Freundinnen durften ab und zu Geheimnisse voreinander haben. Zumindest für eine kleine Weile. Daher schüttelte ich den Kopf. »Ich habe nur gerade an ein Wort gedacht, das ich nie zuvor gehört habe. ›Jugendbuch.‹«

Tys Miene veränderte sich schlagartig. »Lasst sie in Ruhe!«, schrie sie in den Raum. »Oder ihr werdet es büßen.«

Ich zuckte zusammen. Was war nur mit meiner besten Freundin los? Scheinbar hatten alle am Hof irgendwelche psychischen Probleme. Plötzlich fühlte ich mich so allein mit Ty nicht mehr wohl. »Wollen wir spazieren gehen?«, fragte ich. *Irgendwohin, wo viele Leute sind,* fügte ich in Gedanken hinzu.

»Ich muss sowieso gleich zum nächsten Meeting. Wir haben ein paar Aufständische aufgespürt, die bald hier eintreffen müssten. Sie werden unverzüglich vor Gericht gestellt und so bald wie möglich hingerichtet.«

Ich wurde neugierig. »Was haben sie denn getan?«

»Sie durchqueren das Land und erzählen unserem Volk, dass alles, was sie tun, vorherbestimmt sei und sie nichts dagegen unternehmen können, weil ihr Schöpfer ihnen den Weg weist.« Sie wedelte mit der flachen Hand vor dem Gesicht herum, um ihren Worten mehr Nachdruck zu verleihen. Es war eindeutig, dass sie die Aufständischen für nicht ganz richtig im Kopf hielt.

Aber so allmählich zweifelte ich daran, dass es überhaupt jemand hier war. Ich lachte bei der Vorstellung, dass irgendeine nicht zu greifende Person mein Leben bestimmen könnte. *Du weißt es besser,* flüsterte mir eine Stimme zu. Ich rümpfte die Nase. Die Stimme klang anders. Wie die eines Mannes. Ich sah mich um und suchte nach dem Sprecher. Irritiert erkannte ich, dass niemand außer uns hier war. Ich runzelte die Stirn und schüttelte den Kopf. War Wahnsinn ansteckend?

Ty bezog die Gesten auf ihre Worte und strahlte mich an. »Genau das ist es, Lin. Wir müssen dafür sorgen, dass sie mit diesem Unsinn aufhören.«

Es klopfte erneut an der Tür. Nach Tys »Ja?« trat ein Mann ein und nickte ihr zu.

»Es ist soweit«, sagte sie daraufhin an mich gewandt. »Wollen wir uns später treffen?«

Ich nickte ihr ebenfalls zu, und als sie ging, hing ich meinen eigenen – teils schmerzvollen Gedanken nach. Da war etwas, das ich hätte wissen müssen, doch mir wollte es einfach nicht einfallen.

Bis sich die männliche Stimme wieder meldete.

31. Kapitel

Nur das Knistern der Flammen war zu hören, während Ric, Coral, Peter und Natalia Josh anstarrten. Niemand von ihnen sagte ein Wort.

In Rics Kopf waren sofort die wildesten Spekulationen losgegangen. Josh war ein Verräter, da waren sie sich ja mittlerweile einig. Josh hatte außerdem diese absolut ungewöhnliche Fähigkeit. Und er hatte sie alle belogen, als er behauptet hatte, seine Familie bestehe nur aus Unbegabten und Feuerelementaren.

Ric steigerte sich so sehr in die Sache hinein, dass sich sein Element einmischte. Binnen Sekunden stand er in Elementargestalt in der Runde. Er hatte die Verwandlung nicht einmal bemerkt, so schnell war alles gegangen.

Natalia neben ihm schrak zurück, die anderen zuckten zusammen, als sie sich dem schwarzen Drachen gegenübersahen.

»Bei allen Gewässern«, sagte Coral nur.

Ric schloss die Augen, versuchte das Feuer in sich zurückzudrängen und seine normale Gestalt anzunehmen, doch er schaffte es nicht.

»Hey«, sagte Natalia sanft und trat neben ihn. »Wenn du irgendwie Hilfe brauchst …«

»Nein«, zischte Ric. Das Feuer hatte die Kontrolle über ihn übernommen. So war es seit den ersten Versuchen während der Ausbildung im Institut nicht mehr gewesen. Er konzentrierte sich auf die ersten Übungen und die Worte seines Mentors, die ihm hatten helfen sollen den Drachen in ihm zu bändigen: Er atmete tief durch und zählte in Gedanken bis zehn. Mit jeder Zahl schob er einen kleinen Teil des Feuers beiseite und ersetzte den Drachen durch Rics menschliche Gestalt. Es funktionierte. Das Feuer in ihm kühlte ab und erlosch zuletzt. Mit dem Ergebnis, dass Ric nun halbnackt dastand, nur bedeckt von ein paar Fetzen seiner zerrissenen Kleidung.

»Was ist denn passiert?«, fragte Peter. »Du bist sonst die Beherrschung in Person – zumindest was die Verwandlung angeht.«

Natalia kicherte.

»Wenn ich das wüsste«, knurrte Ric zur Antwort. »Das Feuer ließ mir gar keine Gelegenheit einzuschreiten.«

»Vielleicht ist das eine der Veränderungen in ›Otherside‹?«, warf Coral ein. »Die Elementarkräfte sind noch da, aber schwerer zu kontrollieren?«

»Na, spitze. Jetzt renne ich hier mit vier Elementaren herum, die ihre Gaben nicht kontrollieren können«, sagte Nat zynisch.

»*Er* hat sich nicht unter Kontrolle«, warf Josh ein.

Wie konnte er es wagen?

»Ric, beruhig dich«, rief Nat, als die Drachenschuppen bereits unter Rics Haut Wellen schlugen und jede Sekunde nach außen zu drängen drohten.

Er schluckte die Wut hinab und holte tief Luft. Das konnte ja heiter werden, wenn ihm nicht einmal mehr sein Ärger über Josh gegönnt war. Er schnaubte, versuchte sich jedoch nicht weiter hineinzusteigern, sondern seiner Wut Luft zu machen. »Er hat behauptet, seine Familie wäre normal«, sagte er und deutete mit dem Finger auf Josh, der sofort zerknirscht den Kopf senkte. »Und jetzt hat uns sein Vater – sein Vater! in ein Buch geschickt?« *Tief Luft holen, Ric.*

»Bis zu seinem Anruf wusste ich nichts von alldem!«, schrie Josh und hob verzweifelt die Hände in die Luft. »Mein Vater rief an und sagte mir, ich soll sofort nach Hause kommen. Dort offenbart er mir schon zwischen Tür und Angel, dass unsere Familie die einzigen Menschen wären, die das aktuelle Chaos in Ordnung bringen könnten.«

»Und das heißt?«, fragte Peter neugierig dazwischen.

»Das heißt, dass mich meine Familie mein ganzes Leben lang belogen hat!« Im nächsten Moment stand ein grüner Drache jenseits des Feuers.

Wer hat sich hier nicht unter Kontrolle?, dachte Ric mit Genugtuung und konnte ein Grinsen nicht unterdrücken.

»Jetzt beruhigen wir uns alle erst einmal«, sagte Coral und sofort senkte sich der Testosteronspiegel um das Lagerfeuer. Corals Augen leuchteten in diesem übernatürlichen Blau, das sie immer kurz vor ihrer Verwandlung zeigte. Ihre Stimme war wie das Gluckern eines Bergbaches, so ... Sie setzte ihren Sirenengesang ein.

Ric verzog den Mund. Er konnte sich nicht wirklich gegen den Gesang wehren, aber gefallen musste es ihm ja auch nicht gerade.

Wenig später stand ein in Fetzen gekleideter Josh am Feuer. Da waren es schon zwei.

»Willst du uns erklären, was genau deine Familie macht?«, versuchte es Peter mit Diplomatie.

»Mir wurde gesagt, dass die Familie Bonfire die letzte ihrer Art ist. Die letzten Menschen, die Bücher beeinflussen können. Mein Vater bezeichnete uns als ›Schöpfer‹.«

»Und du wusstest nichts davon?« Corals Frage war plausibel.

»Wie denn? Ich durfte niemals außerhalb der *Bibliotheca Elementara* lesen, ich sollte mich immer nach den Regeln verhalten, sollte nicht auffallen.«

»Wusste der Rat davon?«, fragte Ric. Hatten auch die Führungskräfte all die Jahre gelogen?

Josh schüttelte den Kopf. »Die Gabe galt als ausgelöscht. Genau deshalb sollte ich mich ja unauffällig verhalten. Doch nun, da die Bewohner der Buchwelt nicht mehr an ihre Schöpfer glauben, mussten wir uns zeigen, behauptet mein Vater. Im ganzen letzten Jahr hat die Familie alles darangesetzt, die Ordnung aufrechtzuerhalten. Doch wer nicht an die Schöpfung glaubt, an die Idee, aus der sie entstanden ist, der kann nicht mehr kontrolliert werden.«

Es dauerte ein paar Minuten, bis sich alle ausreichend mit Joshs Erklärung beschäftigt hatten. In Rics Kopf kündigten sich bereits wieder die ersten Gehirnknoten an.

»Und wie sollen wir das bewerkstelligen?«, fragte Peter.

»Sollen wir herumrennen und sagen: ›Dich kenne ich, du wurdest von der Autorin XY geschrieben.‹ Die lachen sich doch eher tot, als dass sie uns glauben.« Irgendetwas an diesem Auftrag war falsch, so falsch, dass Ric es sich nicht einmal vorstellen konnte. Ric hätte am liebsten das, was Josh ihnen an Wissen voraushatte, aus ihm herausgeprügelt. Wieso waren sie nur auf diesen Typen angewiesen?

»Ric!« Coral sagte nur ein Wort in ihrer Singsang-Stimme und sofort beruhigte sich Ric wieder.

»Coral hat Recht. So kommen wir auf keinen Fall weiter.« An Josh gewandt fragte Natalia: »Würdest du uns den Plan erklären? Oder hat man uns wirklich einfach hier reingeschubst – ganz ohne Masterplan?«

»Es gibt keinen Masterplan. Thyra überzeugt die Charaktere, dass sie tun und lassen können, was sie wollen. Wir müssen sie vom Gegenteil überzeugen.«

»Und wie?«

»Mein Vater hilft uns dabei. Von der Realität aus. Er kann die Charaktere umschreiben, sie Dinge tun lassen, die gegen ihren Willen sind. Er wird uns unterstützen.«

»Das klingt irgendwie ... surreal«, sagte Nat skeptisch. »Wenn wir mit jemandem sprechen, dann verändern wir doch die Geschichte. Sie ist noch nicht geschrieben, wie kann dein Vater denn da eingreifen?«

»Dann bitte einfach um was und probier's aus«, antwortete Josh herausfordernd.

Natalia grinste. »Ich hätte gerne etwas zu essen. Und, ganz wichtig, Kleidung für meinen Bruder. Bei aller Liebe, aber ich will nicht ständig auf seinen halbnackten Hintern starren.«

Coral gluckste, während Ric seiner Schwester vernichtende Blicke zuwarf. Im nächsten Moment trug er jedoch seine Kleidung wieder. Sie bestand nicht mehr aus Fetzen, sondern war wie zuvor – sogar noch sauberer. Auch Josh war wieder komplett bekleidet.

»Und mein Essen?«, fragte Natalia beleidigt.

»Ist vermutlich schwerer hierher zu schaffen. Er müsste es von irgendwoher holen. Man kann nichts einfach erscheinen lassen, das lässt unsere Fähigkeit nicht zu. Wir können nur verändern, was bereits da ist«, erklärte Josh.

»Okay«, sagte Natalia enttäuscht. »Aber da das nun geklärt ist, sollten wir wissen, wo genau wir hinsollen. Ich glaube, dass wir im Brachland sind, aber es ist viele Jahre her, seit ich Thyras Geschichte gelesen habe.« Nat senkte schuldbewusst den Blick. Sie hatte damals verbotenerweise ›Otherside‹ gelesen und so sehr für die damalige Heldin Thyra geschwärmt, dass sie diese in die Realität geholt hatte. »Hat man dir zufällig gesagt, wo die Charaktere sind, die vergessen haben, dass es die Realität gibt?«

Alle Augen richteten sich auf Josh. »Am schlimmsten ist es wohl rund um die Hauptstadt.«

»Erea.« Natalias Augen leuchteten. »Ich glaube, es liegt südöstlich des Dornengebirges. Wenn es hell wird, müssten wir es bereits sehen können.«

Ric mochte keine High Fantasy und jetzt wurde ihm wieder bewusst, warum. Er tat sich mit der Orientierung in einer völlig fremden Welt schwer. »Dann müssen wir also warten, bis es hell wird?«

»Sieht so aus.« Natalia setzte sich im Schneidersitz an das Feuer zwischen ihnen. Die anderen taten es ihr nach.

»Wenn jetzt noch jemand ein Lied singen würde, wäre das doch ein perfekter Abend«, sagte Ric dabei sarkastisch, setzte sich letztendlich jedoch auch.

Coral nahm seine Aufforderung jedoch ernst und begann tatsächlich zu singen. Sie sang in einer ihm fremden Sprache, aber ihr Lied war so emotional, dass er sich die Tränen verkneifen musste. Auch die Augen der anderen glänzten feucht.

»Was war das?«, sagte Nat stockend, nachdem sie den letzten Ton, der in die weite Ebene getragen worden war, hatten ausklingen lassen.

»Es ist ein Lied meiner Großmutter. Ein Liebeslied. Sie hat mir immer erzählt, dass der Richtige kommen und das Lied verstehen würde. Sie hat es mir nur ein einziges Mal übersetzt, ich bekomme nicht mehr alles zusammen. Aber es klang ein wenig nach ›Romeo und Julia‹.« Sie lächelte verträumt, den Blick in die Ferne gerichtet.

Eine ganze Weile herrschte einträchtiges Schweigen. Bis Coral ihre Augen zusammenkniff. »Da ist jemand.«

Alle Köpfe fuhren herum. Und tatsächlich bewegte sich ein Schatten über die Ebene, im blassen Mondlicht kaum zu erkennen.

Ohne Scheu kam die Gestalt näher und Ric sprang auf. Seine Haut prickelte, aber noch konnte er sich kontrollieren. Auch die anderen rappelten sich schnell hoch.

»Wer bist du?«, fragte Ric den Neuankömmling knurrend, der ihn gar nicht beachtete, sondern unentwegt auf Coral starrte, als wolle er sie jeden Moment auffressen. War er ein Vampir? Nein, Ric verwarf den Gedanken sofort wieder. Dafür wirkte er zu schmächtig und nicht selbstbewusst genug. Trotzdem stimmte etwas mit ihm nicht. Er starrte Coral an, als sei sie das größte Geschenk seines Lebens.

Auch der Wasserelementarierin fiel das auf. Sie sah schüchtern zu Boden, das Rauschen von Wasser war wie von weit entfernt zu hören.

Der Junge war vermutlich der Traum eines jeden Teenie-Mädchens – nach Ric natürlich. Er hatte dunkle, leicht lockige Haare, die überall vom Kopf abstanden wie bei Momo. Naja, vielleicht nicht ganz so extrem, aber die Tendenz war da. Hinzu kamen große dunkle Augen in einem ebenmäßigen Gesicht, das dennoch die richtige Portion Ecken und Kanten besaß. Für einen jungen Mann war er durchaus schön, gab Ric neidlos zu. Wenn man auf Weichlinge stand. Die helle Leinenkleidung und die hellbraune Lederweste, die er trug, machten es nicht besser.

»Ich bin David«, sagte der Junge und sprach immer noch ausschließlich zu Coral. Die beiden schienen sich magnetisch anzuziehen.

»Und was tust du hier draußen?«, fragte Ric weiter. Sie waren hier mitten in der Pampa und dieser David sah nicht so aus, als ob er halb verhungert, verdurstet oder überhaupt schon ewig in der kargen Gegend unterwegs gewesen wäre.

»Ich hatte so ein Gefühl, dass ich hierherkommen müsste«, sagte er mit verträumtem Blick. »Und mein Gefühl lag richtig.«

Ric sah geradezu die Herzchen aus seinen Augen fliegen wie in einem Comic. Das war ... widerlich.

Coral hingegen senkte die Lider und blickte ihn unter ihren dichten Wimpern hervor an. Flirteten die beiden etwa miteinander? Hier? Jetzt? Wo keine Ahnung was auf dem Spiel stand? Das konnte ja wohl nicht wahr sein!

»Hallo David«, sagte Peter und räusperte sich so lange, bis David seinen Blick von Coral abwandte, was ihm sichtlich schwerfiel. »Wer bist du und woher kommst du?« Peter sprach so langsam und so laut, als hätte er einen Schwerhörigen vor sich.

»Ich bin David«, wiederholte der Junge und sah Peter irritiert an. »Ich gehöre zum Clan des Wassers. Wir sind die Hüter der Meeresgeschöpfe. Ich habe ihren Gesang erkannt.« Er sah wieder zu Coral, konnte es einfach nicht lassen.

»Ich war so oft hier«, sagte Nat, als hätten ihre Ausflüge nicht nur in Gedanken während des Lesens stattgefunden. »Aber von einem Clan des Wassers habe ich noch nie gehört.«

Der Junge runzelte die Stirn. »Wir sind nicht mehr sehr viele und treten nur selten in die Öffentlichkeit. Ich bin von Zuhause weggelaufen, um meiner Bestimmung zu folgen. Die Welt ist gefährlich geworden.«

»Warum?«, hakte Peter nach.

»Der König«, sagte David. »Er lässt alle Bücher vernichten. Er und seine rechte Hand stehlen den Bewohnern das Wissen, dass sie Charaktere sind. Sie vergessen es einfach. Die Meerwesen wollten sich nicht bändigen lassen, daraufhin ließen die beiden das Wasser vergiften. Unzählige von ihnen starben qualvoll.« Er schluckte und Tränen glänzten in seinen Augen. »Sie wurden an Land gespült. Eine von ihnen hat mir gesagt, dass ich mich auf diese Reise begeben muss, ehe sie von uns ging.«

»Und wie kannst du dich dem Einfluss des Königs entziehen?« Natalia musterte David ebenso wie Ric, der versuchte David und seine Erzählung mit irgendeinem Buch in Einklang zu finden.

»Die Meerwesen gaben mir dieses Amulett, das mich vor der Manipulation schützt. Während meiner Reise habe ich ähnliche gesehen.« Er zog den Anhänger an einem Lederband aus seinem Shirt hervor.

Ein Elementaranhänger! Das Dreieck mit dem Querbalken, das Zeichen des Wassers. Mit einem schüchternen Lächeln zog Coral auch ihre Elementarkette hervor.

»Kann bitte jemand eingreifen. Das wird zu schnulzig!«, zischte Ric und hob die Hände zum Himmel – oder zu Joshs Vater. Natalia neben ihm kicherte.

»Ich denke nicht, dass er eingreift, wenn er es nicht wirklich muss«, flüsterte Josh, aber Coral und David hätte man auch anbrüllen können und sie hätten es nicht bemerkt. »Niemand kann vorhersehen, wohin sich eine Geschichte entwickeln wird. Da bleibt nur weiterzumachen.«

Auch wenn Ric es ungern zugab, gab es ein Körnchen Wahrheit in Joshs Worten.

»Und was machen wir jetzt mit Coral und ihrer plötzlichen Liebe?«, fragte Natalia und rümpfte die Nase. Liebe auf den ersten Blick konnte es einfach nur in Büchern geben.

»Wir nehmen ihn mit. Er kann uns vielleicht was darüber erzählen, wie ›der König‹ die Bewohner vergessen lässt.«

Im Gegensatz zu Peter war Ric weniger überzeugt von der Idee. Er befürchtete, dass aus David nichts Vernünftiges herauszubekommen wäre. Zumindest, solange Coral in der Nähe war. »Coral?«, versuchte er es freundlich. Mehrmals.

Irgendwann reagierte sie dann tatsächlich und sah zu Ric.

»Würdest du David bitte klarmachen, dass er uns über alles informieren soll, was wir bezüglich unserer Mission wissen müssen?«

»Ich kann dich auch hören«, sagte David und schaute Ric erneut irritiert an. »Was müsst ihr wissen?«

»Wie können die Bewohner vergessen, dass sie einst geschrieben wurden?«, kam Peter Ric zuvor.

»Thyra, die rechte Hand des Königs, verzaubert sie. Der König hat alle Bücher verbrennen lassen. Alles, was die Bevölkerung wieder dazu bringen könnte zu hinterfragen. So geht es schon seit Jahren.« David senkte bedrückt den Kopf.

»Seit Jahren?«, stutzte Ric. Es war noch kein Jahr her, dass Elizabeth das Sagen hatte. Zumindest in der Realität.

»Die Zeit in Büchern läuft anders ab, hat mir jemand erzählt. Dinge scheinen kürzer, als sie in Wahrheit sind«, erklärte David.

Zum Glück. Ric mochte sich gar nicht vorstellen so manche Heldenreise bis ins kleinste Detail miterleben zu müssen. Er schüttelte sich bei dem Gedanken.

Dann erzählte David von den Umbrüchen in Otherside, vom Tod der ehemaligen Machthaberin Elizabeth, die Gerüchten zufolge von ihrer eigenen Tochter Thyra ermordet worden war. Doch Thyra wollte nicht selbst regieren, sondern sorgte dafür, dass Zacharias Clay zum König von Otherside wurde. Die Bevölkerung war zufrieden, zumal wirklich Ruhe einkehrte. Nur wusste keiner, dass dies vermutlich von Thyras Beeinflussung herrührte. Dann begannen die Razzien in den Dörfern, eine nach der anderen. Die Söldner des Königs sammelten die Bücher ein und verbrannten sie. Danach ging Thyra durch die Dörfer und verhexte alle. Dem Hörensagen nach besaß sie noch stärkere Kräfte als Elizabeth.

»Dann tauchten überall diese Ketten auf.« David deutete auf den Elementaranhänger. »Niemand konnte sagen, woher sie kamen – doch sie schützen ihre Träger vor Thyras Einfluss. Sie waren einst der Widerstand, doch viele sind nicht mehr übrig«, schloss er seine Erzählung.

Auch wenn Ric jedes Wort von David in sich aufsog, hatte er Joshs Reaktion auf Elizabeths Tod und Thyras Macht durchaus registriert. Er war zusammengezuckt. Das würde sich Ric merken. »Wie kann man diesen Widerstand kontaktieren?«, fragte er schließlich. Irgendeinen Weg gab es in Büchern immer. Sei es ein Kontaktmann, ein toter Briefkasten oder sowas in der Art.

»Es wurde zuletzt immer seltener, dass wir etwas vom Widerstand gehört haben. Ich gehöre nicht dazu, ich trage nur die Kette einer Widerständlerin. Sie hat mit ihren Gesängen bis zum letzten Atemzug dafür gesorgt, dass sich mein Clan gegen die Beeinflussung zur Wehr setzen konnte.« Die Trauer um den Verlust und die tiefe Bewunderung schwangen in jeder Silbe mit.

»Wir müssen in diese Dörfer und allen wieder klarmachen, dass sie Charaktere in Geschichten sind. Hilfst du uns?«

»Wo sie hingeht, gehe auch ich hin«, sagte David mit einem sehnsüchtigen Blick in Corals Richtung.

O bitte, lass es bei Tageslicht besser sein. So viel Kitsch konnte Ric nicht die ganze Zeit ertragen.

32. Kapitel

Das war es also. Ich wurde verrückt. Vielleicht war es irgendwie ansteckend, zumal hier so ziemlich jeder nicht ganz richtig im Kopf schien. Mittlerweile lag ich auf einem der Sofas im Gesellschaftsraum und hatte die Augen geschlossen. Nur so war der Kopfschmerz einigermaßen erträglich.

Ich hatte bestimmt einen Tumor, vielleicht auch ein Aneurysma. Etwas, das dazu führte, dass ich eine männliche Stimme hörte, die auf meine Gedanken antwortete und mit der ich mich – unter Schmerzen unterhalten konnte. In manchen Ländern von Otherside, hatte ich gehört, hielten die Menschen die Stimme für den sogenannten Teufel und diejenigen, die ihn hörten, wurden sofort getötet. Dabei hatte ich nicht darum gebeten, wirklich nicht.

Doch, hast du. Da war sie schon wieder. Ich konnte nicht einmal in Ruhe nachdenken, ständig fuhr sie mir dazwischen. Sie hatte mir erzählt, dass ich eigentlich nicht nach Otherside gehörte, sondern aus einem Land, das Realität hieß, stammte. Und ich war in das Buch – ich erschauderte bereits beim Gedanken daran ›Otherside‹ hineingelesen worden. Wenn das nicht verrückt war, wusste ich auch nicht.

Beim nächsten Treffen sollte ich Ty fragen, ob es hier im Schloss einen guten Arzt gab. Etwas, das gegen meine Kopfschmerzen half, wäre auch nicht schlecht.

Aspirin, empfahl die Stimme und das Wort kitzelte in meinem Kopf. Da war etwas Bekanntes – und weg war es. Es war zum Verrücktwerden oder sein oder … egal.

Ric wird bald hier eintreffen. Du musst dich erinnern. Er wird dich befreien.

Wie bitte? Ich musste nicht befreit werden.

Du musst mit Nathan, Max und Ophelia sprechen. Ophelia weiß, was zu tun ist. Sie kann mich auch hören.

Das wurde ja immer besser! Jetzt empfahl mir mein Tumor schon, dass ich mich mit den Bösen einlassen sollte, die irgendwelche geheimen Pläne mit einem Buch schmiedeten.

Sie sind nicht die Bösen. Thyra sagt, dass sie es sind. Nichts, was sie sagt, ist wahr. Sie hat die eigentliche Macht hier in ›Otherside‹. Sie ist es, die die Bevölkerung vergessen lässt.

Schon wieder Thyra. Ich seufzte. Diese Frau schien echt das Gesprächsthema überhaupt zu sein.

Lin, Tys echter Name ist Thyra!

Darauf sagte – dachte? ich nichts mehr. Wer meine beste Freundin verleugnete, konnte nur zu den Bösen gehören. Ty war immer für mich da gewesen und ist es noch. Selbst jetzt, wo sie einen so wichtigen Job hatte. Pah! Die Stimme konnte mir gestohlen bleiben.

Ich verdrängte die Kopfschmerzgedanken und machte mich auf den Weg in den Garten. Zumindest hatte ich das vor. Doch irgendetwas lenkte mich von dem mir bekannten Weg weg und ich landete in einem Schlossflügel, den ich noch nie zuvor betreten hatte. Hier war es nicht so schön beleuchtet, die Gänge waren düster und nur hin und wieder hing eine dieser fliegenden Flammen direkt von der Wand. Zwischen diesen kleinen Inseln aus Helligkeit wirkten die unbeleuchteten Stellen umso düsterer. Neugierde regte sich und gewann zuletzt die Oberhand. Ich sah mich mehrmals um und lauschte auf jedes Geräusch, als ich den langen Gang entlanglief. Ich war regelrecht aufgekratzt – ganz ohne Schmerzen. Mein Herz pochte und ich fühlte mich so wach wie lange nicht mehr.

Bei deinen Patrouillen hattest du dasselbe Gefühl, nicht wahr?

Ich erschrak beinahe zu Tode und realisierte erst Augenblicke später, dass die Stimme in mir war und nicht irgendwo aus der Dunkelheit kam. Patrouille. Mein Herz pochte erneut und aus einem unerfindlichen Grund fasste ich an mein Dekolletee. Doch ich hatte heute keinen Schmuck angelegt.

Kopfschüttelnd ging ich weiter, direkt auf die Tür zu, hinter der ein Feuer brennen musste. Strahlendes rotgoldenes Licht drang durch einen schmalen Spalt zwischen Tür und Boden. Noch einmal schaute ich über die Schulter. Mit einem letzten Schritt überwand ich die Distanz und drückte die Türklinke nach unten. Das Licht erhellte den gesamten Flur und löschte sämtliche Düsternis aus. Ich erschrak, war für einen Moment so geblendet, dass ich nur noch weiße Flecken sah. Schnell trat ich ein und schloss, noch immer blind, die Tür hinter mir.

Erst nachdem sich meine Augen an die Helligkeit gewöhnt hatten, konnte ich mich umsehen. Auch den Geruch bemerkte ich erst jetzt, da ich ihn mit den Bildern zusammenbringen konnte.

Der Raum war nicht sehr groß, dafür mehrere Stockwerke hoch. An den Wänden waren bis ganz nach oben hin Regale über Regale aufgebaut. Darin standen viele schmale Rechtecke in allen möglichen Farben. Ich trat zu dem Regal direkt neben der Tür und ließ meine Finger über die Rechtecke gleiten.

Manche von ihnen waren aus dickem Papier, andere aus einem zarten Stoff, die nächsten dem Geruch nach zu urteilen aus Leder. Der Geruch … Er war der Inbegriff von Träumen und Fantasie, von Hoffnungen und Wünschen, von Bestimmung und Kampf.

Der Duft von Büchern.

Bücher? Ich zuckte zurück, als hätte ich mich verbrannt. Sie waren verboten, wurden verbrannt, durften nicht besessen werden.

Thyra – Ty belügt dich. Sie will die alleinige Kontrolle über die Bewohner von Otherside. Sieh genau hin.

Ich trat auf den kleinen runden Tisch in der Mitte des Raumes zu. Darauf lag ein einziges Buch. ›Die Chroniken der Wächter‹ war vorne zu lesen. Ich ließ meine Finger sanft darüber gleiten. Es war wie ein Déjà-vu. Ich kannte es, da war ich mir sicher. Behutsam klappte ich das Vorderteil zur Seite und erschrak bei dem, was ich zu lesen bekam. »›Die Chroniken der Wächter‹ – eine Aufzeichnung von Melinda East«, flüsterte ich leise. Was bei Aither …

Aither! Die Schutzgöttin der Luftelementare! Ich griff wieder an meine Brust. Meine Elementarkette war verschwunden. Da strömte die Erinnerung auf mich ein. Schmerzfrei. Der Damm war gebrochen. Ich konnte mich wieder an alles erinnern.

Wer bist du?, fragte ich in Gedanken.

Jemand, der dir hilft, antwortete die Stimme. *Ric und die anderen sind auf der Suche nach dir.*

Von draußen ertönten Geräusche.

Du musst schnell hier verschwinden. Jemand kommt. Ich kann nicht sehen, wer. An der hinteren Wand befindet sich ein geheimer Gang.

Ich huschte zu dem Regal.

Siehst du den blauen Einband? Zieh an dem Buch.

Ich folgte der Aufforderung und versuchte, das Buch aus dem Regal zu nehmen. Es hatte ein winziges Dreieck dort, wo heute immer das Verlagslogo prangte. Doch das Buch ließ sich nur leicht kippen – dann löste sich mit einem leisen Klick ein Teil des Regals von der Wand.

Geheimgänge!, seufzte ich. Die gehörten wohl einfach in ein Buch mit einem Schloss.

Die Gänge sind überall im Schloss. Thyra weiß nichts davon.

Schnell drängte ich mich durch den schmalen Zugang und zog die Tür hinter mir zu. Mein Herz schlug so schnell, dass ich ein Rauschen in den Ohren hatte. Ich versuchte mich zu beruhigen, um zu hören, was im Bücherzimmer vor sich ging.

Du liest in ›Otherside‹, oder?, fragte ich.

Doch die Stimme antwortete nicht mehr. Ich machte mir die wildesten Gedanken darüber, was passiert sein könnte, wie es überhaupt funktionierte, dass sich jemand mit mir unterhalten konnte. Oder war es für Charaktere immer so? Fühlten sie sich stets dazu gedrängt das zu tun, was der Leser – oder der Autor verlangte? Hatte Ty Thyra Recht damit, wenn sie sagte, Bücher würden den freien Willen der Menschen einschränken? Nein, nicht der Menschen der Buchfiguren.

Während jenseits des Regals immer noch Geräusche zu hören waren, versuchte ich das, was ich über die Außenwelt wusste, in Einklang zu bringen mit dem, was ich hier inzwischen erlebt hatte. Max und Ophelia wussten aus irgendeinem Grund mehr, als ihnen guttat. Ophelia hörte auch die Stimme, war mir gesagt worden. Ich konnte es kaum erwarten die beiden aufzusuchen.

Wenn dieser jemand im Bücherzimmer nur endlich verschwinden würde.

33. Kapitel

Der Tag brach kurz nach Davids Eintreffen an. Es hatte keine Morgendämmerung gegeben, und wenn Ric es sich genau überlegte, nicht einmal einen Sonnenaufgang. Es war einfach plötzlich Tag, wie es in Büchern oft der Fall war.

Die Sonne brannte sofort gnadenlos vom Himmel und nur dank Corals Elementarkraft hatten sie stets etwas zu trinken. Sie spürte die kleinste Menge Wasser in dem kargen Boden auf und zwang es nach oben. Sie war besser als ein Kamel.

Diese tolle Fähigkeit sorgte bei David allerdings dafür, dass er Coral noch ehrfürchtiger betrachtete. Fehlte nur noch, dass er sich vor ihr auf die Knie warf und sie als Göttin anbetete. Aber zumindest hatte der schmalzige Part etwas nachgelassen – worüber Ric mehr als zufrieden war. Aber selbst er spürte die Verbindung zwischen den beiden, was irgendwie gruselig war, wo sie sich doch kaum kannten. Zudem erinnerte ihn die stille Turtelei zu sehr an seinen Verlust. Hoffentlich würde er Lin bald wieder in die Arme schließen können.

Sie liefen durch die karge Landschaft – was Ric wie das Vorblättern in einem Buch vorkam, denn das Gebirge vor ihnen wurde rasend schnell größer. Es stand in keinem Verhältnis zu den wenigen Schritten, die sie taten. Vielleicht half auch hier Joshs Vater ein wenig nach?

Nebenbei erzählte David wieder von seiner Welt und den Gerüchten, die er so gehört hatte. Coral hing an seinen Lippen. So hatte Ric die Wasserelementarierin noch nie gesehen. Wenn Ric recht überlegte, hatte er Coral überhaupt noch nie mit einem Jungen außer Peter wirklich reden sehen. Das ging ihm alles etwas zu schnell, aber so war es in Büchern einfach manchmal. Nicht immer konnte man sich Zeit lassen mit dem Entwickeln von Gefühlen, wenn der Plot anderes verlangte. Ric beobachtete auch Josh ganz genau. Das viele Laufen schien ihm nicht zu bekommen. Er fasste sich oft an den Kopf und setzte dabei eine konzentrierte Miene auf. Doch auf Peters Nachfrage hin sagte er nur, dass alles gut sei.

Bald erreichten sie die ersten Ausläufer des Berges. Leuchtend grünes Gras bedeckte nun den Boden. Ein Blick nach links zeigte Ric die imposante Höhe des Dornengebirges, wie Nat es genannt hatte. Wolkenkratzerhohe spitze Felsen, die aussahen, als würden sie alles, was sich ihnen von oben her näherte, sofort aufspießen. Hinter dem ersten Hügel, den sie erklommen, erschienen die ersten Häuser.

»Woher wissen wir, ob die Bewohner alles vergessen haben?«, fragte Peter. »Wir können ja schlecht nachfragen.«

»Ihr könnt kämpfen, oder?«, warf David ein. »Wir könnten ihnen die Symbole zeigen und ihre Reaktion abwarten.«

»Und mein Vater könnte eingreifen, wenn sie sich nicht erinnern«, fügte Josh hinzu.

David sah ihn aus seinen großen dunklen Augen an. »Bist du einer dieser Halbgötter? Ich habe von ihnen gehört. Ihr ganzes Leben dreht sich um Prophezeiungen, nicht wahr? Ihre Geschichte ist sehr abenteuerlich.«

Wie hatten sie das vergessen können? David wusste nicht, woher sie kamen und wer sie wirklich waren. Josh schüttelte den Kopf und setzte schon zu einer Antwort an, doch Ric fuhr dazwischen: »Nur er. Wir anderen haben uns dem Widerstand angeschlossen«, erklärte er David. Dieser war mit der Erklärung zufrieden.

»Es scheint, als hätten wir einen Plan«, grinste Josh. »Natürlich bestimme ich, wo es langgeht.«

Na, klasse. Die Vorstellung, dass er das Sagen hatte, nahm Josh anscheinend die Kopfschmerzen – zumindest sah er nicht mehr so leidend aus. Schade eigentlich.

Wenig später klopften sie an die Tür eines Bauernhauses. Mehrere Scheunen lagen dahinter und Felder, auf denen seltsame Tiere grasten, schlossen direkt an das Gebäude an.

Ein faltiger alter Mann öffnete die Tür. »Was wollt ihr?«, knurrte er misstrauisch und seine Augen wurden zu Schlitzen.

Und das war keine Metapher. Seine Pupillen dehnten sich nach oben und unten und sahen plötzlich aus wie die eines Reptils. Was für ein Wesen war der Typ denn? Josh trat nach vorne und hob ihm seinen Elementaranhänger vor die Reptilienaugen. Mit einem Zischen wich der Alte zurück.

»Verräter!«, stieß er noch aus, ehe die Luft um ihn herum anfing zu flirren und er auf die Knie sank, um sich zu … häuten?

Nach dem Bruchteil einer Sekunden erhob sich eine haushohe Schlange aus der Kleidung des Mannes. Zumindest hoffte Ric, dass es nur die Kleidung war. Er sah jedoch nicht genauer hin, denn in diesem Moment schoss der Kopf der Schlange mit zuckender Zunge nach vorne. Josh sprang gerade noch rechtzeitig zur Seite.

»Es wäre Zeit einzugreifen, Papa!«, rief er, während er dem nächsten Angriff auswich. Doch nichts geschah. Die Schlange veränderte sich nicht, wurde nicht zahm oder ruhig. Im Gegenteil: Sie wurde von Joshs Schrei nach Hilfe nur noch aufgestachelt.

»Verräter!«, zischte die Schlange noch einmal.

Erneut wichen sie zurück.

»Das ist eine Falle«, schrie Ric und die Erkenntnis ließ reinste Wut durch seine Adern strömen. Sie waren es, die verraten worden waren. Deshalb war alles so schnell gegangen, deshalb waren sie in diese Welt gestoßen worden, ohne dass sie Antworten auf ihre Fragen bekommen hatten. Die Wut in seinem Inneren wurde zu Feuer und im nächsten Augenblick brach der Drache aus ihm hervor. Umgehend schleuderte er einen Feuerball auf die Schlange, die nun endlich in ihrem Vorrücken innehielt.

Ihre eiskalten Augen waren auf Ric gerichtet, der bereits die nächste Kugel aus seinem Element in den Drachenklauen materialisierte.

Endlich reagierten auch Rics Kollegen. Erde, Wasser und noch mehr Feuer – die Energie der Elemente hüllte sie ein und berauschte sie. Coral stützte sich auf Natalia und David – letzterer hatte seine Hand um ihre Hüfte gelegt, damit sie sich trotz ihrer Verwandlung aufrecht halten konnte. Ihr Fischschwanz zuckte unter dem langen Rock hervor. So konnten sie sich gegenseitig wenigstens stärken, auch wenn es ihnen – ohne Luftelementar – nicht möglich war einen Elementarkreis zu bilden. Ihre geballte Macht drängte die Schlange dennoch zurück. Sie fauchte und zischte, wagte immer dann einen kurzen Vorstoß, wenn Ric oder Josh nähertraten. Doch gegen das Feuer hatte sie keine Chance.

Als Coral anfing zu singen, wurden die Reptilienaugen mit einem Schlag matt. Das Tier schien noch schneller beeinflussbar zu sein als ein Mensch. Corals Gesang befahl ihm sich zurückzuverwandeln und es konnte sich nicht widersetzen. Die Schlange wurde kleiner und kleiner, bis zuletzt der alte Mann aus der Schlangenhaut hervorbrach. Es war widerlich. Und nach all dem Blut zu urteilen war ›Otherside‹ kein Jugendbuch. Ric und sein Team behielten ihre Elementargestalten bei, für den Fall, dass die Schlange zurückkehrte. Doch der schrumpelige nackte Alte wirkte kaum bedrohlicher als eine Gummiente.

»Und jetzt beantwortest du uns ein paar Fragen«, knurrte Ric und drängte den Alten mit einem Schubs in sein Haus.

David hob Coral auf seine Arme und gemeinsam folgten sie ihnen. Innen wirkte es erschreckend gemütlich, ja beinahe einladend – wenn man auf rustikale Bauernhäuser stand.

Ric drückte den Alten auf einen der Stühle an einem großen hölzernen Tisch, drehte ihn zur Seite und stellte sich neben ihn, so dass er dem Mann direkt gegenüberstand.

»Wie heißt du?«, fing er mit einer einfachen Frage an.

»Domenico«, zischte der Alte.

»Domenico.« Ric wollte es zuerst auf die freundliche Art versuchen, ganz wie Lin es gewollt hätte. »Wieso hast du uns angegriffen?«

Der Alte musterte Ric mit schräg gelegtem Kopf, wollte ihn einschätzen. »Es ist ein Kopfgeld auf euch ausgesetzt.«

»Was?«, stieß Natalia hervor. »Wie kann das denn sein? Wir sind eben erst angekommen!«

»Jeder in der Stadt und im Umland kennt euch«, lachte er. Ric folgte seinem Blick und erstarrte. An der Wand hingen tatsächlich Fahndungsfotos wie in einem alten Western. Mit Kohlezeichnungen von Ric, Natalia, Josh, Coral, Peter und auch David.

»Sie haben ein Kopfgeld auf uns ausgesetzt?«, kiekste Natalia.

»Wer?«, knurrte Josh.

»Des Königs rechte Hand. Die Botschafterin der Freiheit.« Domenico grinste selig. Oder bescheuert, je nachdem, wie man es sah.

»Thyra«, sagten Ric und Natalia wie aus einem Mund.

Der Alte nickte.

Ric schlug so fest mit der Klauenfaust auf den Tisch, dass das Holz ein Knacken von sich gab.

Domenico zuckte zusammen. »Sie weiß längst, dass ihr hier seid«, murmelte er. »Sie hat eine Phoenicrus. Genauer gesagt, eine Sentio.« Er lachte.

»Eine Seherin?«, fragte Peter.

Der Streber. Für harmlose Wesen hatte Ric sich nie sonderlich interessiert. Er legte sein Augenmerk beim Lesen auf diejenigen, die wirklich Schaden anrichten konnten, wenn sie aus ihren

Büchern herausgelesen wurden. Er notierte sich im Kopf, wie man sie bekämpfen konnte, jede einzelne ihrer Schwachstellen.

Domenico lachte schadenfroh. »Sie wird bald mit den Söldnern hier eintreffen, Außenweltlinge.«

»Du weißt, dass es eine Außenwelt gibt?«, fragte Ric erstaunt.

»Natürlich. Nur die Narren, die dumm genug sind sich ihr zu widersetzen, werden von Thyra korrigiert.«

Im Augenwinkel sah Ric, wie David die Hände zu Fäusten ballte.

»Thyra hat diejenigen ausgemacht, die für Ärger gesorgt hätten. Sie musste die Grenzen wieder öffnen und hat dafür die richtigen Opfer erwählt.« Der Alte nickte anerkennend. »Ihre Mutter hatte nie den Mut sich gegen die Außenwelt zu stellen. Sie wollte uns alle hier beschützen, wie sie immer betonte. Glücklicherweise hat Thyra eine andere Intention und Elizabeths Zentrum der Macht wird ihr dabei helfen.« Plötzlich verstummte Domenico. Vielleicht hatte er bemerkt, dass er wie aus dem Nähkästchen plauderte. Er presste die Lippen fest zusammen.

»Erzähl weiter!«, sang Coral.

Domenico wehrte sich, schüttelte den Kopf und versuchte sich gegen den Gesang zu stemmen.

»Bitte, erzähl es uns.« Corals Stimme umwogte den Alten.

Seine Augen wurden trüber, starrten in die Ferne. Dann war sein Wille gebrochen: »Nur wenige kennen Elizabeths Geheimnis: dass sie vor langer Zeit aus eurer Welt in unsere gelangt ist. Sie kam, um die Buchwelt zu retten. Sie hat sich selbst in die Geschichte geschrieben. Sie nannte sich immer eine ›Schöpferin‹.«

Nun war es an Josh zu erstarren. Mit zusammengekniffenen Augen sah Ric zu ihm hinüber. Er hatte es immer gewusst, dass diesem Typen nicht zu trauen war. Und auch seinem Vater nicht, der sie letztendlich hier reingeworfen und im Stich gelassen hatte. Er arbeitete für die falsche Seite. Ric knurrte.

»Ich wusste nichts davon. Ehrlich. Ich bin genauso in die Sache hineingerutscht wie du.« Josh hob abwehrend die Hände. »Meinst du, ich wäre mitgekommen, wenn ich gewusst hätte, dass es eine Falle ist? Für wie blöd hältst du mich?«

Diese Frage beantwortete Ric besser nicht.

»Mein Vater hat mir nur gesagt, dass er etwas wiedergutzumachen hat. Und dass ich der Einzige bin, der ihm helfen kann.« Er verzog das Gesicht. Dann spiegelte sich Erkennen darin. »Er hat mich geopfert.«

»Aber warum?«, fragte Natalia. »Warum wurden wir hierher geschickt?«

Domenico grinste wissend und fuhr sich mit der – immer noch gespaltenen Zunge über die Lippen.

Natalia erschauderte und Ric konnte es ihr nicht übelnehmen.

»Es ist nicht das erste Mal, dass man Aufrührer einfach aus dem System entfernt. Und wo ginge das besser als hier? Wer weiß denn schon, dass es einst die Fähigkeit gab Bücher zu verändern?« Domenico lachte ein kehliges Lachen. Dann ruckte sein Kopf zur Seite. »Und die Schlinge hat sich soeben zugezogen.«

Nun hörte Ric es auch. Das Aufstampfen von Hufen. Vielen Hufen. Die von Domenico erwähnten Söldner waren hier. Die Glut in seinem Dracheninneren wurde wieder entflammt. Sollten sie kommen. Ric würde kämpfen bis zum bitteren Ende.

34. Kapitel

Gefühlte Tage saß ich in der Dunkelheit jenseits des Bücherregals, bis das Scharren der Person im geheimen Bücherzimmer endlich verklungen war.

Mehrmals hatte ich mit der Stimme Kontakt aufgenommen, doch sie antwortete nicht mehr. Ich fühlte mich plötzlich schrecklich allein gelassen. Wenn ich doch nur wüsste, wo Ric war. Die Stimme hatte behauptet, er sei hier, in ›Otherside‹. Auch wenn ich mich zu der Zeit nicht an ihn hatte erinnern können, war klar, dass mein Drache mein Verschwinden nicht einfach so hinnehmen würde. Ich lächelte in mich hinein und gönnte meinem Herzen einen kleinen Moment dieses Wissen zu genießen und kräftig zu applaudieren.

Dann wagte ich es, die geheime Tür zu öffnen. Vorsichtig spähte ich in den Raum – auch wenn ich mir sicher war, dass er mich sowieso schon angesprochen hätte, sollte sich tatsächlich noch jemand hier befinden. Mit erhöhtem Puls trat ich hinter dem Regal hervor.

Als ich die geheime Türe wieder schloss, erregte ein dünnes Büchlein zwei Regalfächer darüber meine Aufmerksamkeit. Es passte genauso wenig in die nicht ersichtlichen Regeln der Ordnung in dieser Bibliothek, wo Fantasy neben Thrillern und Klassikern stand, High Fantasy zwischen zeitgenössischer Literatur und historischen Romanen. Dennoch stach es aus allen Werken hervor, vielleicht weil es so unscheinbar wirkte. Der Rücken des braunen Einbandes war weder verziert noch mit irgendwelchen Mustern geprägt, wie es sonst üblich war. Es wirkte beim ersten Blick wie ein primitives Notizbuch, was meine Neugierde sofort weckte.

Ich zog es aus dem Regal und schlug es auf. Es war alt, handgeschrieben und entweder mit einer wirklich schrecklichen Handschrift oder in einer mir fremden Sprache verfasst. Vielleicht wirklich eine Art Tagebuch? Es war dünn, hatte vielleicht einhundert Seiten und einen flexiblen braunen Ledereinband. Ich suchte vorne und hinten nach einem Hinweis über den Autor oder zumindest einen leserlichen Titel, wurde jedoch nicht fündig.

Um nicht noch länger hier herumzustehen, nahm ich es an mich und versuchte es unter diesen seltsamen Unterrock zu quetschen, den Marie mir aufgezwungen hatte. Dann ließ ich meinen Blick nach oben über die Sammlung von Büchern gleiten. Die obersten Regale konnte ich nur sehen, wenn ich meinen Kopf in den Nacken legte. Diese Bibliothek war wirklich beeindruckend, obwohl ich nicht wusste, welchem Zweck sie diente, wo Bücher hier doch so sehr verschrien waren. Ich sah wieder nach unten.

›Die Chroniken der Wächter‹ lag nach wie vor auf dem Stehpult in der Mitte. Nur war es jetzt irgendwo im letzten Drittel der Geschichte aufgeschlagen. Ich warf einen kurzen Blick auf die Seiten. In der Szene hatte ich mir endlich eingestanden, wie blind und blöd ich gewesen war, und erkannt, dass meine vermeintlich beste Freundin Ty in Wahrheit Thyra war. Ich schüttelte den Kopf.

Ich fragte mich, was ich tun sollte und wartete irgendwie auf eine Regung der inneren Stimme. Doch nichts geschah. Vollkommene Stille war die Antwort. Dann musste ich mir eben selbst einen Plan zurechtlegen. Ganz oben auf der Prioritätenliste standen Ophelia und dieser Max.

Ich huschte in den Flur, nachdem ich mich, so gut es ging, versichert – und auch ziemlich viel gehofft und gebetet hatte, dass er leer war. Dann rannte ich bis zu dem mir bekannten Teil des Schlosses. Hier konnte ich wieder ganz normal herumlaufen, ohne dass ich auffiel. Ich durfte mich nur nicht irgendwie verquatschen. Außerdem hoffte ich, dass ich auf der Terrasse denjenigen finden würde, der diese ganze Sache ins Rollen gebracht hatte: meinen Vater.

Er hatte sich die meiste Zeit hier draußen aufgehalten und so hatte ich auch jetzt Glück. Er saß am Tisch und schaute in irgendwelche Aufzeichnungen. Ein ganzes Stück hinter ihm stand einer vom Servicepersonal reglos im Schatten.

»Hallo, Lin«, sagte mein Vater neutral.

»Hi, Papa«, antwortete ich leise, damit es der Typ im Schatten nicht hören konnte. Mein Vater zuckte kaum merklich zusammen, riss jedoch seine Augen fragend auf.

Ich presste die Lippen zusammen, nickte und er verstand. »Können wir irgendwo reden«, flüsterte ich.

Er schien zu überlegen. »Wenn du Fragen zu den Pflanzen hast, helfe ich dir natürlich gerne weiter«, sagte er betont laut.

Ich strahlte übertrieben breit, um die Tarnung aufrechtzuerhalten. Darauf kam mein Vater kam mir und bot mir seinen Arm, ich hakte mich ganz der Etikette entsprechend unter. Wir gingen an den Blumenbeeten vorbei in das kleine Wäldchen und kamen wenig später auf der Lichtung an, auf der ich mit Max gelandet war.

»Du kannst dich wieder erinnern?«, fragte er mich und seine Augen strahlten dabei. Er drückte mich an sich und umarmte mich, so dass ich mich sofort wieder wie eine Fünfjährige fühlte. »Es tut mir alles so leid, Lin. Wie geht es deiner Mutter?«

Sofort bekam ich ein schlechtes Gewissen, als ich an unsere letzte Begegnung dachte. »Du bist verschwunden, ohne ihr eine Nachricht zu hinterlassen.«

Mein Vater verzog das Gesicht. »Es lief nicht gut zwischen uns.«

Das hatte ich ja bereits selbst festgestellt und nickte daher nur.

»An diesem Tag war es plötzlich irgendwie anders. Wir waren uns wieder nähergekommen, sie sah mich auf einmal wieder an wie früher – nicht ein Anzeichen von Vorwürfen in ihrem Blick. Ich wollte mir keine Hoffnungen machen und bin wie jeden Tag ins Archiv gefahren. Während ich die neue Lieferung katalogisiert habe, kam es mir so vor, als würde sich die Geschichte verändern. Ich konnte es nicht fassen, beobachtete das Ganze und behielt Recht: Die Geschichte veränderte sich mit dem Verschwinden einer Figur. Während des Beobachtens muss ich eingeschlafen sein. Ich erwachte am nächsten Nachmittag und wollte nach Hause, als es plötzlich gleißend hell wurde – und ich hier gelandet bin.«

Das kannte ich leider auch nur zu gut und nickte wieder zustimmend.

»Was genau tust du eigentlich für Zac und Thyra?«

»Was ich für sie mache?« Mein Vater lachte. Es war ein wundervolles Geräusch. So echt, so warm. »Ich studiere Unterlagen, auch Bücher, wenn Thyra mir mal welche überlässt.«

Ich verdrehte die Augen. Nur weil die Elementarkräfte bei meinem Vater nicht dominant gewesen waren, hieß das ja nicht, dass er nichts mit Büchern zu tun haben konnte. Er war ein Antiquar und handelte mit alten Büchern.

»Ja, schon gut. Eigentlich mache ich das nur zum Zeitvertreib. Ich war der Erste, den sie aus den ›Chroniken der Wächter‹ herauslesen konnten. Weder Thyra noch Zacharias lesen mit Herzblut. Es funktioniert bei ihnen nur sehr selten. Sie wollten immer nur dich – stattdessen bin ich in dieser Welt angekommen.« Er hob die Arme und zuckte mit den Schultern. »Sie haben mich gut behandelt, das muss man ihnen zugestehen. Insbesondere Zac hat sehr viel Wert darauf gelegt, dass es mir gut geht. So als zukünftiger Schwiegervater.« Er rümpfte die Nase und sah mich dabei mit diesem Blick an, den eigentlich Mütter ihren Töchtern zuwerfen, wenn sie sagen wollen: ›Ich will mit vierzig noch keine Großmutter sein.‹

Ich lachte. »Weißt du, wie wir hier rauskommen?«, fragte ich direkt. Das war alles, was ich wollte. Ric und mein Team suchen und raus hier.

Doch mein Vater schüttelte den Kopf. »Wir versuchen es schon so lange. Wir haben Bilder von unserer Welt, von der *Bibliotheca*, einfach allem ... Und doch schafft es Max nicht, dieses Bild so fest vor dem inneren Auge zu sehen, dass er die Grenze zwischen den Welten ohne Thyra überqueren könnte. Er musste ihr ›Die Chroniken der Wächter‹ besorgen und gegen eine leere Kopie austauschen, hat er mir erzählt, und seitdem hat er schwere Gewissensbisse.«

Mir fiel plötzlich ein, was Max konnte – und ich sah die Gemälde wieder vor mir: das Bild der dunklen Gasse. Die Gasse, in der sich Josh einfach in Nichts aufgelöst hatte. Max war das gewesen. Und noch eine andere Frage drängte sich auf: »Was ist mit dieser Stimme? Ophelia hört sie auch.«

Mein Vater kniff misstrauisch die Augen zusammen. »Welche Stimme?«

»Ich habe ständig eine Stimme gehört. Eigentlich seit dem Moment, in dem ich hier in ›Otherside‹ angekommen bin. Sie hat sich immer für Ric ausgesprochen, obwohl ich ihn eigentlich gehasst habe ...«

»Zac hat nur die ersten Seiten des Buches gelesen. Er wollte, dass du ihn anhimmelst, wie du es zu diesem Zeitpunkt getan hattest.«

Okay. Das erklärte einiges. Ich nickte und suchte meinen Faden wieder. »Aber diese Stimme war irgendwann plötzlich verschwunden. Komplett. Als ich ... diesen Blackout hatte.« Ich verzog das Gesicht. »Und heute war sie wieder da, klang irgendwie männlich. Sie hat fürchterliche Kopfschmerzen verursacht und mich in dieses Bücherzimmer geführt. Dort habe ich die ›Chroniken‹ liegen sehen und mich wieder an alles erinnert. «

»Was hat die Stimme gesagt?«, wollte mein Vater wissen.

»Dass Ophelia sie auch hört und dass Ric und andere auf dem Weg sind.«

»Und woher wusste diese Stimme das?«

Ich zuckte mit den Schultern. »Sie hat mich gewarnt, als jemand kam. Und dann habe ich sie nicht mehr gehört. Deshalb wollte ich auch Ophelia und Max suchen.« Jetzt sah mich mein Vater an, als würde er an meinem Verstand zweifeln. Hm, mir würde es nicht anders ergehen. Stimmen im Kopf und so.

»Dann suchen wir sie«, sagte er schließlich. »Ophelia hat mir nie etwas von einer Stimme erzählt. Es ist ganz sicher nur dein Unterbewusstsein, das sich gegen die Manipulation wehrt.«

Anfangs vielleicht, überlegte ich, aber heute sicher nicht. Woher hätte mein Unterbewusstsein all dieses Wissen haben sollen? Ich wollte jedoch nicht weiter diskutieren. Wir gingen schweigend nebeneinander her. »Ist sie immer so zickig?«, fragte ich beim Gedanken an Ophelia. Vielleicht war das nur für verwirrte Außenweltlinge reserviert, die sich nicht mehr erinnern konnten.

Mein Vater schnaubte. Wirklich. »Ich fürchte, die ist immer so. Sie hat mir auch nicht gesagt, warum sie tut, was Thyra sagt.«

Ich sah ihn fragend an.

»Max und die anderen ... Sie machen das nicht, weil sie Thyra helfen wollen. Sie werden erpresst. Thyra hat damit gedroht, dass sie ihre Geschichten verändert. Hast du in letzter Zeit Seelenlose getroffen, also in unserer Welt?«

Ich nickte. »Edward.«

»Thyra hat eine ganze Truppe hier versammelt. Hauptcharaktere, die mit einer Botschaft versehen wurden«, erklärte mein Vater.

Ich verzog den Mund, als ich mich an Edwards kryptische Worte erinnerte.

»Es ist ihr Plan B.«

Ich sah ihn fragend an.

»Allein seit ich hier bin, sind schon Monate ins Land gezogen. Tagtäglich haben Zac und Thyra versucht auch dich in diese Welt zu lesen – ohne Erfolg. Dann hat sie die Charaktere ausgeschickt. Und ich vermute, ihre Botschaften hatten den gewünschten Effekt.

Zumindest, wenn es stimmt, was du erzählt hast und Ric wirklich hier ist. Thyra plant etwas.«

»Und das wäre?«

»Wenn ich das wüsste! Sie will noch mehr Macht, wie jeder in ihrer Position. Aber die Frage ist, wie sie diese erreichen will.« Er kratzte sich am Kinn. »Ich fürchte, du bist von ihr nicht hierher geholt worden, weil Zac dich an seiner Seite haben will. Solange sie nicht am Ziel ist, wird sie weiter Charaktere mit Botschaften versehen.«

»Warum helfen die ihr? Sind sie auf ihrer Seite?«

Mein Vater schüttelte den Kopf. »Jeder von ihnen hat etwas – oder vor allem jemanden für den er alles tun würde. Ich glaube, ich habe diesen Edward gesehen. Er kämpft für seine Bella. Die Charaktere sind so geschrieben. Mit einem Grundbedürfnis, eine Person – oder mehrere zu beschützen. Diesen Hauptbeweggrund für ihre Handlungen hat Thyra ausgenutzt. Ebenso bei Zacharias. Er wurde von Elizabeth geschrieben, um dich zu finden und sein Happyend zu bekommen. Er hat all das getan, um sein Ziel zu erreichen. Jetzt, wo er dich an seiner Seite hat, ist seine Entwicklung zu Ende.«

»Deshalb ist er so?« Ich lachte freudlos. Der Zac, den ich hier kennengelernt hatte, war nicht gerade der, den ich aus dem Buch kannte. Er war ja in unserer Welt schon seltsam gewesen – ein wenig schnulzig für meinen Geschmack –, aber hier war er einfach nur langweilig. Schließlich wollte doch jede Frau, dass man sich um sie bemühte, oder?

»Ich wollte es dir nur sagen, damit du es verstehst. Genauso geht es Max und Ophelia. Sie haben ebenfalls große Angst und Sorge – also genau das, was ihre Autorinnen ihnen als Wesenszug mitgegeben haben. Und das können sie nicht abschütteln. Keiner von ihnen kann das. Sie können sich nicht entwickeln oder verändern, wenn es ihnen nicht von vorneherein mitgegeben wurde.«

Das war plausibel. Die Seelenlosen, die wir in all der Zeit aufgelesen hatten, waren ja auch genau so, wie sie geschaffen worden und zu dem Zeitpunkt gewesen waren, als sie jemand herausgelesen hat.

»Dann lass uns jetzt mit Ophelia sprechen«, schlug mein Vater vor. »Vielleicht kann sie es uns erklären.«

Wir gingen zurück in Richtung der Bäume, als ein Licht hinter uns aufblitzte. Erschrocken sah ich mich um. Max und Ophelia, beide kreidebleich, waren aus dem Nichts aufgetaucht.

»Nathan!«, rief Max sofort, als er uns entdeckte. Mit zusammengekniffenen Augen fügte er hinzu. »Lin.«

»Sie kann sich wieder an alles erinnern. Wir wollten euch gerade suchen. Was ist passiert?«

»Thyra hat mitbekommen, dass Ophelia eine Vision hatte. Einer ihrer Schergen hat uns verpetzt.«

»Und dann?« Ich wusste nicht, warum das so schlimm sein sollte.

»Kannst du dir das nicht denken?«, zischte Ophelia mich an. »Weil sie mich so lange mit ihren Worten bearbeiten wird, bis ich ihr sage, was ich gesehen habe.«

Ich wusste immer noch nicht, worauf sie hinauswollte.

»Ophelia versucht ihre Visionen darauf zu konzentrieren eine Lösung für unser Problem zu finden«, erklärte mein Vater. »Was hast du denn gesehen?«

Ophelia starrte misstrauisch zu mir und rümpfte ihre schmale gepuderte Nase.

»Sie ist auf unserer Seite. Sie will hier raus«, sagte mein Vater.

Da zuckte sie mit den Schultern. »Auf deine Verantwortung, Nathan. Die Außenweltlinge meiner letzten Vision sind in Otherside angekommen. Es ist so weit. Fünf Personen, zwei ganz annehmbare Typen sind dabei.« Ophelia grinste kurz, dann wurde sie wieder ernst. »Einer davon war auf dem Foto, das Thyra mir gezeigt hat. Sie sind schon an den Grenzen des Brachlands vorbei.«

»Riccardo?«, fragte mein Vater und Ophelia nickte. Bei seinem

Namen schlug mein Herz schneller, auch wenn ich bereits gewusst hatte, dass er hier war.

»Wenn Thyra weiß, dass er hier ist, wird sie ihn jagen«, sagte Max.

Ich erinnerte mich an Thyras Erzählung über die Widerständler und was mit ihnen passieren würde: Sie sollten hingerichtet werden.

»Sie hat hier in dieser Welt so unglaubliche Macht«, fuhr mein Vater fort. »Allein wenn sie spricht, beeinflusst sie die Charaktere. Sie kann sie verändern, wirklich verändern. Sie hat so viele da draußen vergessen lassen, dass sie einst von einem Autor erschaffen wurden. Einfach, indem sie ihnen erzählt hat, dass es nicht so ist. Es ist lange her, dass ich von so einer Fähigkeit gehört habe. Deine Großmutter hat mir davon erzählt und selbst sie hat geglaubt, dass es nur Mythen waren.« Er sah mich eindringlich an.

Meine Großmutter war auch eine Wächterin gewesen, eine starke Elementarierin. »Was hat sie genau erzählt?« Ich war neugierig. Mein Vater hatte nie wirklich viel über den Teil der Familie erzählt, der die Gabe auch besessen hatte.

»Einst gab es Schöpfer, heißt es. Menschen, die zusätzlich zu ihrer elementaren Gabe die Fähigkeit hatten, Geschichten zu verändern. Entweder durch gesprochene Worte, die sogenannten ›Flüsterer‹ oder durch das Verändern geschriebener Worte, die ›Schreiber‹. Sie waren es, die dafür gesorgt hatten, dass in der Buchwelt alles in geordneten Bahnen ablief.«

»Und wo sind die jetzt?«, fragte Max misstrauisch.

»Ich hatte geglaubt, es sei ein Mythos.« Mein Vater gestikulierte wild mit den Händen. »Es hieß, dass sie verschwunden sind, als Charaktere erstmals in unsere Welt kamen. Die Bibliothekare sorgten seitdem für Ordnung, zumindest was die Seelenlosen betraf.« Max und Ophelia zuckten zeitgleich zusammen. Mein Vater erkannte seinen Fehler und entschuldigte sich sofort. »Tut mir leid. Ich weiß, dass ihr hier mit Leib und Seele für eure Intentionen kämpft. Aber bei uns seid ihr nur ein blasses Abbild davon, daher der Name.«

»Das wissen wir«, schnaubte Ophelia. »Trotzdem ist es nicht schön, als seelenlos bezeichnet zu werden.«

»Du hörst diese Stimme auch, oder?«, unterbrach ich die beiden.

»Welche Stimme?« Sie sah mich ebenfalls mit diesem »kein normaler Mensch hört Stimmen«-Blick an.

»Die Stimme hat mir gesagt, du würdest sie auch hören«, beharrte ich darauf.

»Du hörst Stimmen?« Nun auch noch Max.

Na, toll. Wir waren in der Buchwelt, einer Welt, in der alles möglich war, und doch wurde ich schief angesehen, weil ich eine Stimme hörte? »Sie hat mir gesagt, dass Ric und die anderen kommen würden.« Ich klang verzweifelter, als ich beabsichtigt hatte.

»Ich höre jedenfalls keine Stimmen«, sagte Ophelia von oben herab. »Ich bin eine Sentio und habe Visionen.« Ihr Kinn war so weit nach oben gereckt, dass sie schon den Himmel zwischen den hohen Bäumen sehen musste.

Wie sollte man mit so einem Menschen klarkommen? Ich kochte innerlich. Vielleicht war sie ja zu arrogant, um die Stimme als Stimme wahrzunehmen und nannte es ›Visionen‹?

»Also das ist jetzt auch egal. Woher auch immer diese Stimme kam …« Mein Vater bekam plötzlich große Augen und öffnete den Mund erstaunt.

»Was?«, fragten Max, Ophelia und ich gleichzeitig.

»Wenn es irgendwo in unserer Welt noch jemanden mit dieser Gabe gibt, einen ›Schreiber‹, vielleicht liest er gerade in ›Otherside‹ und kann die Geschichte verändern.« Er bekam leuchtende Augen.

»Und wieso hat er das bisher nicht getan?«, warf Ophelia ein. »Wieso hat er nicht verhindert, dass all das passiert ist?« Nach einer kurzen Pause rief sie ganz laut: »Hallo! Es wird Zeit uns zu retten!«

Max warf ihr einen finsteren Blick zu.

»Ich habe die Stimme schon eine Weile nicht mehr gehört«, wandte ich ein. Sie hätte sich sicher schon eingemischt und bestätigen oder korrigieren können, was mein Vater sich da zusammenreimte.

»Dann sollten wir jetzt erstmal dafür sorgen, dass Thyra dich nicht findet«, schloss mein Vater die sinnlose Debatte.

»Zu spät«, flüsterte Max und sah über meinen Kopf hinweg. Unwillkürlich wandte ich mich um.

Fünf Söldner traten durch die letzten Bäume, die an die kleine Wiese grenzten. Ich sah direkt in Zodans Gesicht. Das hämische Grinsen auf seinen Lippen ließ ihn so dämonisch aussehen, wie er geschrieben worden war.

»Wen haben wir denn da?«, fragte er mit sanfter Stimme, die mir eine Gänsehaut bescherte. »Ist die zukünftige Königin«, er spuckte das Wort förmlich aus, »etwa zur falschen Seite gewechselt?« Spitze Zähne blitzten im Sonnenlicht auf. »Das wird Thyra nicht gefallen. Sie sollte schnell dafür sorgen, dass du wieder vergisst.« Er hob seine Hand und befahl zwei seiner Soldaten vorzutreten. Mit dem Kopf deutete er in meine Richtung.

Mein Vater schob mich mit einer Hand hinter sich. Dann öffnete er diese Hand und ich bemerkte, was sich darin befand: eine Elementarkette mit einem umgekehrten Dreieck, dem Symbol für Luft. Unbemerkt nahm ich sie an mich und ballte meine Hand zur Faust.

In genau diesem Moment ergriffen die beiden Söldner meine Oberarme und zerrten mich mit sich. Ich schrie, versuchte mich zu wehren, schlug und trat um mich. Doch mein Element schien die Gefahr nicht zu spüren, in der ich mich befand. Der Kontakt zum Elementaranhänger sollte mir eigentlich größere Kräfte verschaffen, aber nicht einmal das kleinste Lüftchen regte sich.

Mein Vater versuchte einen der Söldner von mir wegzuzerren, Max unterstützte ihn dabei. Doch der eine hob die Hand und schleuderte die beiden ohne Anstrengung zwei Meter fort. Ich keuchte auf, als ich meinen Vater sah, der Mühe hatte sich aufzurichten. Ophelia stand währenddessen reglos da, die Augen geschlossen. Wieso tat sie nichts?

»Hilf ihnen!«, schrie ich ihr zu, ehe ich weitergezerrt wurde.

Endlich erwachte sie aus ihrer Lethargie und griff sich benommen an den Kopf. »Sie wird sie finden«, flüsterte sie gerade so laut, dass ich sie noch hören konnte.

»Und ob ich das werde«, sagte plötzlich eine Stimme wie aus dem Nichts. Nur war es nicht *die* Stimme. Im nächsten Moment stand Thyra vor mir. Der freundliche Ausdruck war aus ihren Zügen gewichen, jetzt sah sie wieder aus wie an Samhain, auf dem Marktplatz unserer Stadt – in der Realität. Die Söldner salutierten. Alle, bis auf Zodan. Der hatte das vermutlich nicht nötig.

Plötzlich rauschten Elementarkräfte über die Wiese. Ich spürte sie. Feuer, Wasser, Erde, Luft. Sie strömten aus ihren Himmelsrichtungen herbei und schossen auf Thyra zu, bis sie in feinen Nebel gehüllt war. Ihr Kleid wehte in dem stetigen Strom der Luft, Strähnen wurden aus dem festen Zopf gezerrt. Dann hob sie die Arme und begann zu sprechen. Es klang fremdartig, war mehr Gesang als Sprache und gleichzeitig erinnerte es mich daran, wie Thyra – als Ty immer laut vorgelesen hatte. Sie hatte eine ganz besondere Lesestimme gehabt und so kam es mir vor: als lese sie aus einem Buch.

»Ophelia hatte eine Vision«, sagte sie. Es war jedoch weder Frage noch eine Aufforderung. »Sie kroch aus der Benommenheit, die eine solche stets bei ihr verursachte, und schüttelte den Kopf.«

Ophelia schüttelte den Kopf.

Thyra fuhr fort: »Dann trat sie auf Thyra zu und lächelte sie an. ›Ich hatte eine neue Vision‹, sagte sie.«

Ophelia stand nun direkt vor Thyra und sprach die Worte nach. Oder sogar zeitgleich? Ich war fassungslos. Thyra war wie eine Souffleuse, die einem Schauspieler diktierte, was er zu tun hatte.

»Thyra sah Ophelia aufmerksam an und forderte sie mit Blicken auf zu sprechen. Ophelia kam dem nur allzu gerne nach: ›Die gesuchten Personen sind bereits in Otherside angekommen und schnell vorangekommen.‹« Thyra sprach die Worte zeitgleich mit Ophelia aus.

Was geschah hier? Ich schrie Ophelia an. Das heißt, ich versuchte es. Doch meine Stimme war wie ausgeschaltet. Ich brachte keinen Ton heraus.

»Die Söldner führten Lin ab, die versuchte Thyras Allmacht zu entkommen. Sie hätte es besser wissen müssen. Thyra lachte.«

Ihr Lachen verfolgte mich noch, als ich mich vergeblich dagegen zur Wehr setzte, dass die beiden Typen mich weiterzerrten. Thyra bestimmte die Szene. Ich hätte nicht gedacht, wie … hätte nie vermutet, dass es wirklich so funktionieren könnte. Thyra veränderte die Geschichte, diktierte die Szene und alles geschah genau so, wie sie es wollte. Ich schüttelte den Kopf. Versuchte zu hören, was Ophelia gerade sagte, doch wir waren bereits zu weit entfernt.

Ich wurde zurück zum Schloss geführt und in meinem Zimmer eingesperrt. Marie, die dort scheinbar immer auf mich wartete, beschimpfte die Söldner und verjagte sie. Auch wenn es mehr als unhöflich war, tat ich dasselbe mit ihr und schickte sie nach draußen. Sie war etwas geknickt, nickte jedoch und kam meinem Befehl nach.

Allein im Raum suchte ich nach einem Ausweg. Da fiel mir die Kette ein, die ich noch immer in der Faust hielt. Ich legte sie mir um den Hals, doch das vertraute Kribbeln war nicht da. Dieses Miststück – oder vielleicht auch Zac hatte mich tatsächlich ohne Elementarkräfte herausgelesen. Wenn da draußen irgendwo so ein Schöpfer saß und unsere Schritte lenkte, sollte er diesen Zustand dringend ändern. *Hallo?*, rief ich innerlich und hoffte, dass mein Text auch im Buch ›Otherside‹ auftauchte. *Hilf mir! Ich brauche meine Kräfte. Ohne die habe ich nicht die geringste Chance.*

Doch es tat sich nichts. Vielleicht war derjenige, der unser Schicksal beeinflussen konnte, gerade in der Pause und würde bald erkennen, dass ich Hilfe brauchte? Und dann würde er mir gleich meine Elementarkräfte wiedergeben! Bis dahin sollte ich einen Plan haben.

Diese Abhängigkeit machte mir allerdings Angst. Und ich machte mir Sorgen. Was war aus meinem Vater geworden? Was würde mit Ric und den anderen passieren? Eine Träne lief über meine Wange, doch ich trieb sie zurück. Das war nicht ich. Ich würde nicht hier versauern, ohne etwas zu unternehmen.

Ich lief in meinen begehbaren Kleiderschrank und suchte eine halbe Ewigkeit nach etwas Brauchbarerem zum Anziehen. Irgendwo tief vergraben fand ich eine Hose und ein Shirt. Letzteres würde meine Elementarkette verbergen. Das kleine Buch aus dem Bücherzimmer steckte ich hinten in den Hosenbund, wo es von meinem Oberteil verdeckt wurde. Ein Gefühl sagte mir, dass es wichtig war und ich unbedingt genauer hineinlesen sollte. Aber nicht jetzt.

Schnell ging ich zu den großen bodentiefen Fenstern hinüber und versuchte sie zu öffnen. Ich war mir sicher, dass ich schon einmal auf dem Balkon gewesen war. Doch nun hatten sie nicht einmal mehr einen Griff oder irgendetwas, mit dem man sie öffnen könnte. Sie waren wie fest in die Mauern eingebaut. Thyra. Dieses Miststück!

Vor der Tür waren natürlich die Söldner aufgestellt wie eine undurchdringliche Wand. Es war zum Verzweifeln. Jetzt, da ich mit eigenen Augen gesehen hatte, zu was Thyra fähig war, hatte ich wirklich Angst um Ric und die anderen. Sie konnten nicht einmal erahnen, in was sie sich da blindlings gestürzt hatten, um mich zu retten.

Mit einem Lächeln auf den Lippen wurde mir in dem Moment bewusst, dass es egal gewesen wäre. Ric wäre dennoch gekommen, da war ich mir sicher.

Genauso sicher konnte er sein, dass ich ihn nicht in Thyras Falle laufen lassen würde. Und plötzlich regte sich da eine Idee, wie ich aus diesem rosaroten Verlies entkommen könnte.

35. Kapitel

Ric zerrte Domenico nach draußen, während die Hufschläge immer lauter wurden und wie Donner über das Tal grollten. Natalia und Josh folgten ihm auf dem Fuße und David trug Coral auf den Armen nach draußen.

Sie hörten das Kampfgeschrei, noch ehe sie die Söldner sahen, die eben über den Hügel geritten kamen. Es waren viele, sehr viele – und ihnen folgten immer mehr. Die Pferde, auf denen die Söldner saßen, wuchsen zu wahren Monstern heran. Die Reiter schwebten weit über Rics Kopf, obwohl er in seiner Elementargestalt größer war als in seiner menschlichen. Im Augenwinkel sah er, wie Natalia schluckte. Sie hatte keinerlei Fähigkeiten mehr und war einem Kampf gegen die schwarzen Männer nicht gewachsen.

Mit seiner Pranke versetzte Ric Domenico einen Schlag gegen den Kopf, worauf dieser bewusstlos zu Boden sackte. Sie konnten sich keinen Angriff aus dem Hinterhalt leisten. Josh hatte schnell geschaltet und zerrte den reglosen Körper ins Haus, brachte mit einer kleinen Flamme das Schloss der geschlossenen Tür zum Schmelzen und stellte sich anschließend an die Seite von Ric.

Der schob seine Schwester hinter sich, während Josh ebenfalls seine Gestalt wechselte. Er signalisierte David, dass auch er hinter ihnen in Deckung gehen solle, doch der straffte sich nur und stützte seine Coral, die mit ihrer Elementarkraft ebenfalls in vorderster Front kämpfen würde. Das Knarren von Ästen sagte Ric, ohne dass er hinsehen müsste, dass auch Peter sich verwandelte.

Kurz darauf brach der Hügel vor den Söldnern auf. Wurzeln

schossen pfeilschnell nach oben und brachten ein paar Pferde zu Fall. Doch die meisten der Söldner erkannten die Gefahr rechtzeitig und sprangen über das plötzliche Hindernis hinweg. Peter ließ daraufhin die Erde aufbrechen, der Hügel wirkte wie ein grünes Meer. Doch leider hielt sich der Großteil der Söldner mit ihren Pferden obenauf, wie Surfer auf den Wellen.

Denselben Gedanken schien Coral zu haben, denn plötzlich ging ein schwerer Platzregen auf die bereits aufgewühlte Erde nieder. Zwei Monsterpferde versuchten sich auf den Beinen zu halten, gerieten jedoch immer mehr ins Schlittern und warfen dabei ihre Reiter ab. Corals Augen leuchteten so dunkelblau wie selten zuvor. Sie hob ihre Hände und dirigierte die Regensalven, feuerte das Wasser waagrecht auf die ungeschützten Söldner wie Gewehrkugeln. Mit einer kleinen Handbewegung nach oben sammelte es sich und stürzte anschließend wie ein Wasserfall auf die vordersten Reiter hinab.

Es wurde Zeit, dass auch das Feuer seinen Auftritt hatte. Zeitgleich mit Josh hob Ric die Drachenpranken. Es knisterte unter der dicken Haut, das Feuer sammelte sich in den vielen Rillen und Furchen der Drachenschuppen. Wie Lava strömte es herbei und entzündete sich von selbst. Die Luft war von Feuermagie getränkt, es roch nach Rauch und Zerstörung.

Ric feuerte gezielt auf die Gegner, die von Coral verschont blieben. Josh tat es ihm gleich. Doch der Sturm auf sie endete nicht, ganz gleich, wie viele Söldner vor ihren Augen mitsamt ihren Pferden zu schwarzem Staub zerfielen. Es rückten zu viele nach, um ihnen Herr zu werden.

Ohne nachzudenken griff Ric nach einem von Peters Ästen. Coral registrierte mitten im Schleudern einer haushohen Welle die Bewegung neben sich und ahnte, was Ric plante. Während sie ebenfalls nach Peter griff, legte Josh seine Hand auf Rics Rücken. Die verbundenen Elemente tobten durch ihre Körper, rasten von einem zum anderen und belebten ihre Kräfte. Die Feuerbälle waren mit einem Mal energiereicher, zerstörten mindestens zwei der Angreifer auf einmal. Coral schoss tennisballgroße Hagelkörner auf Dämonen und Pferde. Peters Wurzeln griffen wie Tentakeln nach den vorbeistürmenden Hufen, brachten unzählige Tiere zu Fall und ihre Reiter rutschten noch etliche Meter weit den Hügel hinab.

Es sah gut aus, Ric fühlte sich dem Sieg ganz nahe. Die Elemente vibrierten weiter in ihnen allen und tränkten sie mit ihrer Macht.

Bis der Strom plötzlich verebbte. Ric ließ in diesem Moment gerade einen weiteren Feuerball in seiner Hand entstehen, er war fast schon so groß wie seine Drachenpranke, ehe er in sich zusammenfiel und nur ein Wölkchen Rauch übrigblieb. Er sammelte die Energie, wie er es ohne die Bündelung der Elementarkräfte getan hätte. Doch außer einer winzigen Flamme, nicht größer als die einer normalen Kerze, entstand nichts. Und selbst diese wurde kleiner und kleiner, als würde ihr der Sauerstoff entzogen.

»Was passiert hier?«, rief Josh, der fassungslos auf seine menschliche Hand hinabblickte.

»Das, was dein Vater gesagt hat. Unsere Elementarkräfte sind nach dem Übertritt nach ›Otherside‹ nicht berechenbar. Ich schätze, unsere Energie ist versiegt.« Auch Peter sah auf seine Hände, die sich bereits wieder zurückverwandelt hatten.

Ric spürte den Sog, der ihn wieder in seine menschliche Gestalt trieb. Der Drache zog sich zurück, ohne dass Ric etwas dagegen tun konnte. Selbst die Wut auf die Angreifer, die nun nur noch knapp fünfzig Meter entfernt waren und die Ebene zum Haus im Galopp überquerten, brachte sein Element nicht zurück.

Lediglich Coral konnte ihr Element halten und tat das Einzige, das sie alle in diesem Moment noch retten könnte: Sie sang. Sie sang vom Ende des Kampfes, von Ruhe und Frieden und die Pferde blieben stehen, sahen sich um und schienen jetzt erst zu realisieren, in welcher schönen Gegend sie gelandet waren. Sie senkten ihre

Köpfe und grasten. Zupften hier an einem Büschel Grün, dort an kleinen Wiesenblumen. Sie ließen sich nicht aus der Ruhe bringen, ganz gleich, wie ihre Reiter versuchten sie anzutreiben.

Die ersten Männer resignierten, stiegen von den Pferden und rannten auf Domenicos Haus zu. Sie wären ein so leichtes Ziel gewesen, langsam und vereinzelt, wie sie ankamen. Sie wären – wenn Ric nur das Feuer noch in seinen Händen tragen würde. Er rief es, betete zu Hephaistos, doch das zarte Glimmen tief in seinem Inneren war nicht zu entflammen. Warum gerade jetzt? So kurz vor dem Sieg?

Der erste schwarze Söldner schleuderte ihnen noch im Flug eine blauweiße Kugel entgegen. Glücklicherweise zielte er nicht sehr gut. Der Ball schlug in der Wand weit neben ihnen ein und hinterließ ein klaffendes, rauchendes Loch. Auch der nächste konnte ihnen nichts anhaben, als er wie blind auf sie zustürmte.

Ganz im Gegensatz zu dem, der plötzlich wie sein eigener Schatten neben Ric stand, ihn mit voller Wucht am Kopf traf und ihn nach hinten warf. *Schattenkontrolle,* blitzte eine Erinnerung in ihm auf, während er sich abrollte. Lin hatte davon erzählt.

Ric versuchte sich hochzustemmen, doch der Schatten war schneller und etwas traf ihn mit der Gewalt eines Lastwagens in den Magen. Er krümmte sich unter dem Schmerz zusammen, hörte die Schreie der anderen. Sein Blickfeld war verschwommen, ein Schwindel war von dem Schlag auf den Kopf übriggeblieben. Er presste die Augen zusammen. Plötzlich spürte er einen Druck auf der Kehle und riss die Lider wieder auf. Die Gestalt über ihm glich einem grauen Nebel, er konnte hindurchblicken und die anderen Söldner herankommen sehen, während dieser Nebel, dieses Nichts, ihm die Luft abpresste.

Ric schlug um sich, traf den Nebel, durchbrach ihn, nur um atemlos zu erkennen, dass er sich sofort wieder zusammensetzte. Natalias markerschütternder Schrei reanimierte die letzten Kräfte in ihm. Er stemmte sich der Gestalt entgegen, seine Kehle war plötzlich wieder frei und er sog den rettenden Sauerstoff ein.

Er musste sich kurz orientieren, dann hastete er auf Natalia zu, die sich in den Fängen zweier Söldner befand. Coral und Peter lagen bereits leblos am Boden. Coral hatte Davids Hand fest umklammert, der ebenso reglos direkt neben ihr lag. Josh kämpfte indessen mit karateähnlichen Tritten gegen zwei der Angreifer. Ric sah sich nun dem Rest gegenüber. Zahlreiche bleiche Gesichter, die ihn mit einem abfälligen Lächeln auf den schmalen Lippen musterten. Er warf einen Seitenblick auf Natalia, die ihre Augen schloss und mit zusammengepressten Lippen nickte.

Sein letzter Gedanke galt Lin. Seiner Lin, für die er diesen Kampf aufgenommen und für die er sterben würde.

36. Kapitel

Verdammter Mist! Ich fluchte innerlich vor mich hin. Mein Zimmer – oder besser gesagt, mein persönliches Verlies sah aus, als hätte ich meine volle Elementarkraft darauf losgelassen. Kein einziges Bild hing mehr an der Wand teilweise nicht einmal mehr die kitschige Tapete. Der gesamte Inhalt meines begehbaren Kleiderschranks türmte sich vor meinem Bett auf und sämtliche Kommoden und Sessel, Tische und Stühle waren umgekippt oder zur Seite gerückt.

Kurz waren meine zwei Wachen ins Zimmer gekommen, um nachzusehen, warum ich so einen Krach veranstaltete, aber ich brüllte sie an und sie schienen gedacht zu haben, dass ich lediglich meine Wut an dem Inventar ausließ.

Doch meine Wut war gespielt. Ich hatte einen Plan. Als ich mich im Bücherzimmer hinter dem Regal versteckt hatte, hatte die Stimme mir gesagt, dass es überall im Schloss Geheimgänge gäbe, von denen Thyra nichts wisse. Die Stimme musste sie in die Geschichte gebaut haben – und ganz gleich, wo sich die nun befand, die Gänge mussten noch da sein. Nur wo? Ich hatte jeden Winkel des Zimmers untersucht, war mit meinen Händen über sämtliche Wände gefahren und hatte zusätzlich geklopft, um eine nahezu unsichtbare Tür nicht zu übersehen. Leider fand ich nichts.

Wie viel Zeit blieb mir noch? Wie schnell schritt die Geschichte voran, wenn Thyra Ric und die anderen erst gefunden hätte?

Völlig außer Atem ließ ich mich auf den Kleiderberg fallen und rutschte prompt an all der Seide ab und knallte seitlich mit dem

Kopf auf den Boden. Benommen versuchte ich, mich aus all dem Stoff zu befreien, der auf mich gestürzt war. Dabei sah ich unwillkürlich unter das Bett. Mein Blick blieb an einer Schramme hängen, die im ersten Moment aussah wie ein Kratzer im edlen Parkett. Ich robbte näher heran und erkannte, dass es sich nicht um einen Kratzer, sondern ein Dreieck handelte. Mein Herz schlug schneller.

Ich tastete rund um das Zeichen meines Elements den Boden ab, klopfte vorsichtig und hörte den Hohlraum darunter. Doch wie bei Aither ging er auf? Verdammt! Hier gab es kein Buch, das man herausziehen konnte, um den Mechanismus zu öffnen. Hier war nicht einmal ein Körnchen Staub oder Wollmäuse, die sich bei mir zu Hause immer dem Staubsauger widersetzten.

Ich robbte ein weiteres Mal hin und her. Dabei fiel mir meine Kette aus dem Ausschnitt meines Shirts. Das Dreieck! Schnell presste ich es auf die Kerbe im Boden und konnte mich gerade noch festhalten, um nicht in das dunkle Loch zu fallen, das entstanden war, als zwei Bretter des Parketts sich absenkten und zur Seite glitten. Ich schob meinen Kopf über die Öffnung und sah nichts als Finsternis. Ohne eine Lampe würde ich dort unten verlorengehen.

Ich entfernte mich vom Loch, der Anhänger löste sich von der Kerbe und die Bretter glitten langsam zurück an ihren Platz. Ich kroch unter dem Bett hervor, ging zur Wand und nahm die magische Fackel oder was auch immer es war aus ihrer Halterung. Sie leuchtete im Moment zwar nicht, aber ich hoffte, dass sich das bei Dunkelheit ändern würde.

Eine Minute später wurde mein Wunsch erhört: Ich hielt die Fackel in den wieder geöffneten Geheimgang und erkannte, dass es bis zum Boden vielleicht ein Meter war. Schnell ließ ich mich nach unten gleiten, die Bretter schoben sich über mir zusammen und mir kam der Gedanke, dass ich vielleicht in eine ziemlich dämliche Falle getappt sein könnte. Denn neben und vor mir befanden sich nichts als nackte Mauersteine. Mit klopfendem Herzen wandte ich mich um und hob das magische Licht neben meinen Kopf, um mich nicht selbst zu blenden.

Vor mir erstreckte sich ein kahler Gang, der jenseits des Scheins der Fackel zu reiner Schwärze wurde. Ich holte tief Luft und ging mit vorsichtigen Schritten los.

Mein Orientierungssinn war nie sonderlich gut gewesen, aber in meiner Welt hatte ich zumindest immer gewusst, wo Osten war – die Himmelsrichtung meines Elements. Doch auch das half mir hier ohne Elementarkraft nicht weiter. Solange es geradeaus ging, konnte ich ungefähr einschätzen, dass ich unter all den Gästezimmern entlang in Richtung Foyer ging. Aber dann gab es Kurven und Kreuzungen und ich hatte mich bald heillos verirrt. Fieberhaft suchte ich nach einem Ausgang, ohne zu wissen, wie der überhaupt aussehen sollte. Im Geheimgang hinter dem Regal hatte ich einfach drücken müssen, um die Tür wieder zu öffnen. Hier dagegen … Überall konnte sich ein Ausgang aus diesem Labyrinth befinden und ich würde ihn übersehen.

Meine Hoffnung schwand, je länger ich unterwegs war. Irgendwo in meinem Hinterkopf summte die Frage, warum es hier so sauber war. Kein Körnchen Staub lag herum, keine Spinnwebe war an den Wänden oder der Gewölbedecke zu sehen. Vermutlich war er zu neu, und wer auch immer das hier erschaffen hatte, hatte sicher keine Zeit darauf verschwendet für eine gruselige Stimmung zu sorgen. Mein Kopf machte das auch von selbst, wie ich feststellte. Nur deshalb war mir das überhaupt aufgefallen.

Schnell vertrieb ich den seltsamen Gedanken und konzentrierte mich wieder. Inzwischen war ich so lange umhergelaufen, dass ich mich gefühlt schon außerhalb des Schlosses befinden musste – was ja eigentlich nicht möglich war. Dennoch war kein Ende in Sicht. Wo war der Autor, wenn eine Figur ihn dringend brauchte? Ich kam mir vor wie in einem Füllkapitel.

Genau dieser Gedanke bereitete mir sofort ein Magengrummeln.

Warum wurde ich hier festgehalten, ohne dass ich die Geschichte voranbrachte? Was geschah in den anderen Handlungssträngen? Panik erfüllte mich. Ich rannte los, konnte den Gedanken nicht loswerden, dass ich zu spät kommen würde. Ziellos hetzte ich durch die immer gleich aussehenden Gänge. Mein Gefühl sagte mir, dass es stetig abwärts ging, aber sicher war ich mir nicht. Mein Herz klopfte immer schneller, die Sorge um Ric präsent wie nie. Warum quälte mich dieser ›Schreiber‹ so?

War da ein Geräusch? Ich blieb stehen und fuhr herum. Ich war mir so sicher gewesen, etwas gehört zu haben, doch durch das Rauschen meines Pulses in den Ohren hätte ich es mir auch einbilden können.

Mit tiefen Atemzügen versuchte ich zur Ruhe zu kommen – zumindest so ruhig, wie ich in einer solchen Situation sein konnte. Nur langsam verlor sich das Rauschen im Nichts und ich konnte ein Klopfen hören, das definitiv nicht mit dem Rhythmus meines Herzens übereinstimmte. Der Versuch es schnell zu orten missglückte. Auch wenn das Pochen nur leise war, zog sich sein Echo durch den langen Gang. Ich lief hierhin und dorthin und es brauchte ewig, bis es wirklich etwas lauter wurde. Knapp fünf Meter weiter.

Ich presste mein Ohr auf die kahlen Steine. Von hier kam es. Eindeutig. Ein erneutes Klopfen, dann ein Schaben und zum Schluss ein Fluchen, von dem mir nicht bewusst war, wie sehr ich es vermisst hatte.

»Bei Hephaistos! Lass mich machen, Peter!«

Mein Herz machte einen Satz. »Ric!«, rief ich.

Die Geräusche hielten inne. Ich ließ meine Fackel fallen und fuhr verzweifelt mit den Händen die Wand entlang, presste mich dagegen wie im Bücherzimmer, doch nirgendwo öffnete sich eine versteckte Tür. Verdammt! Ich war so nah, *er* war so nah.

»Lin?« Ich hörte die Ungläubigkeit in seiner Stimme. Dann wurden die Schläge gegen die Wand fester.

Auch meine. Ich warf mich filmheldenhaft gegen die Mauersteine, doch außer Schmerzen im Oberarm tat sich nichts. Ich brauchte ein System. Meine Finger glitten über die Fugen, von oben nach unten. Vielleicht würde ich so den verborgenen Mechanismus finden. Die Ungeduld in mir wurde immer stärker, während meine Hoffnung immer weiter schwand, je weiter ich mich nach unten arbeitete. Er war direkt hinter dieser Wand! Wieso konnte ich nicht zu ihm?

»Sucht nach dem Eingang!«, rief ich Ric zu. »Vielleicht ist da irgendwo ein Elementarsymbol.«

Am Boden angekommen, ließ ich mich entmutigt auf den Hintern fallen. Wer sagte denn, dass der Gang nicht einfach nur an diesem Raum vorbeiführte? Konnte es nicht sein, dass es gar keinen Zugang gab? Woher hätte der ›Schreiber‹ wissen sollen, wo man später in der Geschichte, die noch nicht geschrieben war, Ric hineinsperren würde? Vielleicht gab es mehrere Möglichkeiten. Ich musste sie finden!

»Lin?«

Mein Herz sehnte sich nach dieser Stimme, würde am liebsten durch die Wand springen. Mir schossen Tränen in die Augen. »Ich suche nach einem Ausgang«, antwortete ich erstickt, doch ich glaubte nicht, dass er mich hören konnte.

Ich hob die Fackel vom Boden auf und ging damit nach links. Ich beleuchtete jeden einzelnen der Mauersteine von der Decke bis zum Boden – mehrere Meter weit. Nichts. Ich stöhnte verzweifelt auf. Am liebsten hätte ich aufgestampft – das Bedürfnis war da, doch ich konnte mich gerade noch so zurückhalten. Also die andere Richtung.

Ric oder jemand anderes schlug wieder gegen die Wand, mein Drache rief immer wieder meinen Namen. Doch ich hatte keine Zeit zu antworten. Ich wiederholte die Prozedur, und als ich wirklich schon drauf und dran war mein Bein gegen diese verdammte Wand zu rammen, entdeckte ich es: ein wirklich lächerlich kleines Dreieck, eingeritzt in die Fuge zwischen zwei Steinen auf Höhe meiner Brust. Es wäre sicher auch ein klein wenig größer gegangen, fluchte ich innerlich. Nichtsdestotrotz hatte ich es gefunden.

Ich drückte mit dem Finger darauf, nichts geschah. Anschließend stemmte ich mich, die Hände rechts und links des Symbols gepresst, mit meinem Körpergewicht gegen diesen Teil der Mauer. Sie gab nicht nach. Und plötzlich schlich sich ein Gedanke in meinen Kopf: Es war eine Ablenkung, mein Füllkapitel hatte noch nicht geendet. Die Geschichte war noch nicht bereit für ein Wiedersehen. Ich hatte mir und auch Ric falsche Hoffnungen gemacht. Warum lief ›Otherside‹ plötzlich so klassisch ab? So vorhersehbar? Ich dachte, der ›Schreiber‹ würde mir helfen?

Ich glitt mit dem Rücken langsam an der Wand hinab, schrammte mir an den unregelmäßigen Steinen den Rücken auf. Doch ich spürte den Schmerz nicht. Der in meinem Herzen war größer. Wer spielte hier mit uns? Wie konnte derjenige uns das antun? Ich wollte zu Ric, wollte nach Hause – mit ihm gemeinsam. Warum war uns nicht einfach etwas mehr Glück gegönnt?

Ich war in der Hocke angekommen, mein Shirt war nach oben gerutscht und hatte sich irgendwo verfangen, als ich das leise Klicken hörte. Ich konnte gerade noch das Gleichgewicht halten, ehe die Wand hinter mir nachgab und es plötzlich hell wurde.

Nach mehrmaligem Blinzeln starrte ich in den Raum jenseits des Geheimgangs. Ich befand mich direkt unter der Decke eines niedrigen Zimmers, es musste ein Kellerraum sein. Eine Zelle, sagte mir die geschlossene Tür mit dem vergitterten kleinen Fenster in der oberen Hälfte an der gegenüberliegenden Wand. Natürlich waren die Zellen im Keller des Schlosses – wo auch sonst. Ich lachte hysterisch auf, die angestaute Verzweiflung floss aus mir heraus.

»Hast du das gehört?«, brummte eine tiefe Stimme und ich

erschrak. Ich war die dämlichste Protagonistin des Jahrhunderts. Wieso hatte ich laut gelacht?

»Ich habe nichts gehört«, antwortete eine andere Stimme.

Mein Puls ging auf mindestens hundertachtzig, als ich stampfende Schritte hörte, begleitet von einem Schlüsselklappern. Vorsichtig, ohne einen Laut von mir zu geben, zog ich die Geheimtür wieder zu, warf dabei einen Blick auf die Wand neben mir – die Wand der Zelle. Sie war ebenso aus nackten, unregelmäßigen Steinen, daher fiel es hoffentlich nicht auf, wenn ich sie nicht ganz schloss.

Einen Augenblick später erkannte ich durch den Schlitz der noch geöffneten Tür, wie jemand eintrat, auf den die Beschreibung Ork recht gut zutraf. Erschreckend gut. Ich krallte mich an der Tür fest, damit sie nicht versehentlich aufglitt. Mehrere Schrecksekunden vergingen, in denen sich der Ork im Raum umsah und ein paar Schritte hin- und herging, ehe er ihn wieder verließ und die Tür hinter sich schloss.

Auch wenn ich nicht sonderlich viel Ahnung von High Fantasy hatte, wusste ich, dass die Viecher meist strohdumm waren. Leider auch nicht sehr leicht zu töten, wenn man nicht gerade ein axtschwingender Zwerg war. Blieb nur zu hoffen, dass der ›Schreiber‹ das ebenso vorhergesehen hatte und ich wirklich auf das billige Mittel der Hilfe aus dem Nichts zählen konnte. Doch herumsitzen brachte auch nichts.

Ich stieß erneut die Tür auf und ließ mich rückwärts aus meinem Versteck auf die unter mir stehende Pritsche gleiten. Ich kam ins Schwanken und musste die widerlich aussehende Matratze berühren. Ein Ekelgefühl überkam mich und ich erschauderte. Dann sah ich mich im Raum um. Leider gab es keine Tür zur nächsten Zelle.

Mein Blick blieb an einem Dreieck hängen. So langsam hatte ich ein Gespür für den Stil des Autors. Ha!, dachte ich und ging schnell darauf zu. Vorsichtig drückte ich von unten nach oben gegen die

Wand. Natürlich war die richtige Stelle jetzt ziemlich weit oben. Ich würde den ›Schreiber‹ töten, wenn ich ihm begegnen sollte, und verdrehte die Augen.

Mit einem Klick öffnete sich die Geheimtür und ich konnte es kaum abwarten sie aufzureißen und endlich Ric wiederzusehen.

Doch es war nicht der Raum, den ich gehofft hatte zu erblicken.

37. Kapitel

»Es bringt nichts, ihm Vorwürfe zu machen«, sagte Peter mit ungewohnt fester Stimme. »Josh hat mit uns gekämpft. Das kannst du nicht abstreiten.«

Ric fuhr sich durch die Haare, während er aufgebracht in der winzigen Zelle auf- und abging. Er war erst wenige Minuten zuvor aufgewacht. Natalia behauptete, dass ihn ein Schlag gegen den Kopf getroffen hatte, noch ehe er einen von diesen Mistkerlen erwischt hatte. Doch das glaubte er nicht. Lin, er hatte es für Lin getan. Er wollte nicht gefangen genommen werden, sondern war bereit für sie zu sterben. War das zu kitschig für diese Geschichte gewesen? Was machte diese Welt mit ihm? Veränderte er sich, entwickelte er sich zu etwas ... Er schüttelte den Kopf. Besser nicht darüber nachdenken, sagte er sich und fauchte laut: »Und ob ich es abstreiten kann. *Der* ist an allem schuld.«

»Ist er nicht«, verteidigte jetzt auch noch Natalia den Verräter.

»Hast du etwa nicht mitbekommen, dass uns sein Vater, der uns hätte helfen sollen, in eine Falle gelockt hat?«, erwiderte Ric.

»Doch ... schon, aber er steckt mit uns hier drin.« Sie deutete auf eine Britsche, auf der Josh noch immer bewusstlos lag. Er hatte seinen Kampf definitiv auch verloren.

»Vielleicht beamt ihn sein Vater jeden Moment hier raus«, lachte Ric. »Dann sind nur noch wir in diesem Irrsinn. Wo haben sie uns überhaupt hingebracht?«

»Zu einem Schloss«, erklärte Natalia, die als Einzige die ganze Zeit bei Bewusstsein gewesen war. Sie schien den dämonischen Söldnern wohl zu harmlos. Lediglich die Hände hatte man ihr hinter dem Rücken gefesselt. »Aber eher über den Dienstboteneingang, der noch unterhalb des Schlosstors liegt. Wir sind irgendwo im Keller.«

»In einem Verlies, wie einfallsreich«, kommentierte Ric.

Coral saß lethargisch an die Wand gelehnt auf dem Boden. Auch David war noch nicht zu sich gekommen und sie hatte seinen Kopf auf ihren Schoß gebettet. Seit sie aufgewacht war, hatte sie kein Wort gesprochen.

»Du vergisst die klischeehaften Wachen da draußen«, ergänzte Natalia. Sie hatte sie Dick und Doof genannt.

Die Schlauesten schienen die beiden Orks nicht zu sein. Auch wenn sie erstaunlich gut sprechen konnten, wie Ric festgestellt hatte, als er versucht hatte sie zu reizen. Wo man die wohl aufgetrieben hatte?

»Wenn wir in einem Klischee sind, gibt es sicher auch einen Geheimgang.« Peter legte die Stirn in Falten.

»Träum weiter«, schnaubte Ric. Doch so ganz konnte er Peters Idee nicht von der Hand weisen.

»Wenn wir an die Steine klopfen, könnten wir hören, ob einer davon hohl klingt«, schlug Natalia vor und ging zu der Wand, die der Zellentür gegenüberlag.

»Und wenn dahinter einfach eine weitere Zelle ist? Dann stecken wir genauso fest wie hier.« Ric hob skeptisch die Augenbraue hoch und verschränkte die Arme, während Natalia begann gegen die unregelmäßigen Mauersteine zu schlagen.

»Einen Versuch ist es wert.« Peter folgte Natalias Beispiel und begann auf der anderen Seite mit der Unterkante seiner Faust auf jeden einzelnen Stein zu trommeln.

Mit einem abfälligen Lächeln im Gesicht sah Ric den beiden zu. Sollten sie sich abmühen. Es würde nicht klappen. Doch wenig später wurde er eines Besseren belehrt.

Peter stand mittlerweile auf eine der Pritschen und klopfte im oberen Bereich. »Hier ist etwas«, flüsterte er Natalia zu, die sofort nach etwas suchte, worauf sie klettern konnte.

Ric klopfte nun auch. Direkt neben Peter, von unten nach oben. Und er konnte es nicht fassen: Es klang tatsächlich anders, selbst wenn er kaum mehr Kraft für das Klopfen über seinem Kopf aufwenden konnte.

»Bei Hephaistos! Lass mich machen, Peter!« Er hob den Setzling von der Pritsche und stieg selbst nach oben.

»Ric?«, drang eine gedämpfte Stimme an sein Ohr. Sofort presste er es gegen den nächsten Stein, nur um sie noch einmal hören zu können.

»Lin?« Er konnte es nicht glauben. Mit einem Mal spülte tatsächlich so etwas wie Hoffnung durch ihn hindurch. Vom Flur drang ein gegrunztes »Ruhe, verdammt noch mal!«, das Ric jedoch nicht interessierte.

Der Verzweiflung nahe machte Lin ihm Anweisungen, aber es gab keinen geheimen Zugang zu dieser Zelle. Ric hatte mittlerweile jeden einzelnen Stein und jede Fuge untersucht. Lin versprach weiterzusuchen, und als er sie nicht mehr hören konnte, machte sich sofort wieder Sorge in ihm breit.

Wenn er könnte, würde er dieses ganze verdammte Schloss abfackeln! Doch der Anhänger um seinen Hals war ungefähr so hilfreich wie billiger Modeschmuck. Er schlug mit aller Kraft gegen die Wand vor sich. Mehr als ein paar Körnchen, die aus den Fugen rieselte, brachte er jedoch nicht zu Fall.

Hinter ihm ertönte ein Stöhnen.

»Josh?« Peter ging zu ihm und half ihm dabei sich aufzusetzen.

»Mein Schädel brummt, als wäre ich gestern auf einer Party gewesen«, grummelte er und fasste sich an den Kopf. »Leider habe ich die Erinnerung an diese Party verloren.« Er seufzte und blinzelte ein paar Mal, riss dann plötzlich die Augen auf und sah sich um. »Ein Verlies?«

»Sieht so aus«, sagte Ric, bemüht darum seine wiederaufwallende Wut im Zaum zu halten.

»Du erzählst uns jetzt absolut alles, was du weißt«, befahl Peter.

Coral auf der anderen Pritsche legte ihren desorientierten Ausdruck ab und hörte sofort interessiert zu. Auch Natalia kam näher und setzte sich gemeinsam mit Ric auf das gegenüberliegende provisorische Bett.

»Mein Vater hat mich verraten«, sagte Josh mit einem fassungslosen Ausdruck im Gesicht. »Ich … Habe ich nicht immer getan, was er wollte?« Er sah fragend in die Runde, aber darauf konnte ihm wohl keiner antworten.

»Sag uns, was passiert ist, nachdem du herausgefunden hast, dass du die Bücher beeinflussen kannst. Und dieses Mal die Wahrheit«, forderte Natalia ihn auf. Ihr Ton war freundlich, so hätte Ric das vermutlich nicht hinbekommen.

»Ich bin nach Hause gegangen und habe meinem Vater davon erzählt. Er ist beinahe ausgerastet, dass es Zeugen dafür gab. Dass ihr erfahren habt, zu was ich in der Lage bin.«

»Und dann hat dein Vater beschlossen, dass du uns in eine Falle führst und er dich dann später wieder befreit?«, vermutete Ric knurrend.

»Nein!«, antwortete Josh sofort. »Er hat gesagt, ich dürfe niemandem davon erzählen, aber dass es alles verändern würde. Es hatte vor langer Zeit eine Zunft gegeben, die sich ›Schöpfer‹ nannte. Sie haben in der Welt der Literatur für Ordnung gesorgt. Doch nachdem sich die Wächter ebenfalls organisiert und den Rat der Bibliothekare gegründet hatten, verlor die Zunft immer mehr Macht. Bis zum letzten Samhain. An jenem Tag wurde alles zurückgesetzt, plötzlich waren es die Bibliothekare und ihre Wächter, die machtlos waren – die Schöpfer hingegen besaßen ihre Fähigkeit nach wie vor und gingen wieder ihrer Aufgabe nach.«

Peter fuhr sich mit den Händen übers Gesicht.

»Und was geschah dann?«, hakte Coral nach.

»Vor ein paar Wochen hatte es begonnen. Sie haben Bücher aufgespürt, die sich verändert hatten. Diese wurden ins Archiv gebracht, um korrigiert zu werden. Doch das war nicht möglich. Selbst die besten Schöpfer konnten den Text nicht verändern.«

»Weil die Charaktere die Außenwelt vergessen haben«, vermutete Peter.

Josh nickte. »Irgendwann zwischen diesem Zeitpunkt und dem Moment, als das Chaos begann, müssen Lin und Laurie verschwunden sein und die Elemente sind zurückgekehrt, weil die Grenzen wieder durchlässig geworden waren. Oder vielleicht war es auch andersherum, das konnte mir mein Vater nicht sagen. Er hat nur erwähnt, dass es zu einem einzigartigen Pakt kommen müsse. Er sah die Buchwelt und unsere Welt in Gefahr und ist auf den Rat zugegangen. Den Rest kennt ihr ja.«

»Aber wieso haben sie uns hierher geführt? Sollten wir wirklich Überzeugungsarbeit leisten?«, fragte Natalia skeptisch.

Ric nickte voller Überzeugung. »Die Charaktere mussten wieder glauben.«

»Warum ausgerechnet wir?«, fragte Peter. »Sie hätten ältere und erfahrenere Wächter hineinlesen können.«

Diese Bemerkung empfand Ric als beleidigend und er sah seinen Kollegen böse an.

Joshs sehnsuchtsvoller Blick war Beweis genug, während er sagte: »Wegen Lin und Laurie, vermute ich. Der Rat weiß, wie viel sie uns bedeuten.«

Nahezu zeitgleich überlegte Natalia: »Vielleicht, weil ihr – wir diejenigen waren, die den Komplott im letzten Jahr verhindert haben?«

»So war es nicht.« Josh senkte den Blick.

»Aber Lin hat ...«, setzte Ric an, doch Josh fuhr dazwischen:

»Es waren die Schöpfer, die das Ganze beendet haben. Sie schrieben die Charaktere um, löschten den Wunsch nach Vergeltung, wie Elizabeth und Thyra es ihnen eingeredet hatten. Sie sind freiwillig zurückgekehrt.«

»Aber die Grenzen ...«

»Die haben sich geschlossen, als alles wieder im Gleichgewicht war, die Geschichten wieder so, wie sie sein sollten. Die ... Zeilen, die Worte, die Lin und die anderen gehört haben, waren die Flüsterer. Diejenigen, die nicht den Text verändern, sondern mit Worten den weiteren Verlauf ändern. Sie haben in all der Zeit, in der wir Seelenlose gebunden oder vernichtet haben, die Tagesschicht übernommen. Habt ihr euch nie Gedanken gemacht, dass sie alle nur in den Abend- und Nachtstunden auftauchten?« Er sah in die Runde. Natürlich hatten sie sich alle diese Frage schon einmal gestellt. Wer aber mit Magie arbeitete, dem gingen irgendwann die logischen Erklärungen aus.

Josh nickte wissend. »Deshalb gab es zu dieser Tageszeit kaum welche – weil sie schneller sind als wir und die Seelenlose zurücklesen, bevor jemand sie aufspüren konnte. Doch sie sind nur noch wenige.«

»Aber ...« Ric fiel jedoch kein Einwurf ein, der dem Gesagten wirklich widersprechen würde. Es war alles zu schnell gegangen in dieser Nacht. Dann fiel ihm eine andere Frage ein: »Warum haben die Schöpfer diesen Sieg nicht für sich beansprucht?«

»Weil sie sich vom Rat fernhalten wollen. Sie agieren im Hintergrund. Nicht einmal ich wusste von ihnen und laut meinem Vater waren auch die Bibliothekare der Meinung, dass die Zunft längst ausgestorben war.«

»Und wieso haben sie sich jetzt plötzlich zu Wort gemeldet?«, kam Peter erneut mit der Frage.

Josh zuckte mit den Schultern. »Mein Vater hat nur gesagt, dass er das nicht länger mitansehen konnte.«

»Hast du andere dieser Schöpfer kennengelernt?« Peter hatte noch tiefere Falten auf der Stirn als sonst.

»Nein. Es ging doch alles so plötzlich.«

»Weißt du, was ich glaube?« In Rics Kopf setzte sich ein Bild zusammen. Alle Augen waren nun auf ihn gerichtet. Am neugierigsten wirkte Josh. »Ich glaube, dass dein Vater ohne das Wissen dieser Schöpfer gehandelt hat. Und jetzt hat man ihn erwischt und deshalb hilft er uns nicht mehr.«

Alle schienen einen Moment darüber nachzudenken, dann nickte einer nach dem anderen.

»Es ist die einzige plausible Erklärung für alles«, bestätigte Peter nach reiflicher Überlegung.

»Und jetzt? Der Plan ist wohl kräftig danebengegangen«, grübelte Natalia.

»Wir müssen hier raus und Lin finden«, sagte Ric.

Wie zum Zeichen, dass sie nicht allein waren, grunzte einer der Orks etwas und lief kurz darauf mit schweren Schritten den Flur entlang.

»Wie?«, flüsterte Coral, auf deren Schoß David noch immer reglos lag. Sie strich ihm behutsam über die Stirn, als wolle sie seine Temperatur fühlen.

»Ich weiß es nicht«, gestand Ric ehrlich.

Minuten vergingen, in denen niemand etwas sagte. Plötzlich wurde die Stille von einem lauten Knurren durchbrochen, das Sand aus den Fugen aller Wände rieseln ließ. Ric konnte nicht sagen, woher das Knurren kam. Ganz gleich, wie er den Kopf drehte, das Echo war überall.

»Was ist das?«, fragte Natalia.

Einem erneuten mehrstimmigen Knurren folgte ein kurzer erstickter Schrei, der Ric das Blut in den Adern gefrieren ließ:

Lin.

38. Kapitel

Sechs Augen fixierten mich. Drei Mäuler fletschten die Zähne und Schleim tropfte auf den Boden. Ich zuckte zurück, der Zerberus knurrte.

Die Bilder von letztem Samhain glitten vor meinem inneren Auge vorüber. Wir hatten versucht den Zerberus aufzuhalten, als die alten Mythen und Legenden aus ihren Büchern hervorkamen. Unsere Elementarkräfte hatten jedoch nicht ausgereicht, um all die Monster zu bekämpfen. Unsere Magie war an den alten Geschichten wirkungslos abgeprallt. Dann waren plötzlich von allen Seiten die Worte auf uns eingeströmt. Mein Plan die Menschen wieder zum Lesen zu bringen hatte funktioniert. Die Charaktere waren zurück in ihre Bücher gerissen worden, die Grenzen hatten sich geschlossen.

Wir waren gerade dabei unseren Sieg zu feiern, als der Zerberus mir eine tödliche Wunde am Rücken zufügte, ehe auch er in die alten Legendenbücher zurückgekehrt war. Nur dank der fünf Elemente – und Zac! – lebte ich noch. Gänsehaut begleitete meinen Schrei bei der Erinnerung an die Dunkelheit, die der Tod mit sich gebracht hatte.

Der Zerberus sah das als Grund an, langsam näherzukommen. Er war jetzt vielleicht noch zwei Meter von mir entfernt. Seine Köpfe füllten mein gesamtes Sichtfeld aus. Ich spürte den faulig riechenden Atem auf meinem Gesicht. Dieses Mal würde mich niemand retten können. Ric saß in einer anderen Zelle fest, und ich hatte keine Elementarkraft, mit der ich wenigstens versuchen könnte mich zu verteidigen.

In meinem Kopf lief das letzte Jahr wie ein Film ab. Immer wieder blitzten Bilder von Ric auf. Wie wir beide dagegen ankämpften unsere Zuneigung zu zeigen und das Schicksal dennoch immer wieder dafür sorgte, dass wir unaufhaltsam aufeinander zutrieben. Die Erinnerung an unseren ersten Kuss im Park, bei dem mich die Erkenntnis mit voller Wucht getroffen hatte. Das Wissen, dass ich mich vor meinen Gefühlen noch so sehr verschließen, jedoch nichts dagegen unternehmen konnte. Und das Gefühl war seit Jahren da gewesen. Ich hatte mir nicht aussuchen können mich ausgerechnet in den narzisstischen, überheblichen Drachen zu verlieben.

Unwillkürlich schlich sich ein Lächeln auf meine Lippen. Mein Drache.

Der Zerberus setzte zum Sprung an. Etliche Zähne aus drei Mäulern blitzen mir entgegen. Dann flog er auf mich zu.

Ich schloss die Augen und dachte an Ric.

Er sollte mein letzter Gedanke sein.

39. Kapitel

»Lin!«, schrie Ric so laut, dass die anderen zusammenzuckten. Sogar David war hochgeschreckt und sah sich panisch um.

Ric rannte auf die Zellenwand zu, die in Richtung des Schreies lag. Alles um ihn herum war in die Ferne gerückt, er sah wie durch einen Tunnel und wusste nur noch eines: Er musste Lin retten, der Rest war egal. Er würde jeden einzelnen Stein zu Split verarbeiten, wenn er dadurch zu Lin kommen würde. Nichts würde ihn von ihr fernhalten.

Er spürte die Flammen in dem Moment, in dem seine linke Schulter die Steinwand rammte. Reine Glut ließ jedes Empfinden für Schmerz sofort verblassen. Er spürte den Aufprall nicht, er schoss geradewegs durch die Wand wie ein Superheld, die Mauersteine stoben auseinander.

Ric geriet beinahe ins Stolpern und musste erst sein Gleichgewicht finden, ehe er auf die Umgebung achten konnte. Erst dann sah er die drei gigantischen Köpfe, die sich zu ihm umgewandt hatten. Der Zerberus. Und an der gegenüberliegenden Wand, schräg neben dem Monster, stand Lin mit ungläubigem Blick.

Feuer entfachte sich von selbst in Rics Händen. Dieses Vieh hatte Lin bereits einmal getötet, er würde sie nicht noch einmal bekommen. Mit einem lauten Schrei stürzte er sich auf das Ungetüm. Seine Feuerkugeln leuchteten beinahe weiß, besaßen mehr Energie als jemals zuvor. Befeuert von der Angst um Lin.

Er schoss zwei der Kugeln auf den rechten und den mittleren Kopf. Das Monster drehte sich um, ging leicht in die Hocke. Es war nicht einmal verletzt. Speichel triefte aus den Mundwinkeln hinab – das Vieh könnte eindeutig Minzdragees vertragen.

Ric feuerte gerade zwei weitere Feuerbälle ergebnislos auf das Ungetüm, als sich die Zellentür öffnete und die beiden Wachen vorsichtig eintraten. Etliche Sekunden vergingen, ehe sie die Situation erfassten und ihre Keulen und Äxte erhoben, um auf Ric loszugehen.

Sekunden, in denen er bereits zwei seiner Feuerkugeln auf sie abgeschossen hatte. In dem Moment, in dem sie ihren Plan in die Tat umsetzen wollten, zerfielen sie bereits zu schwarzem Staub. Der Zerberus trat einen Schritt nach vorne, war jetzt keinen Meter weit von Ric entfernt, als ein starker Windstoß durch die Zelle fegte.

Ric grinste. Auch wenn er gerade nichts als Zerberus-Köpfe sehen konnte, wusste er, dass Lin dafür verantwortlich war. Ric formte größere Flammen, versuchte, den Zerberus einzuhüllen, der sich an dem Feuer nicht einmal zu stören schien. Ric hoffte, dass Lin verstehen würde, was er vorhatte. Es hatte bereits einmal geklappt, eine nahezu unzerstörbare Kreatur zu töten: Zac.

Und Lin verstand. Ein Wirbelsturm zog seine Kreise immer enger um den Höllenhund, der in Flammen stand. Doch Ric fühlte, wie sein Element immer wieder schwächelte, als sei sein Akku beinahe wieder leer. Die Flammen leckten am Äußeren des Zerberus, erloschen für einen kurzen Moment beinahe, loderten wieder auf.

Die Berührung an seiner Schulter wirkte wie eine Energiespritze. Erde und Wasser belebten ihn gleichermaßen, sein Feuer wurde heller und heller, der Wind kreiste immer enger und der Zerberus verharrte, als müsse er überlegen, was er unternehmen solle. Diese Gelegenheit nutzte Lin, um an den Wänden entlang zu ihnen aufzuschließen.

Als sie ihre Hand in seine legte, zerbarst der Zerberus in einer weißen Feuerwand. Ric zog sein Element zurück. Aschereste wirbelten im abflauenden Wind.

Ric war ganz egal, wie unpassend dieser Moment auch sein mochte. Er zog Lin an sich und umschloss sie mit beiden Armen. Er würde diese Fee nie wieder loslassen, versprach er sich, um die Tränen, die sich tatsächlich irgendwo sammelten, zurückzuhalten. Er presste sie an sich, bis sie versuchte, sich zu befreien.

»Willst du mich ersticken, Drache?«, fragte sie und stemmte sich ein paar Zentimeter von ihm weg.

Anstatt zu antworten, küsste er sie.

40. Kapitel

»Es reicht.«

Ich ignorierte die Stimme. Berauscht von Rics Küssen war das kein Problem. Wie lange hatte ich diesmal darauf warten müssen? Irgendwie schien uns eine dauerhaft glückliche Zeit nicht vergönnt zu sein.

»Schluss jetzt«, zischte Natalia erneut.

Warum war eigentlich sie immer diejenige, die störte? Ich schnaubte, als ich mich von Rics Lippen löste.

»Wir sind in einem verdammten Verlies und bei dem Krach werden bald neue Wachen kommen, denkt ihr nicht?« Nun reichte es Natalia und sie zog mich von Ric weg. Der Kuss brannte noch auf meinen Lippen, aber ich ließ es zu und taumelte mit weichen Knien ein paar Schritte zurück.

»Lasst uns gehen«, sagte Josh, der gerade durch das Loch kletterte, das Ric in die Mauer gerammt hatte, und deutete auf die geöffnete Zellentür. Die Überreste der Orks hatten sich durch meinen Wirbelsturm überall im Raum verteilt.

Hinter Josh trat ein fremder Junge in seltsamer Kleidung über die steinernen Trümmer. Ich sah fragend von ihm zu Ric und Natalia neben mir.

»Das ist David. Er gehört zu Coral«, erklärte Natalia und zuckte mit den Schultern. Okay. Fürs Erste würde mir das reichen. Obwohl … Ich sah noch einmal hin, registrierte den ehrfürchtigen Blick, den dieser David auf Coral warf. Der war ja total verschossen in sie! Ich hob die Augenbrauen, Natalia nickte und ich lächelte.

»Will mir einer erklären, warum wir unsere Kräfte plötzlich wiederhaben?«, fragte Peter in die Runde.

»Du hättest dich ernsthaft verletzen können, Ric«, mahnte Natalia und brachte Ric damit zum Lachen.

»Wusstest du nicht, dass ich ein Superheld bin?« Er fuchtelte herum, was wohl irgendwelche Heldenposen darstellen sollte, aber eigentlich nur lächerlich aussah.

Ich verdrehte die Augen, konnte mir ein Lachen jedoch nicht verkneifen.

»Lachst du etwa?«, fragte er mit gespielt entrüstetem Gesicht.

Ich bemühte mich – vergeblich um einen neutralen Ausdruck, prustete dennoch los.

»Vergiss nicht, wer dich gerettet hat«, sagte Ric daraufhin nur und schüttelte den Kopf. »Undankbares Volk. Nicht einmal Heldentaten werden mehr belohnt.« Er funkelte mich mit seinen goldenen Augen an, ein ganz spezielles Feuer brannte darin.

»Wie würde so eine Belohnung denn aussehen?«, fragte ich stockend. Dieser Blick raubte mir ganz klischeehaft die Luft zum Atmen.

»Das kann ich dir gerne zeigen.« Mit einem Zwinkern trat er auf mich zu. Mein Herz schlug schneller, sein Gesicht kam näher. Dann wurde er von mir fortgerissen.

»Wir haben keine Zeit für sowas!«, mahnte Natalia. »Wir müssen nach oben und dann nach Hause.«

»Wenn du einen Plan hast, wir folgen gerne«, sagte Ric sarkastisch.

»Wenn ihr eure Kräfte wieder habt, dann könnten wir es zumindest mit denen da oben aufnehmen, denkt ihr nicht?«, erwiderte Natalia.

»Wir sollten es auf jeden Fall versuchen.« Ric nickte und reichte mir seine Hand.

Natürlich griff ich sofort danach. Wir hatten – leider keine Zeit für Spielchen. »Wir müssen Max suchen«, sagte ich und Rics Kopf schoss sofort in meine Richtung. »Und auch Ophelia und meinen Vater.«

Ric runzelte die Stirn.

»Max und Ophelia sind Seelenlose und spielen eine wichtige Rolle in Thyras Plänen. Ophelia war eine derjenigen, die mir gesagt haben, dass du hier bist.« Die Stimme ließ ich besser außen vor – ich brauchte nicht noch mehr Leute, die mich schief ansahen. »Sie hat Visionen. Visionen, die sie nach Möglichkeit vor Thyra verborgen hält. Sie sind beide auf unserer Seite.« Als ich ihren Namen erwähnte, fiel mir plötzlich wieder ein, was geschehen war, als man mich in mein Zimmer geführt hatte. »Mein Vater!«, schrie ich auf und lief los.

Ric zog ich hinter mir her, die anderen folgten. Auf dem Flur suchte ich zuerst, ob man ihn vielleicht ebenfalls hier ins Verlies gesperrt hatte. Aber außer den drei Zellen, die wir bereits kannten, gab es keine anderen. Wir spurteten weiter.

Während wir durch die langen Gänge liefen, erklärte ich: »Thyra kann die Charaktere beeinflussen, indem sie spricht, was passieren soll. Oder was gerade passiert. Ich war einmal dabei, es war so seltsam! Ophelia war plötzlich wie ferngesteuert und konnte sich nicht dagegen wehren. Natürlich hat sie Thyra also von ihrer Vision erzählt.«

»Sie ist die Sentio, die Domenico erwähnt hat«, sagte Peter wissend.

Ich nickte, während ich den Gang entlanghastete, obwohl ich keine Ahnung hatte, wer Domenico war. Ich machte mir eher Gedanken darüber, ob ich überhaupt den richtigen Weg eingeschlagen hatte.

»Und dieser Typ?«, knurrte Ric neben mir. »Was kann der?«

»Er kann durch Gemälde springen. Es gibt einen Raum, dort hängen etliche. Sogar eins von der *Bibliotheca*.«

»Kann er in unsere Welt springen?« Natalias Stimme war eine Oktave höher.

»Nein, nicht ohne Thyra. Er hat es versucht. Er wollte Hilfe holen oder uns warnen. Er arbeitet mit meinem Vater zusammen.« Ich erzählte, dass Max die ›Chroniken‹ ausgetauscht hatte, und meine Freunde verzogen das Gesicht. Außer Josh, dessen Augen bei der Erklärung leuchteten. Er warf ein, dass er froh war, dass Laurie nichts damit zu tun hatte. Ich verstand zwar den Zusammenhang nicht, nahm es aber als gegeben.

Wir stießen tatsächlich auf eine Treppe und stiegen beinahe lautlos hinauf. Oben angekommen brauchte ich ein paar Sekunden, um mich zu orientieren. Wir befanden uns in dem Gang, der zum Bücherzimmer führte. Ich schlug die andere Richtung ein.

In der Haupthalle begegnete uns lediglich ein Bediensteter, der vor Schreck schon beinahe in Ohnmacht gefallen war. Mit einem leichten Schlag von diesem David auf den Kopf erledigte sich das von selbst.

Coral nickte David anerkennend zu, woraufhin dieser sofort rot wurde und schüchtern zu Boden sah. O Mann, war das niedlich! Wenn wir die Sache hier hinter uns hatten, wollte ich unbedingt die ganze Geschichte hören.

Ich sah mich erneut in der Eingangshalle um. Es war so verdammt ruhig hier, das konnte nicht sein. Hier liefen sonst immer mindestens drei Wachen umher, geschweige denn all die Bediensteten. Hier stimmte etwas nicht. Mein Nacken kribbelte, Gefahr drohte, aber ich konnte nicht sagen, aus welcher Richtung.

»Und nun?«, fragte Ric. »Wo sollen wir zuerst suchen?«

Ich zuckte mit den Schultern. Vielleicht war es keine so gute Idee gewesen, den Typen k.o. zu schlagen. Er hätte uns sagen können, warum es hier so ruhig war. Ich betrachtete ihn, während ich überlegte.

»Soll ich ihn aufwecken?«, fragte Coral, die meine Gedanken erraten hatte.

»Vielleicht kann er uns erzählen, was passiert ist. Du brauchst ihn nur zu ›überzeugen‹«, sagte ich.

Sie nickte, ging zu dem leblosen jungen Mann hinüber und setzte sich auf den Boden. Ein paar Wimpernschläge später war die Luft von Meeresduft erfüllt, der Davids Augen glänzen ließ, und der Fischschwanz lugte unter Corals langem Rock hervor. Sie legte dem jungen Mann eine Hand auf den Kopf und holte ihn so aus seiner Bewusstlosigkeit. Dann sang sie für ihn und bat um Informationen, was geschehen war und vor allem wo sich alle aufhielten.

»Der König hat alle in den Thronsaal bestellt und Thyra hat dort ein mehrere Mann breites Gemälde enthüllt«, sagte er, die Augen waren benebelt, aber er schien sich nicht gegen die Beeinflussung von Coral zu wehren.

»Frag ihn, was auf dem Bild zu sehen ist«, flüsterte ich Coral zu und sie sang die Frage weiter.

»Es zeigt die Halle eines Schlosses, zwei gewundene Treppen führen links und rechts zu einer höhergelegenen Etage.«

»Das Institut!«, flüsterte ich.

»Und was ist passiert, nachdem Thyra das Gemälde enthüllt hat?«, fragte Coral weiter.

»Wir alle haben gewartet. Lange gewartet. Thyra hat behauptet, dass die Zeit bald kommen würde, und sie hat Recht behalten: Es folgte eine Erschütterung und eine Energiewelle rollte durch das Schloss, wie ich sie in all den Jahren hier noch nie erlebt habe. Daraufhin veränderte sich das Gemälde, goldene Ornamente und Symbole prangten auf dem Bild – oder besser: schwebten davor. Danach sind Thyra und das Heer des Königs durch das Gemälde marschiert, ein junger Mann hat sie begleitet.«

»Max?«, fragte ich und der Bedienstete antwortete selbst auf meine Frage. Corals Gesang war nicht länger notwendig.

»Maximilian Morgenstern«, nickte er. »Er war der erste, der durch das Gemälde ging.«

»Wo sind die anderen? Nathan East und Ophelia?« Ich hatte Angst vor der Antwort, betete in Gedanken zu Aither, die hoffentlich nicht alles so enden lassen würde.

»Sie sind noch immer im Thronsaal. Der König erlaubt jedem Bewohner, in die neue Welt überzuwechseln und für unsere Freiheit zu kämpfen. Es sind noch immer unzählige von ihnen dort. Nathan und Ophelia müssen alles mit ansehen.«

»Was machst du dann hier? Möchtest du nicht überwechseln?«

Der Bedienstete schüttelte den Kopf, öffnete den obersten Knopf seiner Uniform und zog ein Lederband hervor, an dem ein Elementarzeichen hing.

»Du bist eine Elementar?«, fragte ich völlig perplex, worauf Ric für mich kurz zusammenfasste, was es mit den Symbolen in ›Otherside‹ auf sich hatte.

»Ich war auf der Suche nach euch«, sagte der Junge. »Nathan schickt mich.«

»Wie heißt du?«, fragte Peter.

»Darian.«

Ric nickte ihm zu und bat ihn uns zum Thronsaal zu begleiten.

»Weißt du, was Thyra genau vorhat, wenn sie in unserer Welt ist?«, wollte ich wissen, als wir durch einen der hellen Gänge rannten, durch die ich an meinem ersten Tag geführt worden war. Eigentlich wollte ich die Antwort gar nicht hören. Ich konnte es mir denken. Dieses machtgierige Biest.

Dasselbe schien auch Darian zu denken, denn er runzelte die Stirn und sah mich an, als sei ich nicht ganz richtig im Kopf, antwortete aber dennoch: »Sie will das erreichen, woran sie gemeinsam mit Elizabeth gescheitert ist. Sie will die Realität erobern.«

»Und wieso ist sie nicht einfach gleich mit all den Charakteren hinübermarschiert?«

»Thyra konnte nur eine einzige Person direkt in die echte Welt schicken, um den Handel abzuschließen«, sagte Darian. »All die

Figuren, die Botschaften für die Realität hatten, mussten ja praktisch nur darauf warten von irgendeinem Leser herausgelesen zu werden.«

»Welchen Handel?«, hakte Peter sofort nach und legte die Stirn in baumrindentiefe Falten.

»Das weiß ich nicht. Ich habe nur von anderen Bediensteten gehört, wie sie es einander erzählt haben.«

»Das bringt uns auch nicht weiter«, sagte Ric enttäuscht und bedeutete uns mit einem Kopfnicken weiterzugehen. »Solange wir nicht wissen, mit wem Thyra in unserer Welt gearbeitet hat, kennen wir die Stärke unseres Gegners nicht.«

»Und wenn wir nichts unternehmen, werden wir nie erfahren, wer dieser Gegner ist, und ihn nicht bekämpfen können«, konterte Natalia.

Ich konnte die große Tür zum Thronsaal bereits sehen und erinnerte mich für einen Moment daran, wie ich vor gefühlten Jahren das erste Mal durch diese Tür geführt wurde und Zac erblickt hatte. Ich schüttelte den Kopf. Das hatte Thyra wirklich gut eingefädelt: mich aus diesem Teil der Handlung herauszulesen, als ich Ric nicht hatte ausstehen können oder mir nicht hatte eingestehen wollen, dass es anders war. Die Tür stand einen Spalt breit offen, doch kein Laut drang zu uns auf den Flur.

»Wenn dort so viele Leute sind, wie du behauptest, müssten sie doch irgendwelche Geräusche machen.« Ric musterte Darian und beobachtete gespannt seine Reaktion.

Dass er sofort losrannte, kam unerwartet. Ric setzte ihm nach und warf ihn mit einem Sprung zu Boden. Gleich darauf wurde Ric nach hinten geschleudert. Eine Falle? Zu welchem Zeitpunkt hatte Thyra Darian aus seiner Geschichte gelesen? Seine anfängliche Intention war seinem dämonischen Vater zu gefallen und für die Dunkelheit zu kämpfen, ehe er in Form der Protagonistin des Buches ganz neue Beweggründe bekam. Wieso hatten wir nicht daran gedacht? Er war ein starker Magier.

Ric rappelte sich gerade benommen auf. Noch im Aufstehen verwandelte er sich in den Drachen, aber Darian befand sich bereits mit einem Bein im Thronsaal. Ric schleuderte ihm einen Feuerball hinterher, der jedoch in der geschlossenen Tür einschlug. Jeder von unserem Team kannte diesen feurigen Blick, mit dem er uns nun ansah: auf in den Kampf!

Binnen Sekunden verwandelten wir uns direkt vor dem Zugang zum Thronsaal. Die Luft war erneut von purer Energie getränkt, als die Elemente uns umwehten. Coral war auf die Schultern von Natalia und David gestützt, ich schlüpfte aus meinen Kleidern hervor und flatterte direkt neben seinem Kopf, als Ric die Tür aufriss.

In einem hatte Darian nicht gelogen: Im Raum stand ein gigantisches Gemälde, dass die Haupthalle der *Bibliotheca* zeigte. Direkt daneben stand allerdings Thyra mit einem siegessicheren Lachen.

Dann stürzten von allen Seiten Söldner auf uns zu.

41. Kapitel

Im selben Augenblick waren wir uns alle der Lage bewusst, berührten einander und schufen so eine Barriere, die zumindest für den Moment den Energiegeschossen der Dämonen standhielt, die vom Flur her auf uns eindrangen.

Ric und Josh schossen einen Feuerball nach dem anderen hinter die Barriere, doch es waren zu viele der dunklen Diener. Ich versuchte sie mit meinem Element zurückzudrängen, jagte ihnen Sturmböen entgegen, die ihre Kleidung flattern ließ – mehr jedoch nicht. Peter hatte lediglich seine eigenen Triebe zum Kämpfen. Hier im festen Boden des Schlosses gab es keine Wurzeln, die er beherrschen konnte. Coral hingegen zog ihr Element aus der Umgebung, versuchte es den Körpern der Söldner zu entziehen, doch es schien große Anstrengung zu verursachen. Sie schoss mit Wasser um sich und versuchte die Angreifer wegzuschwemmen. Vergeblich.

Thyras Krieger rückten weiter auf uns zu, drängten uns immer tiefer in den Thronsaal hinein. Dort waren wirklich zahlreiche Charaktere versammelt, wie ich mit einem kurzen Blick um mich herum bemerkte. Einige davon waren alte Bekannte, die wir schon etliche Male in diese Welt zurückschicken mussten – friedlich gebunden oder im Kampf getötet.

Darian stand nun direkt neben Thyra, die ihn in diesem Moment anlächelte. Im nächsten verwandelte er seine Gestalt und ich wusste, wer uns nun gegenüberstand. Die Augen waren dieselben geblieben, auch das grobe Aussehen. Er war lediglich um ein paar Jahre gealtert. Vor uns stand Balthasar von Steinbach. Erschrocken keuchte ich auf.

Thyra hob den Arm und die Söldner standen sofort stramm. Es folgten keine weiteren Angriffe. »Schön, dass ihr endlich zu uns gestoßen seid«, begann Thyra.

Ric schleuderte noch weitere Feuerbälle auf die Dämonen, die sich in schwarze Asche verwandelten. Es rückten allerdings ständig neue nach, damit wir nicht entkommen konnten.

»Hört auf, oder ich werde ihn töten«, rief Thyra so laut, dass der Saal zu erbeben schien.

Zwei Wachen zerrten meinen Vater hinter dem großen Gemälde hervor. Mein Herzschlag setzte für einen Moment aus. Sein Hemd war blutgetränkt, sein Gesicht von blauen Flecken und getrocknetem Blut übersät, er konnte sein rechtes Auge kaum öffnen und hing eher an den Armen der Wachen, als dass er selbst ging.

Ric stellte sofort das Feuer ein, hielt die Hand jedoch – jederzeit zur Verteidigung bereit erhoben.

»Was willst du?«, zischte er.

»Hat Darian euch das nicht gesagt?« Sie lächelte und ihr Tonfall war der einer Mutter, die ihrem Kind etwas erklärte. »Ich möchte in eure Welt zurück. Aber nicht allein.« Sie deutete auf all die Charaktere, die den Thronsaal füllten. »Und dazu brauche ich eure Hilfe«, sagte sie mit einem boshaften Lächeln.

»Niemals!«, knurrte Ric und ein Hitzewall umgab uns.

»Dann werdet ihr euch von Nathan verabschieden müssen.«

»Nein!«, rief ich mit der Mickymaus-Stimme, die ich in meiner Elementargestalt hatte.

»Ihr dürft ihr nicht helfen«, stöhnte mein Vater und erhielt als Antwort einen weiteren Schlag in das geschundene Gesicht. Er krümmte sich vor Schmerz zusammen.

Ich litt mit ihm. Alles in mir schrie danach ihm zu helfen und alles zu tun, was Thyra verlangte ...

»Tu es nicht, Lin«, sagte mein Vater erneut und fixierte mich mit seinem Blick.

Das würde ich ja, wollte ich ihm zurufen, aber ich konnte nicht. Er war mein Vater! Tränen rollten aus meinen Augenwinkeln, Ric sah mich hilflos an. Er wollte mich in den Arm nehmen, aber in meiner winzigen Elementargestalt ging das nicht. Daher hielt er mir seine Drachenpranke hin und ich setzte mich darauf, um überhaupt eine Art Trost zu bekommen.

»Ich verspreche euch, dass ihm nichts geschehen wird. Öffnet nur dieses eine Portal für mich«, säuselte Thyra.

Ich presste die Lippen zusammen und schüttelte den Kopf.

»Dann eben auf die harte Tour.« Thyras Gesichtsausdruck veränderte sich schlagartig und die Bosheit war nun nicht mehr zu leugnen. »Würdest du?« Sie sah zu Balthasar hinüber und der nickte, ehe er nach vorne trat und die Arme hob.

Ein mächtiger Zauber drang auf uns ein, schob uns gegen unseren Willen immer weiter auf das Bild zu, das in diesem Moment zu Boden glitt. Wie Puppen arrangierte uns der Zauber und ich spürte sofort, dass ich zum östlichen Rand des Bilderrahmens geschoben wurde. Die Himmelsrichtung meines Elements. Goldene Ornamente schwebten vor unseren Augen, als Balthasar sein Ziel erreicht hatte.

Thyra nickte ihm dankend zu. »Maximilian«, rief sie und weitere Wächter führten Max durch die wartende Menge. Er stemmte sich ihnen entgegen und weigerte sich, näherzukommen, doch er hatte keine Chance gegen die Söldner.

Ich wollte meine Hand heben, um die beiden wegzuschleudern, doch ich konnte mich nicht bewegen. Ich war erstarrt, noch immer in Balthasars Zauber gefangen.

Thyra trat näher, gemeinsam mit Balthasar. Was mich in dem Moment aber weit mehr schockierte, war die Tatsache, dass sie seine Hand ergriff.

Dann ging alles ganz schnell. Thyra nickte den Wachen zu, die Max daraufhin auf das Gemälde schubsten. Doch anstatt zu Boden zu gehen, glitt er durch das Bild hindurch, wie er es bereits mit mir getan hatte, als wir in den Garten geflohen waren. Ihm folgten sofort die ganzen Söldner, die sich mittlerweile um uns geschart hatten. Ich versuchte mich Balthasars Bann zu entziehen, sah, wie auch Ric, Coral und Peter sich anstrengten sich aus der Erstarrung zu lösen. Doch keiner von uns hatte Erfolg.

Während die Seelenlosen, die den Raum bevölkert hatten, in Gruppen auf das Bild zumarschierten, als folgten sie einer einstudierten Choreographie, sah ich in einer Ecke des Raumes endlich Ophelia, die tränenüberströmt zusah, was hier vor sich ging. Sie wirkte so hilflos. Rasch sah ich mich nach Natalia und David um. Beide waren scheinbar ebenfalls erstarrt und versuchten dagegen anzukämpfen. Ausrichten hätten sie jedoch eh nichts können.

Wir alle waren in eine Falle gelaufen. Thyra hatte geplant, dass ich aus meinem Zimmer entkommen und die anderen retten würde. Sie hatte nur die Macht der vier Elemente gebraucht. Erneut war wieder alles von ihr genau berechnet gewesen. Sie hatte mich geholt, weil sie sich sicher gewesen war, dass der Rest des Teams folgen würde. Das war Plan A. Ich erinnerte mich an die Worte meines Vaters, der davon gesprochen hatte, dass die auserwählten Seelenlosen mit ihrer Botschaft Plan B seien. Auch Zac war, wie mein Vater vermutet hatte, nur eine Spielfigur gewesen. Sie hatte mich nicht für ihn hergebracht. Thyra brauchte die Macht aller vier Elemente.

Aber wo war Zac während der ganzen Zeit gewesen, als ich gefangen und eingesperrt war? Auch jetzt konnte ich ihn nirgendwo entdecken. Nicht in diesem Strom von Seelenlosen, die durch das Bild schritten. Was hatte es mit dem Handel auf sich, den Darian erwähnt hatte? Ich speicherte die Frage für später.

Die Wachen, die meinen Vater festgehalten hatten, waren mittlerweile ebenfalls durch das Bild gegangen. Sein Körper lag regungslos auf dem Boden. In mir schmerzte alles, erneut versuchte ich mich gegen diesen Bann zu wehren. Tränen rannen aus meinen Feenaugen, ich versuchte meine Flügel zu bewegen, probierte, ob ich mich zurückverwandeln konnte, um dieses verdammte Portal zu schließen. Doch nichts davon gelang. Durch einen Schleier aus Tränen musste ich zusehen, wie Thyra und Balthasar Hand in Hand auf das Gemälde zuschritten und darin verschwanden.

Schließlich entließ uns der Bann und ich schoss in die Höhe, da meine Flügel endlich wieder auf meinen Willen reagierten. Ric schleuderte Feuer um sich, Coral stürzte zu Boden, weil sie auf ihrem Fischschwanz nicht von allein stehen konnte.

Ich rauschte hinüber zu meinem Vater und Ophelia schrie los, als hätte sie meine Gedanken erraten: »Ihr dürft euch nicht zurückverwandeln, sonst seid ihr für immer hier gefangen.«

Zu spät. Zumindest ich verwandelte mich bereits zurück.

Noch während ich halb fliegend, halb stolpernd in die Höhe wuchs, verloren die goldenen Ornamente, die über dem Bild geschwebt waren, an Farbe und sanken in das Gemälde hinein. Josh stieß einen lauten Schrei aus, Ophelia hielt sich mit schmerzerfülltem Blick den Kopf. Ich sah zu Ric, der sofort an meine Seite kam und sich neben meinen Vater kniete, um ihn zu untersuchen. Ein tränenersticktes »Nein!« entfuhr mir, als er die Lippen zusammenbiss und den Kopf schüttelte.

Nein! Das durfte nicht sein! Er hatte mit alldem nichts zu tun!

Ich rannte zu Coral, die gerade von David auf seine Arme gehoben wurde. »Du musst ihm helfen!«, schrie ich.

David setzte Coral bei meinem Vater ab. Ihr Fischschwanz zuckte vor Aufregung, als sie sich über ihn beugte und die Hände auf seine Brust drückte. Sofort strahlten sie einen goldenen Schimmer ab, der von der Kleidung meines Vaters absorbiert wurde. Doch noch immer regte sich nichts. Ric, der den Puls meines Vaters fühlte, schüttelte den Kopf.

Verzweifelt legte ich meine Hand auf Corals Schulter, leitete mein Element an sie weiter. Das heilende Licht wurde stärker, aber es half nichts. Mein Vater war tot. Tränen liefen mir über die Wangen. Ich fühlte mich in diesem Moment so verloren. Allein. Ric rückte näher zu mir, legte den Arm um mich und zog mich fest an seine Brust.

»Mein Vater ist tot«, schluchzte ich. »Er hätte nicht einmal hier sein sollen. Zac und Thyra wollten immer nur mich.« Ich hätte niemals für möglich gehalten, wie schmerzhaft eine solche Erkenntnis sein konnte.

»Er hat es so gewollt«, sagte Ophelia. »Er kannte die Vision. Er hat sich geopfert.« Auch sie presste nun die Lippen zusammen und Tränen rannen aus ihren Augen. »Er hat mir einmal gesagt, dass die Wächter geschworen haben, die Menschen da draußen zu beschützen.«

Der Schmerz in meinem Inneren war kaum zu ertragen. Ric presste mich mit beiden Armen an seine Brust und trotzdem fühlte ich mich endlos weit von ihm entfernt. Allein in meiner eigenen Welt.

Bis sanfte Töne zu mir durchdrangen. Coral hatte ein Lied angestimmt, das an Melancholie nicht zu überbieten war. Es hätte einem Komiker Tränen in die Augen getrieben, doch es nahm mit jeder Silbe ein wenig Schmerz von mir, bis ich zumindest wieder klar denken konnte.

Ophelia hatte Recht. Wir mussten heraus aus dieser Geschichte. Dort draußen gab es noch mehr Menschen, die wir liebten. Jeder von uns hatte Verwandte, Kollegen und Freunde, die nun überrannt wurden. Ich konnte nur hoffen, dass in unserer Welt Vorsichtsmaßnahmen getroffen worden waren.

Ich dachte an meine Mutter, die bereits ihren Mann verloren hatte. Nun war auch ich hier in ›Otherside‹ gefangen und sie wusste es nicht. Es würde sie zerstören mich auch noch zu verlieren – ganz gleich, wie unser Verhältnis immer gewesen war.

Ich straffte mich, was Ric erleichtert ausatmen ließ. Er erhob sich und reichte mir die Hand. Meine Beine, ja mein ganzer Körper, zitterten noch und ich hatte Probleme das Gleichgewicht zu halten. Was jedoch nicht nur an mir lag. Die Erde bebte, das Schloss erzitterte mehrere Male, ehe es genauso abrupt aufhörte, wie es begonnen hatte. Irritiert sah ich mich um, doch dann zogen laute Schritte meine Aufmerksamkeit auf sich.

»Bei allen Dämonen«, fegte eine Stimme über uns hinweg und alle Blicke richteten sich auf Zac, der soeben in den Thronsaal stürmte. »Lin!« Er stürzte auf mich zu und riss mich von Ric weg, der erst etwas zeitversetzt mit einem Knurren reagierte und versuchte, mich von Zac zu lösen.

Er wirkte auf mich verändert, nicht so abwesend wie während der letzten Tagen. In seinen Augen blitzte das auf, was ich bei unserer ersten Begegnung in unserer Welt gesehen hatte: als sei ich das allergrößte Geschenk und als empfinde er tiefste Dankbarkeit, dass er es auch nur ansehen dürfe. Er zog mich noch näher an sich und umarmte mich so fest, dass mir die Luft wegblieb. Dann schob er mich etwas von sich und betrachtete mich, als sehe er mich das erste Mal.

»Du hast geweint«, stellte er fest. Das war ja nicht zu leugnen. Schon im nächsten Moment sah er an mir vorbei. Ich erkannte an seiner Mimik, wann er meinen Vater entdeckte. »Es tut mir so leid, Lin.« Mit diesen Worten presste er sich erneut an mich und ich versank in seinem Geruch nach Natur und … Büchern.

Die Tränen flossen erneut. Ich war zu kraftlos, um mich zu widersetzen.

Das erledigte Ric für mich. Mit einem Grollen, das tief aus seiner Brust drang, riss er mich aus Zacs Umarmung. »Was tust du noch hier?«, fragte er knurrend und schob mich hinter sich.

»Ich …«, setzte Zac an und fuhr sich nervös durch die Haare. »Thyra hat mich die ganze Zeit beeinflusst. Ich … Es tut mir so leid.«

Er schüttelte den Kopf. Sein ganzes Selbstbewusstsein und der Glanz, den er eben noch ausgestrahlt hatte, verloren sich in einem grauen Nichts. »Ich habe gewusst, was sie vorhat. Ich wusste alles. Und doch habe ich nie den Drang verspürt etwas dagegen zu unternehmen.« Er sah zu Boden, seine Hände ballten sich zu Fäusten. »Sie hat mir den Grund genommen zu kämpfen. Für dich zu kämpfen.« Mit einem Funkeln in den Augen, einem Aufblitzen seiner alten Willensstärke griff er nach meiner Hand. »Ich werde alles dafür tun, um es wieder gutzumachen.«

»Bis Thyra kommt und dir wieder etwas einflüstert«, konterte Ric sarkastisch und schlug Zacs Hand beiseite. »Vergiss es!«

»Er ist wieder er selbst«, wandte Peter ein. »Er kann uns helfen hier rauszukommen.«

Ric warf ihm sofort einen tödlichen Blick zu.

»Peter hat Recht. Wenn Zac wirklich alle Pläne kennt, weiß er auch, wie wir hier rauskommen können.« Natalia stellte sich zwischen Peter und Josh, der etwas verloren wirkte.

Ric blieb misstrauisch und ich konnte ihn verstehen. Er verschränkte die Arme vor der Brust und machte sich ganz groß. »Dann erzähl mal, was wir noch nicht wissen.«

Und Zac erzählte.

Insbesondere Joshs Augen wurden dabei immer größer. »Ihr seid euch sicher, dass ...« Josh starrte Zac mit offenem Mund an und schüttelte unentwegt den Kopf.

Zac hingegen nickte bestimmt. »Elizabeth ist eine Ahnin von dir. Sie hat zuerst ›Otherside‹ verfasst und sich anschließend selbst in die Geschichte geschrieben.«

Es dauerte einen Moment, bis dieses neue Wissen endlich in meinem Hirn ankam. »Elizabeth hat sich in die Buchwelt geschrieben?«

Josh war kreidebleich und sah aus, als würde er jeden Moment umkippen. Natalias Hand zuckte in seine Richtung – bereit, ihn zu stützen, sollte ihn die neueste Erkenntnis tatsächlich umhauen.

Auch Coral hatte sich mittlerweile zurückverwandelt und stand an Davids Seite, ihre Hand ruhte in der von David.

»Sie wollte von hier aus die Buchwelt beschützen. Thyra hat etwas von einem ›Zentrum der Macht‹ erwähnt, mit dem sie alles kontrollieren konnte. Als der Verfall der Buchwelt weiter voranschritt, hat sie keine andere Möglichkeit gesehen, als das in Gang zu setzen, was am letzten Samhain geendet hatte.« Zac senkte betroffen den Blick.

Ich wusste, dass er daran dachte, wie er versucht hatte mich zu töten. Für einen Moment bekam ich eine Gänsehaut bei der Erinnerung daran und erschauderte. Ric presste mich an seine Seite und rieb mir über den Oberarm.

Peter hingegen analysierte das Gesagte und plante. »Dieses ›Zentrum der Macht‹ hat es Thyra ermöglicht in unsere Welt zu gelangen?« Er deutete mit der Hand auf das große Gemälde mitten im Saal, das nur noch ein Gemälde war.

Zac schüttelte den Kopf. »So groß ist die Macht nicht. Sie konnte nur einen durch das Portal schicken.« Zacs Blick zuckte kurz zu Ophelia, die ihre Lippen fest zusammenpresste. »Maximilian Morgenstern hat dein Buch hierher geholt und Thyra hat mich gezwungen dich herauszulesen. Sie wusste, dass ihr alle«, er sah den Rest meines Teams nacheinander an, »kommen würdet, um Lin zu retten. Sie brauchte die Macht aller vier Elemente, um das Portal aufrechtzuerhalten. Ihr Plan ist aufgegangen.«

»Und wie sollen wir nun hier rauskommen?«, fragte Natalia und die Hoffnung, die in ihren Augen glitzerte, versetzte mir einen Stich. Ich wagte es nicht einmal zu hoffen.

»Wir suchen dieses Zentrum der Macht«, sagte Peter entschlossen. »Und dann treten wir der Dame ordentlich in den Hintern.«

Aus seinem Mund klang die Drohung so absurd, dass ich unwillkürlich auflachte. Es war ein schrilles Lachen. Dennoch sorgte es dafür, dass meine Entschlossenheit zurückkehrte. Ich wischte mir die letzten Tränen aus den Augen und holte tief Luft.

Wir würden nicht aufgeben. Das hier war ›Otherside‹, die Buchwelt. Ein Ort, an dem alles möglich war. Ein Ort, an dem Träume und Hoffnungen selbst unter den widrigsten Umständen wahr werden konnten. Was wäre die Buchwelt ohne die vermeintliche Hoffnungslosigkeit, aus der wahre Helden und Heldinnen hervorgingen? Frauen wie Katniss, Hermine oder Annabeth, die an ihren Herausforderungen wuchsen. Männer wie Harry, Percy oder Bilbo Beutlin.

Ich sah zu meinem Vater hinab und ließ für einen kurzen Moment den Schmerz zu. Wir würden ihn hier bestatten. So, wie es sich für den Helden gehörte, der er definitiv war. Ich schluckte die Tränen hinunter.

Und anschließend würden wir dafür kämpfen, dass nicht noch andere ein solches Schicksal erleiden müssten.

Ich griff nach Rics Hand. Wir waren wieder zusammen. Dann würden wir auch den Rest schaffen.

Epilog

Der Netzhautscanner piepte zweimal und die Sicherheitstür öffnete sich. Die Sterilität des Zentrums sorgte bei ihr wie immer in letzter Zeit für ein inneres Unwohlsein, das sie bis dahin nicht gekannt hatte.

Laurie ging den langen, hell beleuchteten weißen Gang entlang an all den Laboren vorbei in den Wohnbereich des Zentrums. Mit ihrem Fingerabdruck öffnete sie ihr Zimmer und betrat den krankenhauszimmerähnlichen Raum.

»Willkommen, Junioragentin Nummer sieben«, sagte die freundliche männliche Stimme aus den Lautsprechern. »Sie sind zu spät. Ihr Bericht wird bereits erwartet.«

Seufzend ging Laurie zu dem Pad, das auf dem kleinen Tisch lag, und ging die Nachrichten durch. Der Supervisor hatte höchstpersönlich ihren Bericht angefordert. Seit sie immer mehr in die Gruppe der Wächter integriert worden war, war das Interesse des Unternehmens an ihr erschreckend schnell gewachsen. Doch Laurie war sich nicht mehr sicher, ob sie wirklich das Richtige tat, wenn sie die Zentrumsleitung mit Informationen versorgte.

Obwohl sie schon seit Jahren als Ermittlerin tätig war, hatten sich wirkliche Zweifel erst geregt, als sie Perry davon überzeugt hatte mit der Zunft zu kooperieren, von der sie durch ihren Vorgesetzten erfahren hatte. Die Zunft stand ebenso unter ständiger Beobachtung wie die Bibliothekare. Die Agenten hatten herausgefunden, dass die Zunft ›Die Chroniken der Wächter‹ Thyra zugespielt hatte. Thyra hatte die Buchfiguren die Außenwelt vergessen lassen, um die Zunft zu erpressen – also diejenigen, die nun ebenfalls nicht mehr einschreiten konnten, wenn sich in der Buchwelt etwas veränderte. Die Zunft ging nur zu gerne auf den aus ihrer Sicht naiven Handel ein – die Folgen hatte niemand bedacht.

Laurie war beauftragt worden die Übergabe zu überwachen und den Termin zu koordinieren. Thyras Bote war aus einem Gemälde getreten. Nachdem er Josh bewusstlos gesetzt hatte, hatten der Bote und Laurie Josh in die Bibliothek geschafft. Gleich nach dem Austausch der Bücher war der Bote verschwunden und Laurie musste mit einem kleinen Klick das letzte Bild – die letzte Spur vernichten.

Gegen den Befehl das Institut zu überfallen und ›Otherside‹ zu stehlen hatte sie jedoch beinahe aufbegehrt. Sie wollte nicht, dass die Wächter, mit denen sie in ihrer vermeintlichen Ausbildung so viel Zeit verbracht hatte, zu Schaden kamen. Doch der Supervisor hatte sie im letzten Moment überzeugt. Die Zukunft gehörte der Wissenschaft und nicht irgendwelchen fantastischen Gedanken und Träumereien. Für solche gab es keinen Platz in dieser Welt.

Die einzige Möglichkeit die Zukunft zu retten bestand darin die Fantasie und ihre Unterstützer zu vernichten. Mit neuer Entschlossenheit tippte sie ihren Bericht über die heutigen Entwicklungen in das Eingabefeld des Pads.

Und was ist mit Josh?, fragte eine innere Stimme. Etwas, das es in der Welt der Wissenschaft nicht geben durfte. Eine Welt, in der nur rationale Gedanken zählten, nicht jene, die für Verwirrung sorgten. Laurie machte sich Sorgen, seit sie diese Stimme das erste Mal gehört hatte. Sie gehörte nicht zu einer Agentin. Niemand durfte davon erfahren. Genauso wenig wie von ihren verwirrenden Gefühlen für Josh. Denn für Gefühle gab es im Zentrum genauso wenig Platz wie für Fantasie und Magie.

Der Touchscreen ihres Pads verdunkelte sich für einen Moment, ehe eine Sondersendung des lokalen Nachrichtensenders eingeblendet wurde.

Rund um die *Bibliotheca Elementara* veränderte sich das Stadtbild, wurde älter und glich wie am letzten Samhain wieder der Kulisse des Buches ›Otherside‹. Schreie waren im Hintergrund zu hören, als der Reporter berichtete, dass es zu zahlreichen tödlichen ›Zwischenfällen‹ gekommen war, ehe eine Frau den Reporter zur Seite schubste und das Wort an die Zuschauer richtete: *»Mein Name ist Thyra Bonfire. Von diesem Moment an werden Sie alle jedem meiner Befehle gehorchen.«*

Während das Bild schwarz wurde, hatte Laurie nur einen Gedanken: Was war mit Josh geschehen?

Danksagung

Ich weiß, dieses Mal endet das Buch nicht halb so nett wie ›Die Magie zwischen den Zeilen‹. Niemals hätte ich gedacht, dass Lins Geschichte noch gar nicht zu Ende ist. Aber das Gleichgewicht in der Buchwelt ist noch nicht wiederhergestellt und ich zähle auf euch alle, dass ihr mit mir gemeinsam dafür kämpft.

Oberste Befehlshaberin im Kampf für die Buchwelt ist unsere Impress-Mama Pia, die mir als Erste gesagt hat, dass ›BookElements‹ noch nicht zu Ende sein kann. Liebe Pia, ich danke dir für deine Motivation und dein Vertrauen.

Dann muss ich mich natürlich bei meinen tollen Testlesern bedanken: bei meinem Mann Kay, meinem Sohn Colin (einem der besten Testleser für Logiklücken überhaupt!), meiner lieben Kollegin Tanja und der lieben Katja, die alle von Lin und Ric nicht genug bekommen konnten. Danke für eure Motivation.

Ich danke auch all den Lesern und Rezensenten dort draußen, die mit ihrem Feedback und ihrer Begeisterung andere auf ›BookElements‹ aufmerksam gemacht haben. Insbesondere die Teilnehmer der Blogtour zu ›Die Magie zwischen den Zeilen‹: Katja von Ka-Sa's Buchfinder, Tina von Mein Buch – Meine Welt, Sabrina von Bookwives, Nicole von About Books, Shou von Born from the Sky, Tanja von Tanjas Rezensionen, Dani von Lesemonsterchens Buchstabenzauber und Manja von Manjas Buchregal. Ich danke euch für die fantastischen Beiträge zu ›BookElements‹, die mich jeden Tag begeistert haben!

Zuletzt muss ich der weltbesten Redakteurin Elisabeth meinen

Dank aussprechen, die ›BookElements‹ zu dem gemacht hat, was ihr zu lesen bekommt. Ich will niemand anderen mehr. :-)

Ich hoffe, wir lesen uns bald wieder. Bis dahin passt bitte auf, dass ihr nicht den falschen Buchfiguren Macht verleiht – vielleicht steckt ja ein Flüsterer oder Schreiber in euch. ;-)

Eure Steffi

ROMANTISCHE FANTASY
IN DÜSTER-DRAMATISCHEM SETTING

B. E. Pfeiffer
CHASING DARKNESS.
DAS HERZ EINES DÄMONS
ISBN 978-3-551-30241-0
Softcover
Auch als E-Book erhältlich

Alana ist eine der begabtesten Dämonen-Jägerinnen im ganzen Königreich. Sogar dem Herrscher imponieren ihre außergewöhnlichen Fähigkeiten. Doch ausgerechnet sie soll einen Halbdämon heiraten, um den Jahrhunderte andauernden Krieg zwischen Menschen und Dämonen endlich zu beenden.

Christina Hiemer
MENTIRA 1:
STADT DER LÜGEN
ISBN 978-3-551-30233-5
Softcover
Auch als E-Book erhältlich

Melia ist ein Mitglied der Ruína und als solches ist die Wahrheit tief in ihr verwurzelt. Doch außerhalb der Stadtmauern Mentiras liegt eine Welt, in der Lügen und Betrügereien zum Alltag gehören. Hier trifft sie auf Jaron, einem Verstoßenen. Obwohl sich Melia der Gefahr bewusst ist, schenkt sie dem Mann mit den stechend grünen Augen ihr Herz …

Jenna Wood
DIE BLACK-REIHE 1:
BLACK HEARTS
ISBN 978-3-551-30205-2
Softcover
Auch als E-Book erhältlich

Ezra ist eine Todesfee, eines der seltensten Geschöpfe in dieser Welt. Als solche schwebt sie in größter Gefahr. Auf einem Internat für magische Wesen soll sie lernen, ihre Fähigkeiten zu kontrollieren. Ihr zur Seite gestellt wird der ruhige und verschlossene Bodyguard Zero Fox – eine völlig unnötige Schutzmaßnahme, findet Ezra und versucht ihm bei jeder Gelegenheit zu entkommen …

IMPRESS

WWW.IMPRESSBOOKS.DE

Impress
Die Macht der Gefühle

Impress
Ein Imprint der CARLSEN Verlag GmbH
August 2020

Lektorat: Elisabeth Mahler
Umschlagbild: shutterstock.com / © Kjetil Kolbjornsrud /
© Nikiparonak / © d13
Umschlaggestaltung: formlabor
Satz und Umsetzung: readbox publishing, Dortmund
Druck und Bindung: CPI Books GmbH, Birkach
ISBN 978-3-551-30291-5
Printed in Germany
www.carlsen.de/impress

Alle Bücher im Internet: www.carlsen.de